大地

DADI

杨遥著

云南出版集团

云南人民出版社

图书在版编目（CIP）数据

大地 / 杨遥著. -- 昆明 : 云南人民出版社,
2020.11

ISBN 978-7-222-19793-0

Ⅰ.①大… Ⅱ.①杨… Ⅲ.①长篇小说 - 中国 - 当代
Ⅳ.①I247.5

中国版本图书馆CIP数据核字(2020)第213096号

出 品 人：赵石定
策划组稿：马　非
书名题字：关仁山
装帧设计：王玥心
责任编辑：朱　颖　陈　亚
责任校对：范晓芬　李　红
责任印制：李寒东

大　地

杨　遥　著

出　版　云南出版集团　云南人民出版社
发　行　云南人民出版社
社　址　昆明市环城西路609号
邮　编　650034
网　址　www.ynpph.com.cn
E-mail　ynrms@sina.com
开　本　720mm×1010mm　1/16
印　张　22
字　数　230千
版　次　2020年11月第1版第1次印刷
印　数　1-60 000
印　刷　昆明精妙印务有限公司
书　号　ISBN 978-7-222-19793-0
定　价　46.00元

如有图书质量及相关问题请与我社联系
审校部电话：0871-64164626　印制科电话：0871-64191534

云南人民出版社公众微信号

目录

一

我扶贫的村子叫孤城，在吕梁山上。孤独的孤，城市的城。查阅史料，北魏时期，这里属于琥国，繁荣兴盛，后来琥国灭亡，都城荒废，又因为缺水，萧条了起来。慢慢地，琥国的名字被淡忘，各块领地被重新分置，这块地方人们改叫它孤城，几经辗转，现在属于黄东县黄城乡。

下午两点多，我在黄东县县城下了长途大巴车，正在下雨。一路上，雨一直在下，上高速，下高速，入省道，进运煤专线，直到进入山区，路长得好像没有尽头。睡了几觉，每次醒来，以为到了，还没到，都在下雨，天灰蒙蒙的，仿佛真是要到古代。

整个县城冒着一缕缕白气，像快要出锅的馒头。我撑着伞，走到十字路口，刚才一起下车的人们不知道哪里去了。红灯亮了起来，四周没有一辆车，除了我，也没有一个行人，站在安静的路牙子上，等待红灯过去，雨水有节奏地滴滴答答打在伞面上，像钟表在走，这个时候，还在怀疑自己真的是来这里当第一书记的。

这时，我的手机响了，是个陌生电话。通知我的书法作品入围兰亭奖参展名单。

我兴奋起来，所有的怀疑一扫而光。今天先去村里住下，了解一下情况，过几天回去后先不去单位，在家里待几天，好好读几本理论书，再加强临帖。

说到这里，我介绍一下自己，我叫安欣，1989年生，从小的目标是当个书法家。大家都觉得我漂亮，确实，每次照镜子，我都想多看自己几眼。走在路上，好多男人都偷偷瞄我。大学上了艺术系，学了书法专业，更增加了我的气质。毕业后考到省文化馆，给我介绍对象的、追我的都不少，我选择了现在的老公，他家庭条件不错，又体贴人。我们现在有两个孩子，大的是男孩，叫欢欢，今年五岁；小的是女孩，叫乐乐，今年才三岁。

单位安排我来扶贫，是因为单位年龄大的同志比较多，在前几轮扶贫中已经做过贡献了。比较年轻的几个，我的性格最是散淡，什么都不爱和人争，领导们商量了一下，便让我来。我说安排我去扶贫没啥意见，只是我的孩子们还小。分管领导胡桃副馆长说，扶贫我们都有经验，人家不会强迫你住在村里，谁都知道咱们单位文化馆是干什么的，你常住在村里人家还嫌咱们碍手碍脚呢！当初我扶贫就是每月去上一两天，年底给人家争取点儿项目就可以了，你一去就知道扶贫是怎么回事了，一点儿也不耽误你带孩子。我问，要是争取不上项目怎样呢？胡副馆长说，争取项目也不是你一个人的事，单位领导会一起想办法，实在不行，搞个送文化下乡也可以呀。

来之前，县里培训了我们一次。估计和我一起来的机关里的人都不知道当第一书记是怎么回事，县里的培训干部在台上大讲特讲时，人们听得一愣一愣的。我印象最深的一句话是，你们无论干什么都要拍照片、做记录，这叫工作留痕，是保护自己的一种方式。我不明白工作为什么还要保护自己。

培训结束，县里要求我们和乡镇领导接头，过完国庆就到岗，县里要安排人去检查。大家一下紧张起来，有人翻着文件说，刚才培训咱们的人说第一书记都要求驻村，每周五天四夜。大家商量了一下，觉得不会这么严格，那么长时间，住在村里干什么呢？

红灯过后，我看见马路对面有个砂锅店，一下感觉饿了，从早上出来还一直没有吃饭。径直过去，进去后发现里面冷冷清清的，只有一男一女两个人边嗑瓜子，边仰着头看电视。男人穿着白褂子，应该是厨师。女的围着围裙，看见我，站起来问："吃啥？"

拿起菜谱扫了一遍，点了个砂锅猫耳朵。男人走进里面的厨房，我向女人打听去孤城怎么走。

女人说："去孤城一天只有两趟车，早上八点一趟，下午四点一趟。"

"路上用多长时间？"

"一个小时吧。"

想想到四点还得等好久，路上又得走一个小时，我决定吃完砂锅出去打出租车。

一连拦了几辆车，要价都是八十元。

我说："这么贵！"从省城到县里坐大巴才七十元。

他们每个人的回答惊人的一致：嫌贵你坐别人的！孤城又偏又远，回来拉不上客，等于专门送你。

听着他们的回答，我想这个地方到底有多偏远？在省城，八十元可以从最南边跑到最北边。

雨越来越大，看样子，一时半会儿停不了。刚吃完的那碗砂锅的热气很快消散完了，我心里烦躁起来。看到一位女司机，便坐了上去，再次问："去孤城多少钱？"

"八十。"

"这么贵？"

"不是看你是女的，去那么远我还不拉呢！我们不是瞎要，运输公司有规定。"女司机拿出一个价格表让我看。上面写着：县城—孤城，八十元。

车出了县城，四面好像都是山，搞不清方向，往哪边走，更搞不清，反正觉着是往山里边走。刚开始，公路上还偶尔驶过一辆拉煤的大客车，车厢湿漉漉地滴着水，好像客车拉的不是煤，而是一箱子鱼。后来除了我们这辆车，就见不到别的车了。雨沙沙沙，沙沙沙，秒针一样，想起王之涣的“黄河远上白云间，一片孤城万仞山”，感觉自己不像去扶贫，好像去戍边。

路边树丛中不时传来鸟咕咕的叫声，我问司机：“这是啥鸟在叫？”

司机说：“野鸡。这几年这东西不让打了，多起来，尤其是下过雨，路上特别多。”

“能看到？”

“能看到。有机会等雨一停你出来看，很多。”

走了好久，到了孤城村了。司机问：“去哪儿？”

我拿出手机联系村支书王金贵。

王书记说：“到学校吧。”

到了学校，司机放下我走了。以为会有几个人出来迎接，最起码王金贵在，可是没有一个人，学校还锁着门。

我想王金贵可能临时被啥事绊住了，马上就到，可是等了半小时，还没有到。雨沙沙沙下着，落在校门的铁栅栏上，莫名地有股凉意。我越等越不耐烦，身上也越来越冷，便想直接去村委会吧。

附近有个小卖铺，里面有声音传出来。我进去，有四个男人围着一张桌子打扑克。

我问：“请问你们村的村委会在哪儿？”

打扑克的几个人仰起头来，一个脸色蜡黄的人反问道：“村委会？”然后说，“出门右拐，一直往前走就看到了。”

我出了门，听见屋里有人问：“哪里来的漂亮女人？”

“谁知道呢！说不准是王金贵的女人！”

一分神，左脚踩进门口水坑里，穿的“鬼冢虎”鞋湿了一半，拔出脚来，白色的鞋面上满是泥渍，里面还进了水。

路上坑坑洼洼，到处是泥和水，拉杆箱的轮子不时溅起脏东西，躲也躲不掉。左脚又湿又冷，走起路来往外吐水，我便把力用在右脚上，瘸子似的走路。早上出来时，想着到村里得给大家留个好的第一印象，就精心选了衣服，看来是不可能了。

到了挂着孤城村委会牌子的大门前，我的心更凉了。门锁着，透过铁栅栏，院子里的荒草有人半腿高，院子东南角有一大堆建筑施工留下的垃圾，被雨水冲得一片狼藉。这就是村委办公的地点？看起来好久没有人来过了。

这时，有个披着蛇皮袋子挡雨的人伛偻着腰路过。我喊住他问：“你们村委没人办公？”

他仰起头吃惊地望着我，蛇皮袋子折起的角遮住他大半个脸，黑乎乎的看不清楚他的样子。半天，才蹦出一句话：“村干部，都是些吃货，哪儿有油水往哪儿跑，才不来这儿呢！”

我正想细问一下，先了解点儿情况，忽然响起摩托车的声音。说话的人一听到这声音，低下头匆忙地走了。

摩托车猛地停在我前面，溅起水花落到我腿上、身上，骑摩托的人仿佛没有看到，而是问："你是新来的第一书记？"

我说："我是安欣，组织安排我来这儿任第一书记。"

那人眉头皱了一下，打量打量了我说："我是王金贵，刚从县里开完会，咱们去学校吧，给你准备好住处了。"示意我坐他的摩托车。

我看了看行李箱和湿漉漉的摩托车后座，说："没几步路，我走过去，您先去。"

"好，我先去开门。"王金贵没有和我客气，骑着摩托车走了。

开什么会，明显是在骗人。这个村支部书记不好打交道，甚至不欢迎我来。但我也没有长久在这儿待的打算，不欢迎才好呢。

回到学校，王金贵站在校门口等我。他黑色的雨衣有些长，一直拖到脚面，整个人看起来黑乎乎的，大概六十岁，满脸胡子，一只眼睛有毛病，不停地眨；另一只眼睛看人的时候直愣愣的，应该也是有毛病。

王金贵没有称呼我，直接说："以后你就住学校，有几个女老师和你做伴，可以一起做饭。"说完领我进了学校。

院子还不小，足有三四亩大，东边是块杨树林，每棵杨树碗口粗细，中间有两条发白的小径，分别通向写着"男""女"的厕所。南边有座戏台，戏台旁边有几间耳房。西边是一堵土坯墙，墙下堆着些炭。北边是三排教室，前面有几个小花坛，花已经没了，剩下几株枯黄的花秆。

王金贵那只灵活的眼睛一眨一眨领我朝耳房走去，我猜想那儿就是宿舍。多少有些后悔来早了，要是明天来，学校里就有老师和学生了。但今天不来，明天上午查岗怎么办？总不能第一天报到就迟到吧？

王金贵边走边说："没想到你今天来，老师和学生们都放假，明天就有人了。"

我说："培训我们的时候要求国庆节后第一天就正式到岗，组织部要查，路太远，我就提前一天到了。"

王金贵那只呆板的眼睛直愣愣地盯着我，哼了一声，听不出他什么意思。

到了戏台前，才发现这是一座旧戏台，粗大的松木柱子已经开裂，台顶上有个脸盆大的褪色的五角星，旁边是漆皮斑驳的"为人民服务"几个字。

王金贵掏出一大串钥匙，试了试，打开了东边的一间房，说："你就住这儿，看，铺盖都给你弄好了。"指了指墙角。

我一看，这间不大的房子里放了四张床，还是高低床，王金贵指的那张床上摆着一床被子和一床褥子，在上铺的一个位置。我脑袋顿时大了，自从大学毕业，再没有住过宿舍，早不习惯和人合住了，现在居然要住集体宿舍，睡高低床。我第一反应是村子里有没有旅店、客栈之类的地方，先住上一晚，以后再想办法。

"隔壁有炉子，你可以自己做饭，也可以去我那儿凑合一顿。"王金贵摘下了雨衣帽子，露出颗光头。说这话的时候，王金贵露出些笑容，也许是他的眼睛的缘故，这笑容看起来有些猥琐。

我忙说："我自己做。"

王金贵摸了摸他的光头说："那我给你把门开了。"

他摇晃着一大串钥匙，开了旁边屋子的门。大小和住的这间一样，里面有一个铁皮炉子，一个大水瓮，墙角堆着一堆炭，炭旁边还垒着锅灶，上面墙上挂着些炊具。

王金贵掀开水瓮盖子，看了看说："这些狗×的，水也没了，一会儿我让人给你弄两桶。"

我听了他的脏话不舒服，说："我自己弄吧。"

"你自己弄？"王金贵脸上带着嘲讽的笑容问。

我更加不舒服，语气重了些，问："在哪儿弄？告诉我，我自己弄。"

王金贵愣了愣，说："以后你就知道在哪儿弄了，让人给你送过来吧。"然后又问："会生炉子吧？"

我赌气地大声回答："会。"

其实我不会生炉子，小时候值日，都是男生生炉子，女生扫地。家里以前用过炉子，是父亲生，后来改成暖气，好多年都没见过人们生炉子了。但我想这个东西能有多复杂？不就是先弄点儿易燃的东西，一步步把炭点着吗？

"好，好，好……"王金贵一连说了几个好，"你坐车一定累了，先好好休息一下，其他事明天再谈。"

我说："好。"突然想到来了村里，第一步应该召开一下干部会议，和干部们认识一下，也了解了解村里的情况，便用商量的口气说：“咱们明天开个干部扩大会吧，把全体党员也叫上，您看什么时间合适？”

“干部扩大会！嘿嘿。”王金贵换了种腔调说，“要开只能晚上开，白天大家都干活儿，没时间。”

我说：“那就晚上六点吧，你通知大家一下。咱们有几个党员？”

“九个。加上你就十个了。”

摩托车声音离开学校之后，我突然感觉特别累，然后有点儿害怕。王金贵怎么能拿着一大串钥匙，打开学校门和女老师的宿舍门呢?

收拾床铺的时候，看着光光的床板，庆幸自己喜欢户外活动，带了条睡袋。旁边有摞报纸，拿了几张铺在光床板上，铺好褥子，打开行李箱，取出睡袋。

收拾好床铺之后，雨停了，阴云退去，外面的天色反而亮了。看表，还不到四点钟，便想在村子里转转。

换了双干鞋，一出屋子，有个五十多岁的男人挑着一担水，嘴里哼着小曲走过来。

他也是个光头，走近来，看出是故意剃光的，能看出青色的头发茬子。他穿着件格子西服、黄色军裤，双手不扶扁担，背在身后，走路慢悠悠的，两担水在肩膀上一颤一颤的。

他看见我愣了一下问：“你是安书记？”

“是。”我继续打量他。

“王书记让我给你担两桶水。”

“谢谢！倒瓮里吧。”

我在前边走，光头在后面跟着我，伴着扁担一颤一颤的声音。

他把水倒进瓮里，我拿出一包烟，撕开包装抽出一根递给他。来这儿之前，有人给我讲过怎么和老百姓打交道，给他们烟，是最好的方式之一。我买了一条芙蓉王。

“好烟啊！”光头接过烟，瞄了瞄上面的商标，熟练地点上，深深吸了一口，吐出个烟圈说：“谢谢。”

他的牙齿雪白，让我有了些好感。也许因为烟的缘故，光头男人看我的目光和善了许多，还带着些男人看女人的热切，问：“你不抽？”

我摇了摇头问：“您贵姓？如何称呼？”

光头扭捏了一下，带点儿不好意思地回答：“我姓刘，家里没文化，为长命，给我取了个蛆宝。”

“蛆宝！”我有些诧异，但不敢笑，赶紧接着问：“有几个孩子？”

男人哈哈笑着回答：“连妻子都没有，哪有孩子？”他的笑容中带着些苍凉。

我忙说：“对不起。”

刘蛆宝说：“安书记，没事我就走了。”

刘蛆宝走后，我发觉屋子里有些阴。看到房间里有个电暖器，便打开它。电暖器扇面缓缓旋转着，发出橘黄色的光。孤独感深深攫住了我。我感觉电暖器像漏了气的缩小了的太阳，整个世界只剩下我一个人。

电话突然响了，是丈夫打来的。他开玩笑称呼我安书记，问到了没有，在哪里吃住。我的眼泪顿时涌上来，强忍着咽下去，摇了摇脑袋回答他："在学校里住，已经弄好了。"

丈夫问："学校里还有其他女老师吧？"

"嗯。"

"那还不错，住在学校里可以和学生们一起起居，生活规律。"

丈夫是个呆子，结婚几年了一直长不大。他经常说自己希望住到学校里，早上和学生一起起床，晚上学生上完自习再睡觉，一天可以多出好多时间学习。他说的是城市里的学校，哪里知道我现在在的小学条件这么差。

我不忍让他担心，说："还行。"

丈夫说："村里有旅店吗？不行去县城住宾馆。"

我说："没事儿，临时凑合一下，反正不常住。"

丈夫问："怎么吃饭？"

"和老师们一起吃。"说完我的肚子响了一下，中午吃的猫耳朵已经消化完了，以前在单位忙上半天，每到吃饭时都感觉不到饿，来了这儿，吃完饭才没几个小时，就饿了。深呼吸了一下，我想假如老待在这个地方，丈夫就得辛苦地每天自己做饭了。但愿胡副馆长说的是真的，下来只是做个样子，一个月来转上一次。可是任职前的培训说得那么严肃，好像必须要驻下来。来了村里，这样子却又不像让人长久居住。

我琢磨了几秒钟。丈夫说完话把电话挂了。我想先买点儿日用品，打听打听村里的情况。又进了学校旁边的那个小卖铺，刚才打扑克的那四个人还在打扑克，旁边还多了两个围观的。

我说："买点儿东西。"

刚才回答我话的那个脸色蜡黄的人放下手中的扑克牌进了柜台里面，其他人都停下来盯着我，我忽然有些不好意思。

"要什么？"他问。

"买个打火机，再买几包方便面。"

脸色蜡黄的人把东西递上来，然后问："还要啥吗？"

"你们村有旅店吗？客栈也行。"

"哈哈哈……"看着我的那几个人都笑了。脸色蜡黄的人说："我们这地方这么偏，很少来生人，开旅店谁住啊？你待多长时间？"

我说："不知道，上面让我来这儿当第一书记。"

"你是城里人？"

"嗯。"

"我叫王金宝，以后需要啥来这儿取吧，村里在这儿有账。"

我有些听不明白他的意思，摇了摇头说："给我再来个脸盆，还要毛巾、牙膏、牙刷，还要榨菜、火腿肠。"

东西买好后，我扫微信付账。王金宝奇怪地问："村里王书记、刘主任都在这儿有账，你不挂账？"

我摇了摇头说："多少钱，我微信付。"

付完之后，我又买了把锁子。

折腾半天，生着炉子后，煮了包方便面。

吃完饭，太阳还挂在山顶，天完全亮堂了。看时间还早，我到村子里走了走。

这是一个不算小的村子，学校在的是条主街，东西走向，还有条南北方向的巷子。我迎着太阳朝西边走去，好多房子都是土坯墙，里面是一孔孔的土窑洞。也有现浇房，不多，院墙是砖砌的。不管是哪种墙，院子里大多种着棵枣树，枣子已经打下了，树叶被雨水淋过后湿漉漉的，发着亮光。许多枣树上站着鸡。想起路上出租车司机说雨后路上能看到很多野鸡，我顺着路往村外走去。走了几百米，出了村子。睁眼望去，到处是沟壑。沟壑纵横的崖底，残存着不少倒塌的土窑洞，能看到埋在土中断成几截儿的木梁和破碎的瓦片，已经废弃很久了，从前这里应该比较繁华。我捡起一块石头朝沟底的玉米地扔去，石头一落进玉米地，两只野鸡飞出来，一前一后飞入远处的另一块玉米地。

沿着一条小径往前走，走了一段路，看见一截儿破城墙，城墙只剩下基础，旁边长满了杂草和酸枣树。想起历史上的虢国，我有了些欣喜，莫非这就是虢国的城墙，这黄土塬下是不是埋着一座古时的城？

此时，夕阳照在这段城墙上，有种沧桑的美。拍了几张照片，看到城墙不远处有一摊羊粪，羊粪附近有一大块黝黑的地皮菜。

好多年没有见过这么多地皮菜了。前年去青海旅游，商店里卖袋装的，买了一些，叶子太薄，吃不出小时候的那种味道了。小时候在村里，每次雨后，都和小伙伴们去捡地皮菜，越是羊粪多的地方，地皮菜越多。村里人们都叫地皮菜“羊鼻涕”，它握在手里滑溜溜的，确实有些像鼻涕，但真是好吃，洗干净和鸡蛋一起炒，或者晾干后与秋天的老西葫芦一起包烫面饺子，真是绝味。

我胡思乱想着，把这些地皮菜拾起来。在不远处的垃圾堆上，发现一个从前人们捣药用的石臼。这样的东西以前只在古玩市场上见到过，有些古玩店里用它养绿萝或睡莲，娇嫩美丽的鲜花养在这种古老厚拙的器皿里，有种特别美的意境。没想到在孤城的垃圾堆上看到了。我看了看，石臼是用一种发白的砾石做的，上面镂刻着简单的菱形花纹，十分古朴完整。抱起它来，很沉，怕有六七斤重。

回了学校，我把地皮菜泡进水里，石臼洗干净摆在窗台上。

换了身家居服，淘洗地皮菜。随着一次次换水，心情一点点好了起来。找了几张报纸，把洗干净的地皮菜晾出来之后，觉得孤城也许没那么差。我想第二天，等老师们来了，请她们吃地皮菜。

以前在城里时，经常想啥时候有时间了，像梭罗一样，找个有山有水的美丽的地方，离群索居一段时间，读读书，写写字。这次或许是机会，下次来，把笔墨纸砚带上，但欢欢和乐乐怎么办呢？丈夫怎么办呢？不由思念起家里人了。

欢欢和乐乐这么小，正是需要我的时候。他们平时睡觉都抢着和我睡，经常是吵闹半天，一左一右挨着我躺下，早上，我没有睡醒的时候，就经常被乐乐弄醒。她每天醒得很早，醒来喜欢咬我的耳朵，但一次也没有把我咬疼。那种痒痒的感觉，我不知道还有什么东西能让我感觉比它更舒服。我不在，她会咬她爸爸的耳朵吗？老公虽然比我大两岁，也许是从小没受过什么挫折，什么事都想得很简单，有时我经常觉得自己有三个孩子。我不在，这两年他怎么过呢？

想着我就给丈夫打电话。电话一打通，欢欢和乐乐听到是我的声音，都凑了过来。分开才不到一天，他们那么多想和我说的，两人争先恐后抢电话，丈夫在那边笑了起来。听到他的笑声，我也笑起来。

挂了电话，时间还早，也许今天坐车累了，还是太无聊，除了睡觉，没有更好的事情可以做了，便躺到床上。没想到这张床不稳，一翻身，整个床连下铺一起吱吱扭扭响。我不知道以前的老师是怎么在上面睡觉的，想找个东西把它固定一下，找了半天，没有发现工具，只好先凑合一晚，想反正就我一个，吵也不会影响别人。

刚这样安慰了自己，听到外面有人唱歌，歌词听起来像自编的，模模糊糊听不大清楚，好像有两句“吃要有着落，穿要有着落”。刘蛆宝给我挑水时，也唱着歌，这儿的人们好像挺爱唱歌。

好不容易睡着了，半夜又被老鼠的声音吵醒，闭着眼睛，听见它们肆无忌惮地在屋子里跑来跑去。我擂墙壁、捣床、出声大喝、扔东西，都不怎么管用，每次大概只能安静半分钟，这些家伙就又开始闹腾。而且我一动，床就动，吱吱扭扭的床和窸窸窣窣的老鼠都让人不安，很快没有丝毫睡意了。我睁开眼睛，透过窗帘看见月亮很白很亮，院子里铺满了这种白，远处的杨树上也落满了这种白，这种白清冷虚幻，让人感觉世界好像不真实起来。

上午，学生和老师们陆续来了，有几个学生一来就闯进了我的房间，他们看见我，惊讶地呆住了。几秒钟后，有个个子高点儿的学生说："老师，这周我们值日，来抬水。"

他们把我当成新来的老师了。

我说："你们去哪儿抬水呢？"

"大池子。"

我不知道大池子在哪里，望着他们稚嫩的面孔，想起城里这个年龄段的孩子，问道："大池子在哪里？"

"村子南边。"个子较高的男生指了指南边回答。

"你们怎么值日？"

"两人一组，把瓮抬满。老师，让我们去吧，快上课了！"这个学生使劲地催我。

我迟疑了一下说："好吧。"

他们马上活泼了起来，抢着拿棍子，然后拿桶的追着拿到棍子的跑了出去。

老师们来了之后，看见我就问："您是安书记？"大概是听王金贵说了我要来的事情，但问完就匆匆放下东西，不再多说话，去戏台另一侧的办公室准备去上课。我想和她们说说老鼠和床的事情，可看她们每一个都这样匆忙，只好等中午吃饭时说了。

上课铃响了，那几个抬水的学生回来一趟，第二趟出去还没有回来，我替他们着急，去校门口看。他们几个人嬉笑着正向学校跑过来，水桶荡来荡去，水洒了一路。看见我，他们突然收敛了笑容，脚步慢下来。

我喊："快点儿，上课要迟到了！"

还是那个个子高点儿的学生慢悠悠地回答："老师，迟不了，这是预备铃。"

学生们上课去之后，我去了村委会。门开了，却仍然没有人。办公桌上乱七八糟扔着些文件，文件上面满是灰尘。桌子上、椅子上、窗台上也都是灰尘，一看就很久没人来过。我皱了皱眉头，基层怎么办公，难道从来不来办公室，不开会？想再等等看，原路回去，路过小卖铺的时候，买了菜、肉、鸡蛋、一大瓶可乐、一袋大米。以后，要和这几位老师经常打交道，不能让她们觉得我小气。

上午，我坐在学校的宿舍里，学习培训时给我们发的文件。培训时没有认真听，现在认真学习，有种不好的预感，这次扶贫面临的工作，不像来的时候胡桃副馆长说的那么简单。

学校上最后一节课时，我开始做饭，毕竟以后要和这些老师长期打交道。

我想想自己会做的拿手菜，又从网上查了半天菜谱，做了荤素六个菜，其中最得意的是地皮菜炒鸡蛋。这个菜看起来简单，但第一，真正的地皮菜现在不好找，反正我们老家那儿以前一下雨到处都是，现在很少能见到；第二，地皮菜必须洗干净，这种野菜看起来和木耳差不多，但比木耳难洗多了，它是从土里长出来的，洗不干净，一吃就硌牙，就连许多饭店做的这个菜也硌牙。

学校放学后，老师们回来要做饭，一看我把六道菜摆在桌子上，有些发愣，我招呼她们赶紧坐下吃饭："辛苦了一上午，肯定累了，快点儿吃。"

接下来，我把可乐给所有人倒上，依次摆在桌子上。几位老师还站在那儿发愣。我打趣道："再不吃就凉了。"一位戴眼镜、个子细高的女老师说："安书记体谅大家，做好了饭，大家快坐呀！"她推这个一把，拉那个一下，几位老师才坐了下来。

别的老师都称呼她校长，我才知道这个叫芙蓉的女人是校长，王金贵让我来这儿住时，啥都没交代。

老师们可能拘谨，菜吃得很慢，但地皮菜炒鸡蛋大家一致称赞。刚开始，她们不知道这是什么东西，这里的人们根本不吃这个。我说昨天从地里采回来的。有人迟疑地问："这个东西不是木耳？"我夹了一筷子说："和木耳有些像，你们尝尝，纯绿色天然食物，有种特殊的清香，在现在的食物中很难遇到了。”她们听了我的话，每人夹了一筷子，马上说好吃。

大家说开话后，都是女人，很快熟悉了起来。这些女老师都是当地人，师范类院校毕业后分配到孤城，都结了婚，丈夫在县城工作，也在县城里置了房，但因为上课，平时住在学校里，周末回城里过星期。

她们有的事先应该知道我是省城来的，比如芙蓉校长，有的可能不知道，但知道我是省城文化馆的之后，都露出了惊讶的表情，一连串问了很多问题。

“文化馆平时打交道的是不是都是文化人？”

“是不是能见上明星？”

“孩子留在家里怎么带？”

“回去后是不是就能提拔？”

“一个月能领多少补助？”

“每个星期回一次还是多长时间回一次？”

……

我不好一一回答她们的问题，有些自己心里也没底。

芙蓉校长是个爽快女人，她说：“安书记，既来之，则安之，我们以前也不愿意来孤城当老师，这么偏，为啥非让我们来？但没办法，来了，就得给人家好好干，学生也和咱们没仇，不能耽搁人家孩子们。你以后有了啥困难，我们帮你。”

一腔话，说得我有些激动，来了孤城没有听过这样暖心的话。

没想到，晚上我就崩溃了。

我是五点半提前到的村委会会议室。在单位，每次开会我都习惯早到。干什么事，我都喜欢赶早，因为怕和别人挤，怕出意外的事情，挤地铁、看电影、吃饭……都这样。

到了会议室，还是早上那副灰扑扑的样子。我多少有些不高兴，农村人不太讲规矩，大概平时泥里水里习惯了，但开会要有个开会的样子，哪能这样呢？我便自己动手，先把桌子、椅子、窗台上的土擦干净，文件、资料摆好，又把地打扫干净，本来想墩一下地，没水，只好先这样，但比刚进来时好看多了。

到了六点钟的时候，没有人来。我想农村的人可能时间观念不强，今天会上说一说，下次大家应该就会注意了。但心里还是有些埋怨王金贵，他怎么能不准时呢？既是支书，又是我亲自当面和他敲定的六点钟。

等到六点半，还是没有人来，我觉得说不过去了，便给王金贵打电话。电话通了，响了十几声，却没有人接。我心里恼火，等了会儿，又给他打，还是通了没人接。我的犟劲儿就上来了，便隔几分钟给他打一次电话，却一直没有人接，越没人接，我心里越生气，和王金贵较上劲儿来，想今天这个电话一定要打通。

一直打到七点钟，王金贵才接起了电话，我一听他的声音，就不客气地说："王书记，咱们说好今天六点开会，您忘了？"

王金贵回答说："安书记，对不起，刚才在地里，手机没带，我吃口饭就过去。"

都迟了一小时了，还要先吃口饭！我不知道时间在王金贵脑中是什么概念，觉得他可能在搪塞我，但没证据证明他刚才在哪里，也不能不叫他吃饭。我想自己还没有吃饭，本来打算只开个短会，与各位干部和党员先认识一下，了解了解村里的情况，开完会再去吃饭。

便强忍着气问："其他人您通知了吗？"

"通知了，一个不落地通知了。"

"他们都还没到，你们平时开会也这样？"

王金贵顿了顿说："我再催催他们。"挂了电话。

孤城的晚上，真是冷。昨天开了电暖器，没有感觉太明显，今天一个人坐在这里，冷得直发抖，而且越冷越饿，越饿越冷，我想这都啥时代了，在这儿忍冻受饿。隔一会儿看一下时间，没有人来，村委会院子里一片寂静，除了周边电视的声音，和偶尔传来的几声狗叫，就是我肚子叽里咕噜的声音。

我忍住怒火，一直等着，看他们到底多晚来。

月亮上来了，月光比昨天更白，却感觉不到丝毫的美，反而感到像小时候看电影胶片突然烧了的那种白，让人冷，让人绝望。

一直等到九点钟，没有一个人来。

我站起来，又给王金贵打电话，光响，没人接。

我忽然感觉自己很愚蠢，等着他们白浪费自己的时间。想起欢欢和乐乐，想起丈夫，我不知道来这里干什么来了？打开手机拨号键，昨天通知我书法作品入围兰亭奖参展名单的那个电话还在，我想自己应该到北京、上海这些大城市去，跑到这个鬼地方能干什么！

我收拾东西，想自己不应该待在这里。

电话忽然响了，以为是王金贵回过来的，要是他给我说几句道歉的话，怎么办？还继续等？一看来电显示，是丈夫的。

我的家才是最需要我的地方，孤城根本不需要我，理都没人理我。

瞬间我崩溃了。我没有接电话，号啕大哭起来。这是成年之后，第一次这样大哭。因为扶贫，种种不如意的事情都涌现出来。我听见自己的哭声像被堵在屋子里的老鼠，找不到任何孔洞，疯狂地乱撞，我不顾死活，拼命让它撞。

哭了几分钟，嗓子沙哑了，我知道今晚不会有任何人来了，下定决心回去。拿起电话，给副馆长胡桃打电话。电话通后，心里有怨气，没有称呼他馆长，也没有说自己是谁，直接就说："我不来孤城了，明天就回，单位谁有本事谁来吧。"

胡副馆长开始大概没有听出我是谁，话说完后他才反应过来，他问："小安，到底啥情况，发生什么事情了？"

丈夫又打进电话来，我没有接，继续和胡桃说："胡副馆长，您为什么骗我？说扶贫每个月只需要下去转上一两天就行了，现在不仅每天要住，住的还是学校的集体宿舍，上下床。关键是村里没人把你当回事，我们昨天说好今晚六点钟开党员会，等到现在没有一个人来。这工作我干不了，你们换人吧！”说着我的情绪越来越坏，又有了哭泣声。

胡副馆长安慰我：“小安，没有骗你呀，当初我扶贫就是每月去上一两天，年底给人家争取点儿项目就可以了，你经常在单位也可以看见我呀！是不是现在不一样了？”

我哽咽着说：“来了得驻村，每周五天四夜，而且人家根本不需要我们，开会通知他们，过了三个小时了，一个人也不来。”

“小安，你听我说。”胡副馆长要给我解释。

我不想再听他说，感觉他和王金贵一样欺骗我，或者他本意没有骗我，却根本没有搞清楚这轮扶贫需要怎么样，就安排我下来。长这么大，我最恨别人骗我，也恨稀里糊涂的人，挂了电话。

哭了半晌，给丈夫回拨过去。丈夫听见我的声音嘶哑了，问：“你是不是哭了？”

我说：“我不在这个鬼地方待了，明天就回去。”

丈夫问：“发生啥事了？”

我挂断电话。

丈夫发来短信，说想回就回来吧，路上一定小心！还加了三个拥抱。

离开村委会的时候，我连门也没有关，觉得这个地方和我没有关系了。望着干净而空旷的办公室，我在地板上吐了口痰。

回到学校，芙蓉她们还没有睡。大概看出了我哭过，芙蓉小心翼翼地问："会开得怎样？一个多小时前在校门口还看见过王金贵。"

"这个骗子、混蛋！"我不再顾忌，狠狠地骂着，说："我不在这儿待了，明天就回去。去县城最早几点有车？"

芙蓉说："最早八点有车，真的回去？"

我点点头说："一刻我也不想待了，说好六点开会，九点了没有一个人到。"

芙蓉理解似的点点头，"你们单位也是，派个女同志来哪能镇压住他们呢？那个王金贵……"她摇了摇头。

我躺到床上后，翻了个身，意外地发现床不响了，感激地望了望下铺，用被子蒙住头。

房间熄灯后，月光透过窗帘照进来，我在被子里感觉到了，掀开头上的被子，果然看到月光。它直直照在昨天拾回的那个石臼上，石臼装满月光，像灌满了水，溢了出来。我后悔把这个破烂东西拾回来，想这样的破村子，这样的党员干部，不穷才怪。

还是有老鼠，奇怪的是其他几位老师仿佛没听到，或者是习惯了，每个人都睡得挺好。我却不时被老鼠的声音吵醒，听见它们咬桌腿，听见它们啃书，听见它们吵架，听见它们从屋顶上沿着柱子跑到地上跳舞，我想起欢欢和乐乐，还有丈夫，打开手机，翻出我们以前在一起时拍的照片，想当初就不该答应胡副馆长下来扶贫。

这晚，我几乎一夜没睡，脑子里总是翻来覆去想东西。睡不着，便想反正第二天路很长，车上能睡，回了家也能睡，索性翻到自己喜欢的几张字帖，默默临起来。

第二天，我早早起来，收拾东西。芙蓉她们看着我，眼神里有些羡慕，有些担忧。我想到她们不知道还要在这个鬼地方待多长时间，有些可怜她们。

收拾好东西之后，芙蓉她们做饭，我什么也不想吃，也一点儿不饿，便盼车早点儿来。等到七点钟，实在坐不住了，决定出去在班车站点那儿等。

芙蓉问："真的要回去？"

我苦笑着回答："不回，在这儿啥也干不成，白浪费我的时间。"

芙蓉她们劝我再坐会儿，多少吃点儿东西，现在去班车站点太早。我没有胃口，还莫名地怕今天班车突然来早了，坚持去停班车的地方等。芙蓉她们都出来送我，我想老师们毕竟有文化，善良，比村干部好。

在校门口，遇到了昨天抬水的那几个男孩，他们看见我拖着行李箱出来，好奇地停住脚步，互相推搡着，推出了那个个子最高的。他小心翼翼地问："老师，您要走？"他们还不知道我是来这儿当第一书记的。

我心里有些酸楚，没有去解释，点了点头。

"您还会再来吗？"他们一起小心翼翼地问。

我不敢回答，赶紧拖着拉杆箱走。

到了班车站点，时间早，没有其他乘客。我想芙蓉她们还要在村里教书，让王金贵看见送我不好，劝她们回去。

她们一走，我心里空荡荡的。

这时那几个抬水的学生来了，他们轮流抱着我拾回的那个石臼，小跑着。我害怕石臼掉下去砸了他们的脚，喊他们慢些。

到了跟前，他们把石臼小心放到我旁边的椅子上，仿佛那是颗鸡蛋，不小心会打碎。

那个个子高的同学说："老师，校长让您把这个带上。"

我说："不带了，送给你们校长吧。"

学生们不知道该怎么办了，他们说："校长让给您。"

这时，昨天给我挑水的刘蛆宝拿着个蛇皮袋子来了。他看到石臼，眼睛亮了一下说："古董。"

我有些好笑，对他说："古董，你拿回去吧。"

"真的，这是个老药臼，"他拿起来打量了打量说，"还挺完整。"

那个个子高的男生蹿出来说："这是我们老师的。"

刘蛆宝讪笑着说："磊磊，看把你急的，我不要。"

我才知道这个男孩叫磊磊。他脖子一梗说："想要也不给！"

我觉得孩子们真有意思，心情好了些。

突然电话响了，是单位办公室主任的。我接起电话，对方焦急地问："小安，你现在在哪里？"

我说："孤城。"

没等我说我正在等班车，准备回去，他说："你现在马上去黄东县医院，咱们胡副馆长出车祸了，我们在路上。"

我一听头大了，昨天晚上九点多我们打电话时他还在省城，怎么今天早上在黄东县出车祸了？马上，我明白了为什么，不由嗓子发干，心一阵阵往紧抽。

王金贵大概听到了什么风声，正好骑着摩托车过来。一等他站住，我一把推开他，骑上摩托问："县医院朝哪边走？"

一路上，我把油门轰到最大，感觉车都要飘了起来。好在去县城大多是下坡路，比来时快了许多。转了好多弯，下了好多坡，终于到了县城，我的脸被风吹得好像要破了。问清医院方向，又轰鸣着过去。到了医院，停摩托的时候，排气筒烫了我一下。一下车，听见摩托车发疟疾似的呻吟了一下。我顾不上管它，往急诊室跑去，边跑边给办公室主任打电话，问哪个病房。看车的老头喊我，我顾不上接应他，掏出一张钞票扔下。

到了手术室门口，楼道里站着一群人。我想起以前在医院里看病人的经历，腿一阵发软。还没等我开口问，似乎楼道里的每个人都知道我来找谁的，他们用手指着外面，嘴唇轻轻张开。我听不见他们说什么，但很明白他们都在说太平房。

我脑子里一片空白，腿软得站不起来，跌跌撞撞到了太平房，在门口遇到了培训过我们的县委组织部和县扶贫办的几位领导。他们黑着脸，低声议论着什么。一群苍蝇在他们头顶乱飞。

过了国庆节，还有苍蝇，我搞不清楚。太平房里亮着灯，大白天我感觉黑洞洞的。

二

处理完胡副馆长的后事，我在孤城留了下来。

这次事故，司机小陈奇迹般地幸存了下来。他告诉我，胡副馆长没有骗我。胡副馆长在车上讲，前几年扶贫就是做做样子，说是定点，只是定个地方，人不用怎么下去，只要每年给扶贫点搞点儿项目或者搞点儿钱就行了。

小陈说，确实是这样，以前胡副馆长来，每次都是用他的车，一年来不了几次。过春节前的慰问，必须来；上级有检查，事先会通知，来应付一下；其他时间，扶贫大队长来，一起跟上就行了，没几次。其他开车的司机朋友也和他讲过，他们单位扶贫的也一年下不去几次。

我知道，胡副馆长没有骗我。他扶贫那几年，经常在单位能看见他，就是因为看见他不用怎么下去，我才痛快地答应了。

那晚我给胡副馆长打完电话，他担心极了，害怕我出事情，立即询问了他组织部的一位朋友。这次扶贫和以前确实不一样，任务重，目标明确，每位第一书记的资料录入了省委组织部干部系统，要作为考核任命的重要依据。他担心我自己回去，犯错误，叫上司机半夜出发，要截住我，实地来了解一下真实情况，假如实在不适合女同志待，单位就换人。

磊磊他们看见我回来，很高兴，尽管他们已经知道了我不是他们的老师。我一进校门，孩子们就围过来，簇拥着我，好像我们一起待过好多天。这种温暖让我一下想起胡副馆长的死，流下泪来。孩子们不知道原因，以为是他们惹我生气了，一个个缩着脖子提心吊胆地望着我。我想不能再像以前那样动不动哭鼻子了，当第一书记要有个当第一书记的样子。擦了擦泪笑起来。孩子们诧异地望着我，磊磊说："安书记真漂亮！尤其是笑起来。"以前经常听到男人们夸奖我漂亮，但从来没有像听到磊磊的夸奖让我舒服，大概是不带一丝其他内容。其他学生看到这次我没有生气，也纷纷夸起我的漂亮来，好像我们很熟，我本来就是这里的人。

回了宿舍，芙蓉正拿一把手钳剪着铁丝固定床，她把床和屋子里的柱子紧紧捆在一起，中间还用木棒顶住。她说："安书记你看，这下牢靠了，再也不吱扭了。”说着还踢了它一脚，果然固定好了。

那个石臼又被拿了回来，摆在窗台上，不知道谁往里面插了一束野菊花。我给它倒了些清水，有些枯萎的花朵好像马上舒展了。

决定要待下来，没有上次急了，而且说实话，也不知道该从哪儿下手开展工作。我没有急着像上次那样开会，而是先在村子里溜达。看到人就上前问，问他们收成，问他们收入，问他们身体……

上次只去过孤城的西边，这次四面转了转。孤城的村子不算小，北边有座山，山坡上向西边崖底挖着许多窑洞，但这些窑洞里大部分还住着人。南边是条河。按照风水来说是好地方。《周礼》有云：前有照，后有靠，此风水之宝地。可惜河不知哪朝哪代已经干涸了，河滩里农民开了荒地，种的都是玉米。磊磊说的大池子就在河道旁，是个水泥垒的大池子，专门用来收集雨水和雪水，沉淀后供人们使用。

一走近腥味儿臭味儿扑鼻而来，水面不仅混浊，而且上面还漂着些羊粪和草棍、树叶子。这就是人畜饮水的地方！想着自己在村里喝的水就是从这儿弄的，胃里一阵不舒服，不想再多看一眼，而且喉咙里痒痒的，像有小虫子在爬。以前人们说起山区生活困难，想的总是交通不便、挣钱难、缺老师等等，现在，看到他们吃的水，才明白怎么个困难法。城里自来水人们都嫌不健康，喝纯净水、矿泉水。下次来，是不是在宿舍安装个饮水机？但马上否定了这个愚蠢的想法，安装上饮水机，让老百姓怎么看我呢？天然就有了距离。可是，每天喝这样的水？我不敢再多想，继续往前走。

村子东边是村子里的地，有两千多亩，基本上种的也是玉米。看来，这里的村民是务农为主了。

几天时间，发现孤城有些奇怪的现象，一是这里的女人比较少，尤其是年轻女人少。每次从街上走过，感觉自己像朱塞佩·托纳多雷导演的《西西里的美丽传说》中的莫尼卡·贝鲁奇，许多眼睛在后面盯着看；二是人们很闲，只要天气好，上午和下午都会看到很多壮劳力坐在向阳处打扑克、下象棋或者闲聊。这可是十月份啊，白天还很暖和，正是打工的黄金季节，可是这儿的人们却坐着。

我还从王金贵那里要来村里的干部和党员花名册，一个一个去登门拜访。连干部，带党员，孤城有十一人。其中九个党员，七个男的，两个女的，八个五十岁以上，只有一位四十出头，是在部队上入的党，转业回到村里的。令人吃惊的是，七个男党员，有三个是光棍，包括王金贵。

知道王金贵是光棍，做好了去光棍家的准备。王金贵家比别人家好过一些，从外面就能看出来，三间砖砌的窑洞都贴了瓷砖，一进门有台显眼的52英寸液晶电视机，地上有沙发、茶几、洗衣机，沙发靠背上摆着一只布艺老虎，是用红黄两种布料做的，样子很是威武。窗台上养着几盆花，都长得郁郁葱葱。而且家里收拾得挺干净，还能闻到女人化妆品的香味儿。

门背后有双女人穿的粉红色的绣花拖鞋，王金贵看见我盯着那双鞋看，嘿嘿笑了笑，拿了把扫帚挡住了它。

我想他大概有相好的。

其他两个光棍家，窑洞里除了炕、锅灶、几个旧柜子、水瓮、电视机、储存粮食的窖，几乎没啥东西。

有家室的党员家里也很寒酸，而且他们孩子都比较多，最少的两个，也有三个的，奇怪的是都摆着一只武威的布老虎，我以为是这儿的风俗。

最令人吃惊的是村委会副主任毛虎家。毛副主任五十多岁，脸长得很黑，五官缩在一起皱巴巴的，像个“苦”字，一看就吃过不少苦。他炕上躺着一个女人，见我来了眼睛里露出自责的神情，要坐起来。毛副主任说：“你躺着吧，不用起来。”说完不好意思地对我说：“这是孩子他妈，身体不大好。”我忙说：“让她千万不要动，躺着就好。”

毛副主任女人有病，家里却收拾得井井有条，除了有些因为人长久卧床不起带来的异味儿，不像有病人住的家。他家里墙上贴着好多奖状，有的颜色已经发黄。有一个不大的书柜，除了摆着些学生的课本，还有果树修剪、党员修养、怎么养猪、医疗偏方等读本，此外，一溜文学名著，有《简·爱》《傲慢与偏见》《红与黑》《钢铁是怎样炼成的》《牛虻》《斯巴达克斯》《平凡的世界》《穆斯林的葬礼》等，还有本霍金的《时间简史》。

我问：“毛主任，这些书你看，还是孩子们看？”

“都看。”毛副主任脸上浮现出欢喜的笑容，整个五官都舒展开，我真的像看到一朵花在他脸上盛开，没有了我刚进来时他看我眼睛像锥子那样的警惕表情。

“孩子们学习不错呀，”我看着那些奖状问，“都在城里读书？”

“一个高三，一个初二。”躺在炕上的女人蛮是自豪地回答。

“住校？”

“住校。”女人说。

“我们没办法去城里陪读。”毛副主任望着炕上躺的女人遗憾地说。

我点点头说：“孩子们学习好，争气，是最大的福气。”

毛副主任和女人一起说：“就盼孩子们了。”

“一定会越来越好的。”我说，“你在村里待了多年，对咱们村有些啥想法呢？”

毛副主任张了张嘴，望了望炕上的妻子，叹了口气。

我的心情沉重，知道他有顾虑，不再问了，告诉他有什么困难可以来找我。

所有的村干部和党员拜访完之后，我决定开会。这次开会时间定在了晚上八点。这几天了解情况，知道村里人白天干活儿，晚饭吃得比较晚。

村委会主任刘跃进不在村里住，我亲自给他打了电话，叮嘱他一定要来开会。

我还是提前半小时到了会场，擦桌子、扫地，收拾好之后，从小卖铺买了两包烟、一打矿泉水。

七点五十分的时候，我坐在椅子上有些忐忑地等人来。

到了八点钟的时候，来了一个人，是毛副主任。我赶忙让他坐，给他点烟、倒水，我发现自己不由自主竟然有些讨好他。毛副主任看到我这样，有些不自在，站起来问：“别人还没来？”

“没。再等等。”我多少有些沮丧，又怕他看见别人不来也走了。

“那儿有个喇叭。”毛副主任说着忽然站起来，把墙角桌子上的一块布掀起来。

我望了望毛副主任，他带着笑意试探性地看着我说：“要不，催催大家？”

琢磨了几秒钟，我觉得毛副主任的办法挺好，便走到喇叭前，按下开关大声说：“全体干部和党员同志请注意，我是孤城村的第一书记安欣，咱们通知今天晚上八点开会，请各位没有来的同志现在赶快到会场，会议马上正式开始。”

我一连说了三次。听着自己的声音通过喇叭传出来，既熟悉又陌生，有种悲壮的感觉。暗暗咬牙，告诉自己必须挺下来。

刚说完话，来了三个人，大概刚才躲在一边观望。

几分钟内陆陆续续又进来六个人，只有王金贵和刘跃进两人还没到。

还来了一些村民和学生，站在窗户外看热闹。我看到了磊磊。

不能再等了，我决定马上开会。开会前，我在喇叭上通报了一下参会情况。我说："全体村民请注意，我们的会议现在正式开始，按照会议签到的先后顺序，我通报一下参会人员名单，毛虎、刘二狗……欢迎各位感兴趣的村民列席会议。"

说完这些话，我对屋子里的人宣布会议开始。很快，王金贵和刘跃进脸色黑愤愤地走了进来。王金贵挨着我坐下，刘跃进却远远坐到另一头。我说："刘主任，您过来坐。"

他点了根烟，跷起二郎腿说："我就坐这边。"

我隐隐约约感觉他们两个有点儿不对劲。

大家都坐定之后，我先介绍自己的情况，介绍完自己的情况，请其他干部和党员发言。

没有人说话，倒是趴在窗户外面的村民和学生们传来嗡嗡的议论声。我打开门，请他们进来，他们哗一下子躲开了。我只好由着他们在外边。

看到没有人说话，我心里有些发虚，好不容易把人凑齐了，要是没人说话，会白开了，便硬着头皮说："没人发言我就点名了，王书记您先说。"

王金贵咳嗽了一声，一只眼睛盯着我说："安书记，你让我说我就说。我不浪费大家时间了，扎透说，你能给我们村带来多少资金、多少项目？"

他一说完，好几个人附和。有一个说："我们现在发展最缺的就是资金，人家隔壁张村是电力公司帮扶的，一来就带来一百万的项目。”“是啊，王村是省宗教局扶贫，一来就拨下五十万元修庙，还给每人发了件羊毛衫。”另一个人说。接着，他们就比赛似的讲别的帮扶干部给帮扶的村带来多少资金、多少项目。

本来想过他们会提问题，没想到这样直接，我想好的许多话说不出来，血忽地涌到头顶，脸涨得通红。长这么大，从来没有被人这样嫌弃过，而且不是因为自己的原因，我恨不得马上站起来跑了。

脸一阵白一阵红，听大家发表议论，我心里一边非常难受，惭愧带不来项目和资金；一边告诉自己得好好干，给村民们证明自己。

人们七嘴八舌说了半天，发现我一直没吭声，渐渐地停下来，盯着我。

我咬了咬嘴唇说：“我是文化馆的，确实给大家带不来那么多资金和项目，十分抱歉，但我打定主意留下来，咱们一起努力，是能把咱们村子搞好的。现在国家那么多资金和政策，发展愁的不再是钱，是怎么落实好政策。”

“球，没钱落实个屁，你哪里来回哪里去吧！”

“就是，开会白浪费时间。”

干部们纷纷发泄起他们的不满来，粗话脏话不断，他们都觉得上面给他们村派来一个文化馆的干部扶贫，是糊弄他们。文化馆自己还没钱，怎么扶他们?

以前从来没有想到农村干部这样粗鲁。我已经表明态度了，他们还继续指责。我悄悄安慰自己，他们不是冲我来的，换了文化馆的哪一位干部来，他们都不满意。

听着，听着，我不生气了，因为我自己也想不通扶贫为啥派我们这样单位的人来？首先，我们单位没钱，平时举办些文化活动，为了点儿经费，领导还得到处求爷爷告奶奶，四处化缘。第二，我们单位没权，根本协调不了什么事情，就是个服务性单位。第三，我们单位人的专业和政治、经济、农村都不沾边，干农村工作是外行，让一个纯外行、没有丝毫基层工作经验的人下来开展农村工作，想想就头疼。像我大学时读的是艺术系，学书法的，一心想的是当个书法家，平时所有读的书、接触的人，差不多都和书法艺术或多或少有点儿关系，根本没想过当个什么第一书记，根本不知道怎么搞农村工作。

要是换个角度想，假如我们村是贫困村，我也希望上边派来个有权有势单位的人，不喜欢派个文化馆这样单位的。

但我没有附和他们，只是听他们说。

等把桌上的两包烟抽完了，买来的水也喝干了，大家翻来覆去还是那么几句话。我看见人们提不出新问题了，自己也慢慢理清了思路，就说我来说几句，“第一，我来孤城是组织上派下来的，组织派哪个单位来是研究过的，时间不到不能回去，大家别想着赶我走。第二，我带不来钱，带不来项目，但愿意想办法帮助大家致富，只要你们提出想法，我和大家一起想办法落实。第三，咱们村现在最急切需要解决的事情是什么，大家议一议。”

我说完之后，大多数人还是坚持缺项目、缺资金。需要什么项目，他们却说不上来。

一直在听大家发言的毛副主任突然说：“我觉得咱们村子最缺的是水和信心，还有班子不团结。”

毛副主任说话的声音不高，但他一说完，会议室里马上安静了，王金贵和刘跃进的脸都黑了。

毛副主任的话印证了我刚才的想法，班子问题得认真解决。

看到有些冷场，我说：“我觉得毛副主任的发言不错。大家不是干部，就是党员，对村里应该有责任心，每个人都说说心里话，说得对，咱们认真研究解决，说得不对也没啥，邻里乡亲的，都是为村里好。”

见我表了态，其他人也纷纷说村里缺水。因为缺水，村里没有水地，不能种菜，吃的菜基本都是外边运进来的，很贵。遇到旱年，本来产量就不高的庄稼十之八九歉收，这是贫困最主要的根源之一。而且长期人畜混杂饮用大池子里的水，许多人得了布病，男人们干活儿没力气，女人们生育受影响。

布病！我还从来没有听说过，暗暗记住了它。

我插了一句话，我说：“这几天我看见咱们村的闲人挺多，大白天打扑克、下棋，这在好多地方不可想象，原来是因为布病没力气干活儿。”

“是，是，得了布病全身发软，没力气。”好几个人同声附和。

另有几个人说："人们也想出去打工，可是没技术，也没地方。在近处找不到干的，去远处怕被骗了。"

大家这样一说，我想起我的老家。以前县里铁矿好的时候，人们都去铁矿上打工。铁矿业的兴盛带动运输、餐饮、建筑等各种行业。这几年铁矿业不好了，啥都受影响，一下子许多人无事可干，也是远处不敢去，去了不知道能干啥，近处找不到干的。

这次会议效果不错，开了两三个小时，一下感觉许多事情需要做。

村里开完会，乡里通知开会，书记、村委会主任、第一书记、驻村工作队、包村干部"三支队伍"都参加。

这天是星期五，会议上午九点召开。

坐上王书记的摩托车，去了乡里。

这是第一次到乡里，以为会繁华一些，一见，大失所望。从来没有见过这样落后的乡镇所在地，不长的一条街道，从东边进来一眼能望到西边。

进了乡政府，只有前后两排窑洞，二十多间，每间都挤满了人，看看时间，已经快到九点，怕迟到，我赶紧向会议室走去。进了会议室，有两个比我年轻的女孩正在打扫卫生，桌椅板凳挤成一堆，屋子里满是灰尘。

我以为自己记错时间了，问："是九点开会吗？"

她们好奇地望着我，说："是九点。"继续挥舞着扫帚用劲儿扫着地。

我看了看身后，没有人，王书记根本没进来，觉得九点钟不可能准时开会，便出来到街上走了走。

从乡政府走到我们进来时的牌楼那儿，只用了不到五分钟。牌楼往乡政府走，开始路两边是苹果园，果树下是半枯的板蓝根和九月菊苗子。再往前走，是文化活动中心，用油漆漆得大红大绿，铝合金门紧锁着，透过窗户上的玻璃看见里面什么也没有。继续往前走，有个汽车修理站，门口挂着几只轮胎，地上却停着几辆手扶拖拉机的车头，这种玩意儿，只在老电影里见到过，这儿的人们却还在使用。再往前，有一个便利店和一字排开的三四家饭店，每家饭店门口有些散落的鱼鳞和圈在笼子里的鸡。饭店对面就是乡政府。过了乡政府，又是一家便利店，然后是老年活动中心，有几个老人在里面打麻将。老年活动中心对面是粮站，一半地方被改装成储存水果的恒温厂，一半地方应该还在囤粮，每个粮囤上都有褪色的五角星图案。再往前，到了最西边，一个理发店，一个磨坊，磨坊里有人磨面，戴着大口罩，头上、身上都是白。一切，都不像这个年代的东西，像张泛黄的旧照片。

短短的一段街道，很快走完了。返回乡政府，才九点二十分。进了会议室，卫生打扫完了，洒了水，灰尘被压住后，散发出浓郁的土腥味儿。里面没有一个人，空荡荡的主席台上摆着七八个座签，书记、乡长、人大主席、纪检书记、组织委员、两个副乡长。不知道会几点能开，我只好再出来。

王金贵不知道钻到哪里去了，刘跃进也没有看见，办公室哪个我都不熟悉，从外面瞄上一眼，看到里面人都挺多，每个屋子里都有人在抽烟，空气被抽得发了蓝。害怕陌生人，也害怕里面发了蓝的空气，便傻子似的站在会议室门口等。

这时有个人喊我安书记，抬头一看，是县果业局驻孤城的驻村工作队队长张顺民。

本来我们应该很熟，但这个家伙我到了孤城只见过一面，据说他们单位特别忙，我见他那会儿，他不停地接电话、打电话。他不能老待在村里，而且他的家在县城，也不在村里住。

不是他喊我，我都不敢认。来了孤城，哪个人我都怕认错失礼，尤其是村里那些普通村民，觉得见过后认不出他们来，他们会怪我。结果记来记去，只记住几个相貌有特点的人，大多数人还是记不住。张顺民这种干部形象的，没有太大特点，只隐隐约约记住个大概样子。

张队长说："开会还早呢，候在这儿干啥，跟我进里面坐去吧。"

我说："都快九点半了，通知的不是九点吗？"

"这儿的会！"张队长鄙夷地笑了一下，露出一副不在乎的模样。

我说："我怕那里面的烟。"

张队长奇怪地看了我一眼，说："去我车上坐坐吧，时间还早，外面怪冷的。"

他这样一说，我感觉确实有些冷，跟着他往车那儿走。

会议最终是十点二十分开的，比通知的时间晚了一个小时二十分钟。我想起自己通知党员干部们开会，大家都迟到，乡里居然也这样！只好苦笑。

会议内容很多，安全、环保、防火、卫生等等。一个领导讲完，另一个领导接着讲，让人难受的是每个领导发言使用的都是当地方言。它不像老百姓说的话那么意思简单，努力听半天，才能知道对方说什么内容，也不知道准确不准确。乡镇原来有这么多工作！

当然最主要的还是脱贫攻坚。用乡党委书记的话讲，现在乡镇最重要的工作是脱贫攻坚，每个单位最重要的工作也是脱贫攻坚，脱贫攻坚干得好不好，决定大家的工作干得好不好。

以前在文化馆，知道中央现在大力搞脱贫攻坚，但觉得这些工作像电影电视里的故事离自己很遥远，没觉得它多么重要，现在一下和自己息息相关起来，而且这么重要。

听着一份份文件精神，我盘算着回省城的时间，知道没办法回孤城拿东西了，县里回省城的大巴最晚下午两点，从乡里返回孤城，再到县城，来回折腾需要不少时间。

会议开到十二点一刻，终于结束了。乡里灶上准备了伙食，大伙儿都留下来吃，我不好意思独自走了，也好奇乡里到底吃什么，便跟着去吃。是大馒头和烩菜。烩菜里面都是水，一锅菜，有半锅水，看起来就是把菜炒了炒，加了水煮出来的，吃起来没有半点儿味道。吃饭的地方小，开会的人多，里面坐不下，不少人便打了饭端出来吃。我想着要回家了，又没有多少胃口，吃了半块馒头、几口菜，就搭了张队长的车回了县里。

本来准备带几件换下的衣服回去洗一洗，因为没时间了，没有带。会上发的几份文件倒是带了回来。

到了黄东县城，看到楼房、汽车、人流，听到商店里电子喇叭促销商品的声音，竟有点儿恍惚和兴奋。第一次来的时候，还觉得这个县城简陋、萧条。

张队长把我送到汽车站，坐上大巴离开县城，我有种迫不及待的期待。

在孤城只是待了一周，还包括周一路上来的时间和周五回程的时间，可是像待了几个世纪。大巴中途在公路服务区休息时，踩在服务区卫生间大理石铺的地面上，闻着空气中飘散的廉价的人工合成的香水味儿，我觉得真好。坐在马桶上，听着隔壁的人用普通话打电话也觉得格外好听。

大巴车进入省城市区天已经黑了，看到那么多明亮的灯，看到省城的高楼大厦，道路两旁的绿化带、公园，商场前面巨大的电子屏，马路上川流不息的车辆，有种重新回到现实世界的感觉，不由感慨城里就是好，不说别的，就是树也比乡下多，以前一直认为乡下的树比城里的多。

回到家里，天已黑透。欢欢和乐乐知道我要回来，早早在门口等着。一开门，他们俩兴奋地向我扑过来。我高兴地张开双臂，迎接他们的时候，闻到自己身上有股馊味儿，一个星期，没有洗一次澡。还没等我说什么，欢欢说：“妈妈身上有味儿。”我赶紧躲进浴室里。丈夫说：“水已经热好了，吃了饭洗吧。”我心里一暖，回答说：“洗了再吃。”我一直把自己搓得全身发红才出来。

洗完澡，欢欢和乐乐缠着我，一刻也不离开。吃饭的时候，他们的嘴不歇，争先恐后讲述一周来发生过的趣事。丈夫说：“让妈妈先吃饭。”他们根本不听。吃完饭，他们拿出这周写的字、玩过的玩具，一一让我看。我一表扬他们，他们就咯咯地笑，扑过来亲我。晚上睡觉时，他们一左一右睡在我旁边，继续讲他们觉得有意思的事儿，已经忘了刚才就讲过。

第二天早上，我的耳朵痒痒的，以为自己在做梦，梦见乐乐咬我了。睁开眼睛，真的是乐乐在咬我，她的牙齿没有长全，也不用力，咬在上面软软的，像虫子在爬。她看见我睁开眼，咯咯笑了起来。我一把搂住她。

上午，我陪着欢欢乐乐去玩淘气堡。他们俩到了跟前却不往前走了，眼巴巴地看着我。

我说：“妈妈在旁边等着你们。”

欢欢说：“妈妈，咱们一起进去玩。”

乐乐邀请我，说：“走吧，妈妈，咱们比赛。”

我说：“这是孩子们玩的地方，妈妈不能进去，就在边上看着你们。”

欢欢说：“妈妈不去我们也不去。”边说边眼巴巴地瞧里面那些翻来滚去的孩子们。

乐乐说：“我想去。我也想妈妈。”

我从包里摸出钥匙串，卸下两把，找了根细绳串起来，说：“这是咱们家和妈妈在孤城的钥匙，你们放心去玩，玩完咱们一起走。”

欢欢乐乐这下放心了，欢呼着冲向淘气堡。进淘气堡，需要脱鞋。欢欢眼珠一转说：“妈妈，我给你拿包，你帮乐乐脱鞋吧。”

我点了点头，把手中的包交给欢欢。

乐乐说：“妈，我自己能。”我帮她解开鞋襻儿，她自己把鞋脱了下来。

欢欢把包交给我，拉着乐乐扑进淘气堡。

城堡里那么多游戏的地方，可是两个孩子都不去远处玩，视线老在能看见我的地方。

我看着他们翻上翻下、蹦蹦跳跳，想起村里的那些孩子们。他们也翻上翻下、蹦蹦跳跳，可是不是在充气的塑料的淘气堡里，而是在树上、墙头上、泥地里，没有啥保护，他们的脸上、身上几乎永远是脏兮兮的，还不时会擦破一道口子，碰个包，可谁也不当回事。我亲眼看见有个孩子额头碰破，血呼呼流出来，他母亲只是剪下孩子的一绺头发，烧成灰，按在上面，再捂块布。过一会儿，血不流了，孩子把血洗掉，继续出去玩。他们不会想到感染，也不会想会不会留下疤。

忽然听见欢欢大哭起来，我一阵心惊，赶紧朝里面看。只见乐乐站在一大堆气球面前，也大声哭着说：“妈妈，他把你的钥匙弄丢了，你回不了村里的家了。”

我赶忙摸包，刚才串好的钥匙不见了。

欢欢和乐乐边哭边埋着头在一大堆气球里找钥匙。

我怕别的孩子们踩着他们，大声喊着他们的名字，叫他们别找了。两人却惊人地倔强，头也不朝我这边看，继续小猪吃食一样拱着那些气球。

我一边担心地望着他们，一边跑去找管理人员。

终于，欢欢好像摸着了，他得意地站起来，然后用劲蹦起来，蹦到一只气球上，摔了一跤，哈哈大笑。然后拉着乐乐摇摇摆摆朝我跑来，边跑边喊："妈妈，你的钥匙找到了，这下能回去了。"乐乐跟着他说："妈妈能回去了。"

玩完淘气堡，我又领他们玩了"海盗船""激流勇进""旋转飞车"，我恨不得把所有的游戏都带他们玩一遍。

欢欢和乐乐不断地开心地大笑。

欢欢说："妈妈，以后你多出去吧。"

乐乐说："我不让，我要妈妈陪我。"

欢欢说："傻瓜，妈妈出去再回来就能带咱们多玩几个游戏。"

乐乐说："我不玩游戏，我要妈妈。"

我有些心酸，以前每次带他们出来，只让他们选一个游戏玩。

玩完游戏，我们一起去吃饭，丈夫已经订好地方，是重庆火锅。一闻到那种浓郁的麻辣味儿，我不由自主咽了口唾沫。点菜的时候，我问欢欢乐乐："你们想吃啥？"

“我要吃肉。”欢欢说。

“冰激凌。”乐乐说。

他们一说，我也感觉有些饿，特别想吃肉、冰激凌，还有毛肚、鸭血、莜麦菜、粉条、豆腐、土豆片……这些寻常的东西，我竟好像好久没有吃过了。

吃完饭，我们一家四口去看电影。欢欢和乐乐依旧一左一右坐在我旁边，边看屏幕边不时摸摸我的手、揪揪我的衣服，好像怕我不在了。丈夫坐在欢欢另一边，像个外人，完全被冷落了。欢欢很快被里面的故事吸引了，乐乐却不专心看电影，不时扭过头来看我。我问她看什么？乐乐说：“今天真幸福！”

看完电影，欢欢和乐乐都累了，准备带他们回家睡觉。一解除手机静音，看到好几个微信群都有新信息提示。打开一看，都是乡里工作人员建立的微信群，通知的是同一件事情，周一上午十点钟在乡会议室开会。

又是开会！以前也不喜欢开会，到了孤城，竟对开会有些过敏，一听这两个字就紧张。再说，昨天才刚开过会！我有些崩溃。

丈夫看我脸色不好，问是不是有事？我摇了摇头，趁欢欢乐乐跑到前面去，低声对他说：“周一上午十点钟乡里开会。”

丈夫说：“那你几点走？太早怕没车吧？要不开上家里的车。”

我说："看能不能找个拼车的。他们通知十点，大概十点准时开不了。"

丈夫听见我这样说奇怪地盯着我。

我说："怎么了？"

丈夫说："我想起王小波在文章里经常提到的'反熵'，你以前多么守时的一个人，去了村里没几天居然变了，待上两年，不会没让村里脱了贫，自己倒变成了经常鄙夷的那种人吧！"

丈夫的话让我哭笑不得，我说："你不了解村里的实际情况。"

丈夫说："不管别人怎么做，自己认定的东西不能因为别人不做轻易改变。"

我正要和丈夫解释村里的情况，手机又响起来，我一激灵，害怕乡里又突然通知什么事情。看来电显示，是我的闺蜜，在公安厅工作的张烨，才放了心。

张烨问："在村里，还是回来了？"

"回来了，刚带孩子看了场电影。"

"给你接接风吧，你看晚上还是明天中午合适？"张烨总是这样热情、贴心。

"孩子们黏人得很，怕……"

"没关系，大家都带上孩子，我把我家淘淘带上，让孩子们坐一桌自己吃。你还想叫谁？刚才看见李希禄了，把他也叫上，他不是也当第一书记嘛，你们可以交流下乡扶贫经验。"

我想了想说："那就晚上吧。"

孩子们既然今天很快乐，就让他们更快乐一些。

说完又提了几个同学的名字，第一个提的竟然是在水利厅工作的崔健民，然后是财政厅、发改委的，接下来才是和自己交往密切的。下乡才几天，我发现自己竟然功利了起来，下意识中先叫的都是可能帮上自己忙的。以前吃饭，才不愿意和财政厅、发改委、水利厅的同学在一起，他们单位好，每个都忙得要命，叫他们不好叫，即便来了，坐在一起，也是没完没了谈工作，他们那种自我感觉特别良好的样子我不喜欢。要是一起吃饭的再有几个势利的同学，一顿饭就都围着他们转了，各种阿谀奉承的话把菜的味道都变了。

想起丈夫刚才说的反熵，这么快我就变了？

欢欢乐乐迷迷糊糊中，一听又要带他们出去，高兴坏了。

欢欢问："妈妈，下乡是不是特别能挣钱？"

我说："张烨阿姨请咱们一起去。"

乐乐说："我喜欢张烨阿姨，淘淘是不是也来？"乐乐见过淘淘几次，总想和他在一起玩。

我说："张烨阿姨一定带淘淘来。"

到了饭店包间，有几个同学已经先到，我一眼就看到了李希禄。这位男同学读高中时总喜欢坐在最后一排，整天不说一句话，就是看书，看的书除了高考内容，还有些政治、经济、哲学类我们觉得很深奥的书，大家都觉得他高深莫测。后来读了中国人民大学，毕业后进了省政研室。我以为和他是两个地球的人，没想到今天看到他，竟马上产生种亲近感，我想一定是我们俩都在乡下扶贫的原因。他看见我，也难得主动地笑了，站起来和我握手时喊了句："安书记。"多少年以来的那种距离一下消失了，我喊他"李书记"。我们两个很自然地挨着坐在一起。

人到齐之后，张烨说："今天给咱们班的两个第一书记接风，这么多年，我就盼咱们班有人混成一把手，这次一下有了两个，让我们一起祝贺他们吧！"

大家哄地笑了起来，纷纷站起来举杯。

欢欢和乐乐与别的小孩子坐在一起，听到我们碰杯，那边的孩子们也举起自己手中的饮料杯碰杯。

李希禄是主动要求下去的，他研究了很多年中国的政治和经济，这次有了机会，想亲自实践一下。

酒过三巡，大家开始自由敬酒。

我与李希禄讲起下乡这些天的体验和困惑，包括文化馆这样的单位下乡扶贫到底有什么意义。李希禄讲他的感受和经验。他认为这次每个单位都派驻第一书记下乡扶贫，除了中央要发挥所有单位的力量完成向世界的承诺——在2020年全面脱贫，还有一层培养干部的深意。现在上面的机关干部和基层脱节太厉害了，根本不知道中国的农村是什么样，而农村是中国的基础，粮食需要农村提供，大量城市务工人员需要农村提供，中国现在的政权也是靠农村包围城市得来的。改革开放这些年，国家侧重城市发展，一直是农村向城市输血，这次国家要让城市反哺农村。李希禄还讲了人的可塑性、环境对人的影响等等。很多地方我们想的一样，很多地方又有分歧，但我看到有这样的一位同学与我做同一件事情，心里底气足了许多。

旁边水利厅的同学崔健民已经快喝完一轮，转到我们这儿时，他大声说："你们两位书记顾及一下我们群众的感受，不要老开小会。"

我忙站起来用饮料回敬他。

崔健民说："安欣喝点儿酒吧，当了第一书记怎么能不喝酒，酒可是基层干部和群众的润滑剂。"

他这样一说，有几个同学也起哄，让我喝酒。

我望了李希禄一眼，他看着我微笑。

我倒了一盅酒，端起来。桌子上说话的人都安静了，毕业这么多年同学聚会，我从来没举过酒杯。我说："我喝。"一仰头把一杯酒倒进嘴里，嗓子辣得马上咳嗽起来，赶忙喝了一大杯可乐压住。

崔健民看见我这样认真，把杯子中的酒一干而尽，说："好样的，够个书记的气魄。"

我咧开嘴笑了笑，感觉酒往头上走，不由自主地问："你们知道人畜共饮水会被传染的一种病吗？男人得了这病浑身没力气，女人影响生育。"

"布病吧，和水没多大关系。"崔健民说。

"布鲁菌病，也称波状热，羊为主要传染源，羊得了这病往往流产或死胎，人接触到它的分泌物就容易被感染。患了这种病的人乏力，精神倦怠，骨关节疼痛、肿胀，女性还可能月经不调、流产等，不是因为水引起的。”李希禄一板一眼地说。

“啊，啊，星期六同学聚会也谈工作，罚你们酒！”有同学抗议，让李希禄起来喝酒。

李希禄微笑着端起酒杯说：“好，我转圈，敬每位同学。”

我发现李希禄确实不是我印象中的样子。

几轮酒下来，大家乱哄哄的各说各的，我继续向李希禄询问布病的事情。

李希禄他们村也有，他告诉我布病人不传人，患者可以自愈，也可以打疫苗预防，可是比较缠手。发现患者不需要隔离，但要追查传染源，对那些死猪、死羊要深埋或焚烧，千万不能吃。高危人群可以预防接种。患了病的人可以服药，布地奈德福莫特罗粉、氟比洛芬巴布膏、克拉霉素都管用，看哪种症状。

我记不住这么复杂的药的名字，让李希禄给我发手机里。

我们正聊着，崔健民端着杯子过来了，李希禄让他坐下。想到他是水利厅的，我谈到孤城的吃水问题。我说孤城的老百姓至今还吃不上自来水，我住在学校，学生们每天给我挑水，大家吃的、用的水都是村口一个大池子里的水，里面有羊粪、杂草，既不方便，又不卫生，我当第一书记，哪怕别的事都不干，给老百姓解决了吃水问题，也算没白去。说着，我想起了死去的胡副馆长。

崔健民说："我们厅扶贫的下去，除了落实政策，主要帮扶特点就是解决老百姓的吃水问题，可惜咱们不在一个村。不过这次脱贫攻坚，中央和省里都把吃水问题当成大问题，要和电、路、网一起解决，彻底改变农村的基础设施落后的现状。有啥政策，我给你随时打听，吃水问题一定能解决。"

听了崔健民的话，我增加了些信心，开始主动端起酒杯敬同学们。

张烨看见我这样喝酒，大声说："安欣你别喝醉，还带着孩子。"

我说："我喝不多。"

一顿饭吃了好几个小时。吃完饭，发现乐乐居然抱着张烨家的淘淘在沙发上睡着了，欢欢和其他几个大点儿的孩子在一旁打闹。乐乐的口水流过自己的脸蛋，流到淘淘脸上，看的人们都乐了。

出门的时候，我和张烨走在一起，她说："下边条件挺艰苦的，也帮不上你个啥忙，你留意一下村里有没有家鸡蛋或者其他质量能保证的土特产，我可以向我们单位推荐，也可以动员咱们同学买一些。"

我想起孤城那些站在枣树上的鸡，点了点头。

星期天，我收拾回村的东西。厚衣服，天气越来越冷了，据说每年十月下旬，孤城就开始下雪。食物，买了些巧克力，我要感谢磊磊他们这些帮我们抬水的孩子；罐头，这类食物好多年不吃了，但在孤城，是个好东西，可惜小卖铺的种类太少了，芙蓉说她特别喜欢豆豉鲮鱼，里面的鱼好吃，没有刺，骨头都酥了，汤汁也好，和莜麦菜烧在一起，特别美；排骨，到了村里，发觉自己狂热地爱吃肉了，不光我，那几位瘦瘦的女老师也都爱吃肉；苹果、梨，村里的水果也太少了，还不新鲜。药，治感冒的、腹泻的，维生素ABC，还买了几盒李希禄说的治布病的布地奈德福莫特罗粉、 氟比洛芬巴布膏、克拉霉素。毛笔、字帖、宣纸、书，还有些文具。

欢欢看到我收拾了这么多东西，惊得目瞪口呆，他喊：“乐乐，乐乐，你来看，妈妈要把咱们家搬空了。”

两个孩子羡慕地翻着我准备带的东西，乐乐说：“我大了也要去扶贫，带这么多、这么多东西。”她伸开两只胳膊比画着。

接下来联系车，跑省城到黄东县的私家车不少，一次一百元，比坐大巴贵三十，直达县城，但没有直接到孤城的。问到一个星期一早上六点钟准备出发的，我说：“我多出点儿钱，能送到孤城吗？”

对方想了想回答：“一百四，送你到孤城。”

我想到了县城坐出租车到孤城还得八十，一百四不算贵，答应了。

丈夫说：“你一定要注意安全，上了车把司机和车牌号都拍下来发给我，现在就把这个司机的电话、姓名给我，到了孤城第一时间给我打电话。”

晚上，欢欢和乐乐又一左一右搂着我的胳膊，还用另一只胳膊搂住我的脖子，小脚丫翘在我身上。我被他们搂得喘不过气来，可是舍不得让他们松开。

星期一早上我五点多醒来。欢欢和乐乐仍有一只胳膊一只脚搭在我身上。轻轻把它们挪开，洗漱完，煮了包泡面，站在阳台上，等车。街上静悄悄的，偶尔有辆出租车驶过，尾灯红红的，一眨眼就不见了，夜班车司机们可能赶着交完车去睡觉。路灯忙了一夜，有些累了，灯光黯淡，天却还没大亮，外面显得有些黑。

五点五十分，我下楼，丈夫要送我，我不让，担心孩子们醒来看见我们不在会害怕。可是要带的行李太多了，一个人拿不动，只好让他送下来。

到了路口，离六点还有几分钟，说好的车没过来，丈夫要和我一起等，我让他赶紧回去，他不听，说要看着我上车。给司机打电话，说快过来了，我们俩一起等。过了十几分钟，车才来，司机说另一位乘车的人上了车发现忘记带手机，又回去取。等车这段时间我心里既着急，又希望再晚点儿。丈夫应该也是这样，听见他心跳得很快。

丈夫帮我把行李放上去，司机发动车，到十字路口拐弯时，我回头，看见丈夫还在朝我招手。刚才两人待的这不长的一段时间，是我回来两天，单独和丈夫在一起最长的时间。

三

到了黄城乡政府，已经超过十点了，我有些忐忑，害怕自己迟到，但是看到门口乱哄哄围着一大堆人，像打架，又像在上访，放心了，会议还是没有准时开。

原来是在拆房子，乡政府后面一排的房子全部要拆掉，要在原址上修建一栋二层的办公楼，作为周转房，用来改善乡镇的办公条件，安置大批下来挂职的干部。

乡政府原来的办公室就少，现在拆一排，所有的工作人员都合并到前面这一排办公，前一排原来拥挤的办公室，又增加了办公桌和人，前来开会的人都拥到里面，根本放不下，便挤到了大门口。

等到十一点，会议终于召开了，原

来是乡里每周星期一要开例会。主要内容是总结上周工作，安排本周工作。想到以后每周一都要早早出发赶来开会，有些发怵。因为上周五刚开过会，内容大多重复，会议时间比上次短了很多。

这次会议明确年底要完成建档立卡任务，做到精准了解每一户贫困户的情况，结合实际制定出帮扶措施。

回到孤城，张队长帮我卸东西，学生们都围了过来。

磊磊问："安书记，这么多东西，你把家都搬过来了吗？"

我想起昨天欢欢说的话。磊磊和他相差五六岁，竟说出如此相似的话，看起来他们的认知差不多，但反映了农村和城市孩子认知上的差异。

我说："我给你们带了好东西呢！"

磊磊说："不要！"

其他孩子也附和着说："不要！"

他们七手八脚帮我搬东西，边搬边啧啧地称赞，对每一样东西都很好奇。有的夸我的衣服好看，有的说这么多肉，有的摸着宣纸说太绵了。把东西都搬进屋里后，我拿出巧克力和文具给他们，孩子们哄地一下散了，他们边跑边急切地摆着手说："安书记，我们不要。"刚才他们说不要，以为在客气，没想到给他们时他们真的跑了，这些农村的孩子真是纯朴可爱！

我开始一家挨一家了解村里情况，找贫困户填写扶贫手册，给贫困户建档立卡，上面要求精准到人。同时向大家宣传这次的脱贫攻坚政策。孤城108户365口人，竟然有85户284个贫困人口，贫困发生率达78%。工作量很大。

本以为这是项简单的统计工作，没想到比想象的困难多了。问贫困户有多少地，他们吞吞吐吐不愿意说，村里统计的只是账上各户承包的地，村民们自己开荒的地没记录。问他们年收入，更是说不清楚，地里的产量每年变化，粮食价格每年也不一样，出去打工，干了多少天，挣了多少钱，许多人只愿意往少说。问他们的支出，每家都喊挣下的钱不够花，孩子上学，老人看病，年轻人结婚，人情往来……但观察这些贫困户家里的情况，富裕的应该不太多。

宣传政策，贫困户基本不感兴趣，他们不认为这轮扶贫和以前相比会有多大不一样，甚至当我说这次扶贫能解决吃水问题，能彻底解决水电路网的问题，他们也很冷漠，仿佛说的事情和他们不相关似的。在一个老人家里，我说起这些时，他说："谁知道猴年马月呢，我能不能活到那会儿？"看着那一张张麻木的脸，我默默想是什么消耗掉了他们对生活的热情、对未来的信心？

但是当我宣传布病能治好，也有可能自愈，我还带了药，许多人跑到学校问我要药。

我只带了几盒，给这么多人发不过来，便把包装撕开，谁要，给他们几片，把药的名字写上，让他们去医院检查，到那里买药。有个家伙嫌给他的少，嚷嚷了半天，要求再多给他几片。他一走，芙蓉说：“这个人家里根本没人得布病。”

我惊愕地问：“你怎么知道？那他要药干什么？”

“村里人嘛，便宜不占白不占，今天不得，万一明天得了呢？这个人在村里开了一百多亩荒地，比牛还有力气。”芙蓉的回答让我哭笑不得。

我说：“这么几片药，哪能治好病呢，关键是去医院确诊，然后对症下药。”

芙蓉哼了一声说：“他家孩子就在我们班，就这德行！爱占小便宜。”

傍晚放学后，磊磊敲我的门。我让他进来，问他干什么？

磊磊涨红了脸说：“安书记，我想给我爸要点你带来的药。”

我说：“没了，让人们要完了。”怕他不相信，还把扔在墙角的药盒子指给他看。

磊磊的脸上马上现出失望的样子，问：“能把药盒给我吗？”

我捡起药盒，给他时，抓了一把巧克力，还拿了一支笔、一个圆规。磊磊接过了药盒，却坚决不要别的东西。

我说：“你爸也得了布病吗？看病归看病，把这些东西拿上。”

磊磊说：“我爸浑身骨头疼，没力气干活儿，人家说得了布病就是这个样子。”

看着这个懂事的孩子，我说：“下周我给你带几盒药来。”

他开心地笑了，说：“安书记，谢谢！”

我挥挥手里的巧克力和文具说：“把这拿上。”

磊磊摇摇头说：“别人的东西不能白要。安书记，我走了。”

磊磊走后，我说：“这个孩子真懂事。”

芙蓉说：“可不。要是生在个好人家家里，肯定会有出息，可惜！”

我赶忙打问磊磊的家庭，入户还没到磊磊家。

芙蓉指了指脑袋说：“他爸这儿有问题，对钱没概念，打工不知道问人家要钱，人家给多少是多少。买东西不识数，买包烟，给人家十块，人家找五块就五块，找三块就三块，不找也不要。他妈是从四川来的，他爸一挣回钱来，拿上就花了，从来没有攒钱的想法，挣一个花两个，而且从来不收拾家，里面乱得像个猪窝，连个下脚处都没有，还很能生。磊磊是老大，下面还有两个小的，这几个孩子倒都不错，不知道是祖坟上冒了青烟，还是异地结婚生下的孩子聪明。家里还有个老奶奶，负担重。”

听芙蓉这样一说，第二天入户时，先去了磊磊家。

已经知道这儿的人们穷了，没想到磊磊家会穷成这样。

磊磊家住在村北山下那些土窑里，但和别人家隔着一段距离，院子连门都没有，走过去，首先看到的是一辆生锈的手扶拖拉机，堵在窑洞前，不知道是当门，还是干什么用。绕过拖拉机，看见三孔窑洞，一孔大概废弃了，窗户上玻璃已经破了，里面黑咕隆咚的。他家院子里不像别人家，种几棵树，或者种菜、种花，他家院子里什么都没有种，也没有硬化，是坑坑洼洼的土院。屋顶的崖上，倒有几棵酸枣树，挂着几粒干巴巴的酸枣。进了有人的那间，一股窒息的味道扑过来。进门的大炕上，堆着花花绿绿的被子，都没有被罩，一个个乌黑发亮。被子里躺着两个人，一个老人，一个小孩，应该是磊磊的奶奶和妹妹。看见我，老人哼哼了几声，把脸转到对面去。孩子却好奇地瞪着我手中的东西。我把一块巧克力撕开，递给她。孩子迫不及待地把一整块巧克力都塞进嘴里，咀嚼了几下，就咽进肚子里，又眼巴巴地看着我。地上有一个三四十岁的男人和比他年轻些的女人，这么冷的天，都赤着脚穿着凉拖鞋，脚指甲缝里都是泥。他们流着清鼻涕，看见我，不吭声，只是傻笑。

我想找个地方把手里的东西放下，竟找不到个干净的地方。屋里只有两张破桌子，都占得满满的，一张上面摆着台旧电视机，一张上面是吃完饭没有收拾的碗筷。墙角有个水瓮，水瓮盖子上放着小孩儿的两只鞋，地上堆着柴火，里面也有乱七八糟的几只鞋。我只好把手里的东西放在炕上。被子里的孩子看见了，马上敏捷地从被子里冲出来，她全身精光，没有穿一缕衣服，把一包吃的拖进被子里，掀起被子蒙住头。

一直傻笑的男人黑了脸，几步冲过去，猛地掀开被子，把吃的从孩子手里夺过来。孩子哇的一声哭了。

我拦住男人，把东西给了孩子，又拿了盒酸奶，塞给她，对男人说："我是村里的第一书记安欣，和磊磊很熟，来看看你们。"

不知道男人听到我是第一书记，还是听到磊磊的名字，马上笑起来，不是刚才看见他变脸，根本想不到一个成年人的脸色能这么迅速地变化，变得还这么自然。

他笑了几声问："吃过了吗？"

这儿的人们见面第一句话总是习惯性地问"吃过了吗？"不管是不是吃饭的时候。

我说："吃过了。你们家……"看这样子，我不知道怎么问他。

男人却熟练地掏出一包烟，抽出一支给我。

我忙说："不会吸。"

这时，磊磊妈开始翻装食物的袋子，拿出根火腿肠吃起来。那个小孩儿已经喝完了酸奶，又爬到袋子前。

我拿出扶贫手册，对着上面的内容，硬着头皮一项项问他。男人有的能回答上来，有的回答不上来，还答非所问。我问他一年收入有多少？他回答，浑身骨头疼，没力气，干不动活儿。

问题答不上来，烟却抽完一根又一根。

那个小孩儿又拿了个什么东西吃起来。被子里的老人，隔会儿发出一两声哼哼声，像台发动机出了问题的老机器。

从磊磊家里出来，我深呼吸几口，凉风灌进肚子里，头才清醒了些。有些内容，必须找会计补充，男人根本说不清楚。

路上遇到了王金贵，我正想和他聊聊磊磊家的情况，他却扑面就问："安书记，你怎么能对村民们说要解决水电路网问题呢？现在好多人见了我就问，王书记，啥时候修路，啥时候我们能吃上自来水？"

我有些诧异，我对村民说这些时，他们反应很麻木，以为他们不存念想呢，却去问王金贵。我想在村民们心中，王金贵还是比我有权威。我耐着性子说："国家改善贫困村水电路网肯定是真的，我在文件里看到了，但肯定需要个过程。"

"哪个文件，我怎么不知道？"王金贵问我。

"这几次开会发的文件里都有，这次精准扶贫，要从以前的大水漫灌改成精准滴灌，每个村有啥问题解决啥问题，每个贫困户有啥问题解决啥问题，两不愁三保障是底线，解决水电路网问题是基础。"

"哦！我怎么没看到呢？回去再找找。"王金贵挠着他的大秃脑袋，骑着摩托车走了。

回到学校后不久，毛主任来找我了，他的脸更加黑了，那个"苦"字更逼真，精神明显有些不足。我意识到他遇到什么问题了。果然，毛主任坐下没多久，就垂头丧气地说孩子上学没钱了，问我能不能借给他一千块钱？

我说："没问题，但我现金没带那么多，微信发给你吧。"

毛主任收到我的红包后，脸色亮了，他说："安书记，你是个女人，但是个痛快人，钱我一定尽快还你。”

我说：“钱不急，你这情况，要是贫困户就好多了。”

毛主任的脸又黑了，他说：“贫困户轮不上我啊，我是村干部，要不也不用为孩子上学发愁了。”

我说：“这些天我摸了一些底，有些贫困户并不符合贫困户标准，你是村干部，但确确实实负担重，应该列入贫困户，咱们想想办法。”

毛主任说：“几次想过把这破干部辞了，到外面去打工，一年补助个千把块，能干啥？但一想到大家对我的信任，又觉得不能，我们村那俩货！”毛主任说信任的时候，脸上那个“苦”字更深了。

“他们是怎么当上来的呢？”

“我不能背后讲人家长短，安书记你慢慢会知道的。”

我想起在村里这几天，很少看到王金贵，刘跃进则根本看不到，人们说他在外面开着饭店。要是他们两个积极配合，这脱贫攻坚工作会好开展许多。

毛主任借了我钱的第二天，又来找我，请我晚上去他家里吃饭。我不去，觉得借这么点儿钱不算啥，不能因为这个吃人家的饭。可是刚拒绝，毛主任的脸变黑了，眼神也变了，一副受了伤害的表情。我顿时觉得自己想得太多了，不应该和毛主任保持距离，要尽快走近他。搞好孤城的工作，光靠自己不行，得有几个村干部和党员配合。便换了口气说：“去也可以，本来打算今晚补这星期的民情日记，明天就星期五了，咱们得早点儿开饭，吃完饭晚上回来我加班。”

毛主任脸上失落的表情马上消失了，还多了几分惊喜，他说：“咱们六点开饭，你们干部们不是六点吃饭吗？”

我说：“好，我六点准时去。”

快到六点时，我到小卖铺搬了一箱子水果罐头，提了一箱奶，去了毛主任家。

一进门，闻到一股扑鼻的香味儿。这是来了孤城，很少闻到的味道，乡政府闻不到，村民家也没有闻到过。我入户，有时碰上村民家正吃饭，根本没有香味儿。这儿的人饮食简单，或者说简陋，主要吃主食，很少吃菜，有菜也是只会用水煮。

“做什么好吃的了？随便吃口就行了。”我有些不好意思地说。

毛主任神秘地说：“稀罕东西，看看你能不能尝出来。”

说着，打开锅，香味更浓郁了。

我看桌上，已经摆了一盘花生米、一盘炒鸡蛋。

盘子端上来，是黑乎乎的肉。

毛主任得意地望着我说：“安书记你尝尝，你在城里肯定吃不到。”

我望了望炕上躺着的女人说：“给大姐盛上点儿。”

毛主任说：“锅里还有，给她留着呢，你尝尝。”

女人说：“安书记你别管我，我随便捡几口就行。”

我只好拿起筷子来，夹了一小块肉，放到嘴里。

毛主任迫不及待地问：“香不香，尝出啥肉没有？”

“鸡肉，是鸡肉吗？”

“野鸡肉。”毛主任得意地说。

我嚼了几口，肉闻着很香，但有些腥味儿，关键是怎么也嚼不烂，只好囫囵吞下去。

看我咽下去了，毛主任说：“香吧？”我紧拦慢拦，他给我盛了满满一碗。我望着一碗肉发愁，怎么能把它吃完呢！剩下又不好看，而且脑子里想起第一次来孤城时，出租车司机说野鸡现在不让打了，它是不是国家保护动物呢？

毛主任没有看到我发愁，他从锅里又夹起几块肉放碗里，又盛了点儿汤，给炕上的女人端过去。

女人夹起一块放嘴里，一咬马上说：“不烂！”女人欠起身子，毛主任夹起一块肉，小心翼翼地吹了吹，喂到她嘴里。女人闭着眼嚼起肉来，眉头渐渐拧紧了，嚼了一会儿，费力地把肉咽下去，说：“不好吃，太柴，咬不动，还有腥味儿。”

“不会吧？”毛主任不相信，从女人碗里夹起一块儿，小小的一块儿，嚼了几口，他黝黑的脸红了，说：“没做好。”端起女人手中的碗，把肉倒进锅里，然后把我跟前的碗端起来，也把肉倒进锅里。他说：“我再炖炖，我们不会做这玩意儿，没做好。安书记，下次你回家时，我给你弄两只生的，你拿回家自己做。你们有高压锅，应该能把它炖烂。”

我问：“野鸡是保护动物吧？”我尽量问得轻描淡写，连“国家”两字都没提。

“是。”毛主任的身子不易觉察地抖了一下，转过头来看着我，认真地说，“我们平时也不打，可是这东西太多了，你路上也能看到，到处都是，一群一群的简直比麻雀都多，吃起粮食来可厉害了。”他叹口气说，“这年头，啥东西也保护，就是人不值钱！”

我想起刚来孤城时，在村西玉米地里轰起的野鸡，想到的是这儿的生态真好，却没想到它们会吃粮食，会与老百姓有矛盾。又想到进了孤城好多人家，炕上总有一把五彩斑斓的大掸子，以为是鸡毛做的，现在想来，那么漂亮，应该是野鸡毛做的。

我说：“国家保护，咱们别打就是了，生态好了，总是个好事。我们那儿水库比较多，记得小时候，每个水库里都有很大的鱼，村边的河里也都有鱼，还有虾，人们用筛子往草丛里一搭，就能捞起一把。回家弄点儿油，一炒，虾就变红了，吃起来又香又脆。河里有时还能发现鳖，很肥。秋天，大人们去河边打猎，我们跟着。一群人往前跑，惊起一群群野鸡。后来，河里的水渐渐少了，水库里的水也少了，离我们最近的一个叫青龙泉的水库，竟完全干了，倒满了垃圾。河里再也找不到鱼了，野鸡更看不到了。多可惜！”

毛主任说：“我们这儿以前还有豹子呢，现在只剩下野猪了。以前，老辈人说我们这儿到处是水，拿锹往下一捅，就是个泉眼，现在打几十米也没水。”

我说：“这次扶贫，水的问题一定能解决！”

“真的？”毛主任有些怀疑。

我给他讲国家的政策，讲从同学那儿听来的消息。毛主任越听越兴奋，忘了刚才野鸡肉没做好的窘迫。

毛主任开始对我讲村里的事情，他说："你得提防着点儿小人，有些人可不大欢迎你来。"

我问："为啥？是不是因为我是文化系统来的，带不来资金和项目。"

毛主任说："这只是一个原因，你想，你来了当第一书记，原来干部们的权力就小了呗。以前他们在村里想干啥就干啥，现在你来了，他们干啥得经过你，肯定不愿意。"

我说："我来这儿只待两年，是帮你们脱贫的，我才不稀罕什么第一书记呢。"

毛主任说："人家可不这么想，以为你是来夺饭碗的。"

看着毛主任渐渐对我增加了信任，我问："咱们上次开会时你说村里班子不团结，怎么回事？"

"还不是争权夺利造成的，王金贵和刘跃进都想自己说了算，村里办事情，凡是王金贵同意的，刘跃进都不同意；刘跃进想办的事情，王金贵总是拆台，这么些年，我们村一件大事也办不成，和这两人有绝对关系。"

"这事儿乡里不管？"

"乡里？"毛主任嘿嘿笑了笑，"村支书和主任都是选出来的，村里党员一多半是王金贵发展的，大多和他沾亲带故，每次换届一选就是他。刘跃进和董乡长关系好，后来索性在城里开了饭店，村里有事时点个卯，平时来都不来。"

我摇了摇头说："这样的干部怎么能把村子搞好？"

毛主任说："凭良心，金贵、跃进这两个人能力都挺强的，要不大家最初也不会选他们，但一当上官，人就变了。"

这天，毛主任和我聊了很多，包括王金贵喜欢女人，在村里有好几个相好，经常领上她们到城里开房，弄贫困户时，明明有的不够条件，他做手脚给弄上了。

村子里的情况比我想象的复杂，只能走一步看一步了。

离开毛主任家时，我说："看见咱们村养鸡的不少，你看看谁家里有家鸡蛋，我给带到城里卖掉。"

"谁家里没几颗呢，但不一定有多少，可以多找几家。你要多少？"

我想了想说："十斤吧。村里没有搞养殖的？"尽管知道，还是问了一下。

"没。我想过搞，没资金。算了，不说了。十斤没问题。"

回学校的路上，我脑子里涌出许多想法，解决班子的问题，解决水的问题，解决布病的问题，搞养殖场，专门养野鸡，野鸡是国家保护动物，人工养殖的却不是，市场一定不错。抓党建，党员会得多开，党章有规定，上面有要求，村里的党员需要掌握政策，但不能走形式，也不能像乡里开会，完全没效率。这次到毛主任家吃饭收获真大，一下觉得需要做的事情太多了。

路过小卖铺，买了几把锁子。

回学校后，芙蓉她们几个在打扑克，明天她们就能回家了，今晚比较放松。看见我回来，邀我一起玩。这段时间，我们每天一起睡觉，一起做饭，一起吃饭，一起聊丈夫和孩子，这些老师不和我生分了。她们几个在外边读大学见过世面，不甘心一辈子待在这个山村当老师，都想调到县城去。

有一位老师偷偷问我认识不认识教育厅的，要是认识的话，帮她向县教育局的领导打个招呼，她已经在孤城待了十年，她的孩子七岁，想再要一个，一直犹豫。这个孩子见她次数太少，胆子特别小，读幼儿园时，不敢说话，不敢和小朋友们玩，小便急了不敢向老师请假，每天尿湿裤子。她去幼儿园找老师，和她讲了孩子的情况，请她时间长了问问孩子上不上厕所。结果这位老师在课堂上当着所有学生的面，喊她孩子换座位，换到外面的座位，说她尿裤子，需要不断上厕所。孩子当天回家就和爸爸说不上学了。她说她害了孩子，虽然后来把孩子送到了学校，但孩子幼小的心灵肯定受伤害了，亏自己还是个老师。

听着老师的故事，我很同情，也很无助，想帮她又没办法。我想起了欢欢和乐乐，他们在正需要我的时候，我离开了他们，总算又到星期五了，我也想赶紧回家。

我说："咱们把学校里的锁子都换了吧，我看见以前的锁子王金贵都有钥匙。"

芙蓉说："换了吧，王金贵那个色鬼，拿着钥匙说是给学校里办事方便，谁知道安的什么心？"

老师们议论王金贵和村里哪个女人好。

……

早饭后，毛主任来了，拿着一大篮子鸡蛋。昨天刚和他说的，行动挺利索。

我问："家鸡蛋你们一斤卖多少钱？"

毛主任说："都是自己吃，没卖过。"

我想小卖铺的鸡蛋一斤卖三块左右，家鸡蛋最起码卖两倍的价钱，或者更多些。

毛主任还带来一张小纸条，上面写着这些鸡蛋来自谁家，张××一斤二两，王××二斤……刘蛆宝一斤半。刘蛆宝竟然能攒下鸡蛋，我想起那个光脑壳的光棍。

上午，入了两户人家，开始收拾回城的东西。芙蓉看我不好带这些鸡蛋，帮我找了些鞋盒子，把它们一颗一颗包上卫生纸，整齐地摆在里面。

我问芙蓉："一斤家鸡蛋卖多少钱？"

芙蓉说："五六块吧，超市里五六块，关键是超市里的家鸡蛋没办法证明它是家鸡蛋，谁知道喂的是粮食，还是饲料？"

坐上大巴后，给丈夫打电话，告诉他我坐上车了，带了些东西，让他晚上到车站接我。

车蜿蜒前行，遇到太阳被山头挡住，天就暗下来。出了山区，进入运煤专线后，一辆运煤的大车翻了，被堵了半个多小时。进入省道后，天完全黑了。好不容易上了高速，在服务区停住后，我接了一杯开水，那么烫，吹了几口，痛快地喝了起来。

喝完水，给崔健民发微信，约他星期六中午吃饭。孤城的吃水问题不能光等普惠政策，自己也得主动想办法。接着，给李希禄也发了个微信，叫他一起来。然后告诉张烨，带回家鸡蛋了。

欢欢乐乐和丈夫一起来接我，一看到我，欢欢跑过来让我抱。我抱上他，乐乐追过来，看见欢欢在我怀里勾着脖子不下来，哇地哭了，大声嚷："我也要抱，哥哥下来。"

丈夫看着一堆鞋盒子发愣。

上了车，欢欢问："盒子里是什么？"我说："鸡蛋。"欢欢不相信，说："鸡蛋和鞋放一起臭了。"我给他解释鸡蛋不是和鞋放一起，是放在放过鞋的盒子里。欢欢举起手捂住鼻子说："臭！"乐乐也跟着哥哥捂住鼻子说："臭！"忘了刚才的哭闹。

他们两人翻我的包，问里面是什么？我说："衣服。"欢欢委屈地说："妈妈买新衣服，不给欢欢买。"我说："不是新衣服，是要换洗的脏衣服。"乐乐问："为什么不给我们带好吃的？"我说："孤城啥也没有，哪有好吃的？"欢欢马上说："妈妈真可怜，晚上我给你买好吃的。"我逗他，"你有钱吗？"欢欢说："我有好多好多压岁钱。"乐乐跟着说："我也有压岁钱。"

晚饭后，欢欢玩起摞盘碗。我说："欢欢长大了，会干家务了。”乐乐说：“我也会干，今天的筷子是我取的。”我说：“妈妈不在，你们都长大了。”欢欢乐乐听了很开心，乐乐撅起小屁股翻了个跟头。

丈夫趁势说：“欢欢乐乐都长大了，今天你们在自己卧室睡吧。”没想到欢欢听了这话猛地抱住我，乐乐也扑到我怀里，两人争先恐后说：“我们和妈妈睡。”乐乐说：“爸爸自己睡。”

两人让我和他们玩，我问玩什么？欢欢说跳棋。玩了几盘，乐乐困了。丈夫说：“乐乐睡去吧。”本来打盹的乐乐马上变得精神了，搂着我的胳膊说：“我等妈妈一起睡。”

丈夫看我们玩了一会儿，无趣地说：“我先睡了。”说完拉了拉我的手，放开时，在我手心里划了一下，我心里一漾。接着丈夫重复了一句：“我先睡了。”进卧室的时候，瞧了我一眼，那眼神，像渴望要东西的孩子一样。我没法安心下棋了，拿起一颗棋子说：“欢欢乐乐，快点儿走，下完这盘咱们也睡觉去。”

催欢欢乐乐睡觉时，我有些急。欢欢乐乐像觉察到了我的意图，欢欢说：“妈妈你不能等我们睡着了出去。”乐乐说：“妈妈搂我。”

那晚，我被欢欢乐乐搂得紧紧的，像戴了个枷，基本不能动。几次觉得欢欢乐乐睡熟了，想把他们的胳膊解开，一动手，他们就察觉了似的更紧地搂着我。丈夫那边，睡得很晚，灯灭了之后，还听见他不停地翻身。

星期六上午，收拾家的时候，张烨来取鸡蛋。她问："多少钱一斤？"我问："超市卖多少钱？这可是村民们自家养的鸡下的准备自己吃的蛋。"张烨说："十块吧，卖得贵些人们会觉得更好吃。"掏出一百元给了我。

她往车上搬鞋盒子的时候，我说："给你拿个袋子，这些鞋盒子我还要，下次装鸡蛋用，用鞋盒子装鸡蛋还不错，一颗也破不了。"张烨扑哧一下笑了，她说："谁稀罕你这些鞋盒子，拿这给人家送鸡蛋，人家膈应。"

找了几个塑料袋，给张烨把鸡蛋装好，我把鞋盒子收起来捆一起。

收拾完家里，我告诉丈夫我要出去，中午不回来吃饭了。丈夫问干什么？我迟疑了一下说："约了我们水利厅和政研室的同学吃饭，还有张烨。"本来没有张烨，怕丈夫起疑心，加上了她。

"你们上周不是刚聚过吗？"丈夫有些不解地问。

"上周聚的时候是给我接风，人多，没办法谈事情。这次是我召集的，人少。我想问一下怎么解决吃水问题，有些其他事儿我也把握不准，水利厅的肯定熟悉这方面情况。那个政研室的同学也在当第一书记，有些事能商量一下。"

"好忙啊，你这第一书记！"丈夫的话酸溜溜的。

我知道丈夫不开心，拉着他的手说："我们已经约好了，晚上咱们一起出去吃好吗？"

欢欢乐乐看见我要出去，跑过来问："妈妈要去哪里，我们也去。”

我哄他们，说：“妈妈和几个叔叔有事情商量，晚上咱们一起出去，想吃啥，你们两人商量。”

哄了欢欢乐乐半天，他们才放我出来。一看快到约好的时间了，我赶忙打了辆车。到了饭店，崔健民、李希禄已经到了。

崔健民带了一瓶茅台，打开瓶的时候，我说：“你们两人喝吧，我今天不喝酒。”

崔健民说：“上周你还喝的！”

我不好给他解释家里的情况，我要是喝了酒回去，丈夫会更生气。

这时李希禄给我解围说：“安欣不喝不喝吧，咱们两人一瓶正好。”

“便宜你了，这瓶酒我放了好几年。”崔健民说。

两人喝了几杯酒后，崔健民说：“安欣，你今天请我们来有事吧，有啥事直说吧，老同学了。”

我把孤城的饮水问题向两人描述了一遍，描述中间，我喝了几杯水。

崔健民问：“安欣，你现在怎么这么能喝水，早上吃得咸了？”

我说：“不是吃得咸，是在孤城看了他们蓄水池的水，我一口也不想喝了，可是和老师们住在一起，每天去村民家，不能不喝，又不能总带瓶矿泉水或拿个水杯，所以我在孤城尽量不喝水，一回来就特别能喝。”

崔健民说：“我们的女神成骆驼了，这样对身体不好吧？”

“没办法，心理问题一下解决不了，慢慢克服吧。”

崔健民怜惜地望了我一眼，我赶忙垂下头。

崔健民说：“听位哥们儿讲，年底厅里要拨出一笔项目款，重点扶持人饮解困项目，我不具体负责这块工作，给你打听一下。”说着崔建民开始打电话。

打完电话，他点了点头说：“确实有这笔款。”

我说：“我们村的吃水问题这样严重，还列入不了重点项目？”

崔健民摇了摇头说：“老实讲，全省饮水有困难的村子很多，这轮脱贫攻坚国家都要解决，但不可能一下子都解决，先解决哪个，有个规矩。”

“规矩是啥？”

“基层报送，一级一级审核，最终厅里开会研究决定，哪一个环节都很重要。对于你来说，能不能报上来很关键，假如你们县你们市报的是别的村的，那就没戏了。”

“怎么才能一级一级都报我们的呢？领上县领导、市领导去我们村看？”

“第一，把报送材料搞好，既要客观真实，又要重点突出，困难要说透，但不能故意夸大，最好再附上一些照片。第二，每轮上会研究的时候，有人重点强调你们村的项目。”

我说："下周去了我马上准备材料，准备好材料找乡党委书记、乡长，让他们报送时重点强调一下。"

"嗯，你先准备材料，这个消息还没有公布，但估计有些消息灵通的人也在做准备了，每年年底都要拨一部分款，有人有经验。找人的事儿，市水利局的局长我认识，可以打个招呼。县里的……"

"我帮你找人提一下，有个朋友在你们县任职，孤城饮水既然这么困难，应该早点儿解决。"李希禄说。

"是啊，解决晚了，咱们的女神就变成美人'焦'了。"崔健民开玩笑。

我一下踏实了，不由自主拿起酒瓶来说："我倒一点点，敬你们两位老同学一下。"

崔健民说："安欣你变了，以前可是不食人间烟火的女神，现在下凡了。"

我说："我从来没有女神过，只想过好自己想要的生活。"

"你想要的生活是什么呢？记得读高中的时候，别的女生不是每天啥都不顾钻在数理化里，就是打扮得漂漂亮亮当篮球队、足球队的啦啦队成员，你却不是读书，就是写字，我现在还保存着几页当初你写的作文，那字可真漂亮，那时我就觉得我们班要出一位书法家了。"崔健民说。

我到底想要什么样的生活？崔健民的话勾起了我的回忆，上学那会儿啥都不懂，只喜欢读书、写字。工作之后，想过得舒服些，有可能的话，当个书法家，也没其他多的想法。来了孤城，连练字的时间好像也没有了，我追问自己到底想要什么样的生活？

“是啊，你那时和别的女生一点儿也不一样。记得有年冬天，你总是穿着件邮政局的绿色夹克，套两双袜子，还是里面的长，外面的短，刚开始看着不舒服，后来觉得特别新潮。”一向稳重的李希禄慢悠悠地说。

我心里想，酒真是个奇怪的东西。那会儿数理化成绩不太好，觉得考不上好大学，便想读个文科，以后当作家或书法家。穿绿色夹克是真的，因为非常羡慕有工作穿制服的人，我姨姨在邮政局工作，送了我一件这样的夹克，我舍不得换，几乎一直穿。穿两双袜子，还是外面的长，里面的短，却记不起来了，现在这样穿也接受不了，当时的我，有这样的勇气吗？而且为什么要这样穿？

那天因为人少，聊得很深入，我把在孤城遇到的困惑都和两位老同学讲了。包括毛虎挺能干的一个人，却妻子生病，孩子上学，因为是村干部，不能当贫困户，享受不上政策；磊磊的爸爸和妈妈精神有问题，那种穷，让人想不到，不是扶贫，根本没法过；马上要上冻了，乡里却开始急着盖周转房；每次通知十点开会，每次拖延，浪费好多人的时间……

崔健民出生在城里，毕业后又在省城工作，从来没有体验过这种生活，我每说一种，他都哇哇叫，觉得不可思议，他以为党的十一届三中全会后农村好多了，没想到城乡差距还这么大，同时为乡里效率低下愤怒，说那个乡党委书记、乡长当得不称职，连个会都准时开不了，不穷才怪！

李希禄不像崔健民这样发表意见，我每说一样，他都认真点头，目光紧紧盯着我，好像穿过我看到了孤城。我说完好半天，他才说有些问题他们那儿也有，这是农民的共性问题，也是基层的管理问题，所以中央才要派大批干部下去，扶贫当然是重要工作，但还有一层重要意思恐怕是让下派干部把城市、机关的文明和先进理念带入农村，改变农村落后的工作作风。这次李希禄比上次谈得更深入，可能他一直在思考这些问题。

对于毛主任、磊磊家的事情，李希禄一件件分析，认为他们都应该是帮扶对象。毛主任像运载火箭，只是差燃料和动力，只要给他动力，自己就会飞起来，这是这一轮精准扶贫最关注的一部分群体，等他孩子大学毕业，经济情况马上就会好转，这种困难是暂时的；要是他妻子的病好了，他可以成为村里的富裕户，最起码如果国家给他把妻子的治疗费用大部分承担了，他的生活就会变个样。

磊磊家不帮扶根本富不起来，他们缺乏富裕的基本条件，属于兜底那种。对于这种弱势群体，只好兜起来，解决他们的生活问题后，重点关注下一代。

本来说不喝酒，但聊得投机，竟喝了几小杯。出了饭店，我空前觉得自己这个第一书记责任重大。没有直接回家，而是拐到书店，买了一些关于农业农村农民问题的书。望着街上拥挤的车流，奔驰、宝马、奥迪、丰田、本田、现代、福特，我想农村不用牛车了，却还是走得很慢。

回到家里，餐桌上摆着几个未收拾的盘子，洗碗槽里放着些碗筷，丈夫和欢欢乐乐没有午休，在沙发上打游戏。

我脑海里顿时出现一个贫困户，那户人家男人女人都在外边打工，我进了他们家，穷得几乎啥都没有，留守的老人和孙子躺在炕上一起看黄色录像，声音开那么大，女人的喘息我听了都脸红。

我痛恨他们的愚昧，爷爷怎么能这样带孙子？没想到丈夫还带着孩子打游戏。一种凄凉涌上来，我扶贫，自己家这样！把包和书扔沙发上，嘟哝了一句："也不把家里收拾一下。"

丈夫抬起头来突然问："你喝酒了？"

上次也喝了，他没有问，这次问有些奇怪，我回答："喝了几小杯。"

丈夫点点头说："越来越像书记了。"

我正要发火。

欢欢跟着他说："越来越像书记了。"

乐乐说："喝上酒，臭。"

我忽然没有脾气了，挽起袖子，把餐桌上的东西收拾干净，洗锅、洗碗、洗盘子，洗完之后，仔细刷了牙，又嚼了块口香糖，推开卧室的门对他们说："我困了，躺会儿。"

三个人依旧玩着游戏，没人说话。

四

我是窝着一肚子火去乡里的。

我们还在为星期六中午我出去喝酒的事情生气。星期六那个晚上，我们没有出去吃饭，欢欢乐乐玩得忘记了，我和丈夫都没有提。星期天一早，丈夫去了菜市场，买了羊排、鱼、虾和一堆蔬菜，中午做了一桌子菜，我却吃得没有一点儿胃口，欢欢和乐乐大概察觉出了我的异常，吃了几口就说饱了，两人跑到一边去玩。

结婚这几年，除了书法，没啥爱好，基本围家里转了，不是这两次聚会，同学们联系也少了，但这两次聚会，都是因为扶贫工作。下乡那么辛苦，我认了，我只喝了一点点酒，也没做啥对不起丈夫的事，他就对我甩脸，越想越气。

自己每次早早出发，赶到乡里开会，本乡的那些干部却一点儿也不着急，没有丝毫时间观念，有些心灰意冷。

早上，丈夫过来敲门时，我还没有起床。丈夫问：“今天不赶时间了？”我说：“我想好好睡一觉。”丈夫在门口徘徊了一会儿，做早饭去了。

心里想，丈夫大概又在念叨他的“反熵”理论了，见他的鬼去吧。

丈夫做好早饭，我没去吃，听着他和欢欢乐乐在外面吃完饭，收拾东西，出了门，我才起了床。

丈夫给我留了饭，还写了张纸条，向我道歉，说不该冲我生气，让我不要计较，他送欢欢乐乐去幼儿园了，送了他们，他去上班，让我路上注意安全。

看到丈夫的纸条，我鼻子红了，结婚几年，我们以前从来没有闹过矛盾，因为这次扶贫……我叹口气，吃完饭，进拼车群联系了一辆车，给磊磊爸爸买了几盒药，想起磊磊那个光屁股的妹妹，又买了些巧克力、鸡腿、鸭脖、牛肉干等零食。

带着那几个鞋盒子坐车时，司机说：“你们城里人真讲究，下个乡带这么多鞋。”

我没有解释那些都是空盒子，要装鸡蛋用。

路上，给张队长发了个微信，告诉他我今天要迟到了，帮我请个假。

到了黄东县城时，已经中午十二点了。张队长给我打来电话，问我到哪儿了，我说到县城了。张队长说，来乡里吧，今天会议开得晚，内容比较重要，一时半会儿结束不了。

到了乡政府，会议果然还在开着，但是已经接近尾声。董乡长正在强调三支队伍一定要驻村。董乡长说："现在最重要的工作就是脱贫攻坚工作，来自省市县的各位同志回去告诉你们单位领导，不能用别的工作干扰这项工作，你们下乡驻村组织上明确规定是脱产的，不能让单位给你们安排其他工作。"董乡长强调完，书记又强调。他说："建档立卡工作一定要抓紧完成，年底有省际交叉检查和群众满意度测评，哪个村拖后腿了，追究哪个村的责任，每个人告诉你们单位领导，让单位加派人，除了看大门的，让其他人都到位。"

会议充满了火药味儿，开完后，照例留大家在灶上吃饭，还是加了半锅水的大烩菜和大馒头。听了他们的发言，我一点儿也不想吃饭，去看周转房。

以前的那排窑洞已经完全拆掉，旧地基上，做好了新的地基，工人们正在砌墙，升降机轰鸣着，几个工人推着装满料的手推车跑，一幅热闹气象。

张队长喊我："安书记吃饭了吗？"我说："不想吃。"张队长说："咱们去外面吃碗面吧，我请客。"我说："我请。"

往外边走时，张队长说："紧了，我得把情况汇报给我们单位领导。我们果业局只有十七个人，几个长期在乡下指导农民果树种植，几个在外面学习开会，单位还有日常工作，每天每个人被抓得死死的，怎么抽人呢？”

我说：“书记和乡长的话有问题，每个单位都有自己的职能，怎么能只抓扶贫工作呢？像我们单位是文化馆，主要职能是文化方面的，扶贫只是临时工作，怎么能都来搞扶贫呢？荒谬！要是所有的单位都来搞扶贫，其他工作岂不是瘫痪了。再说，咱们是帮扶干部，是来帮助开展工作的，怎么能把任务都压到咱们头上呢？”

来到对面小饭店要了两碗面。张队长说：“我以后恐怕每天也得待在村里了。”我说：“先紧脱贫攻坚吧，说得这样明确，别弄不好搞个处分。”张队长无可奈何地说：“咱干啥都是干，没分身法，回去和单位汇报吧。”

回村的路上，天阴了起来。

回到学校里，宿舍里已经生上炉子了。芙蓉说：“真冷！恐怕要下雪了。”我望着布满阴云的天空说：“市环保工作被中央巡视组点了名，据说问题很严重，市里整改，不让用以前烧煤的锅炉了，统一改用电锅炉，乡里的现在还没有安装。”

“电锅炉？那一天得花多少电费？老百姓家怎么办？”芙蓉问。

“是要花不少钱。”我想起家里水暖不热时，插上电暖器，电表上的数字嗖嗖往上涨，那只是一小会儿，一户人家。全市所有单位都用电暖器，电费确实是笔庞大开销。

“为了环保付出的代价吧，或许政府有补贴。”我不置可否地回答。

放学后，我把磊磊叫到宿舍，把几盒药和零食给他。磊磊说："安书记，我不要吃的。"我说："不是给你的，是给你妹妹吃的。"磊磊脖子梗了一下，接不上话来。突然他放下手中的东西，给炉子里加了满满一簸箕炭，用火箸捅旺，然后大声说："安书记，晚上睡觉给窗户留条缝儿，小心二氧化碳。"望着这个懂事的孩子，很难相信他出自那样一个家庭。

从这天开始，每天磊磊放学后，都会敲一敲我们的宿舍门，进来说："安书记，我给你加点儿炭吧？"芙蓉她们看着好笑，说："这个孩子多有心，对你比对我们都好了。"

开完会的第二天，张队长领着果业局的两个人来了，与我一起入户，填写扶贫手册，完成建档立卡任务。金贵让学校又收拾戏台旁的一间屋子，摆了几套铺盖，让他们中午休息，也给检查的做个样子。

张队长他们喜欢吃饺子，我们便经常买上肉和菜，中午一起包饺子。张队长他们和几个老师包饺子。我和芙蓉炒菜。张队长爱喝酒，我经常从小卖铺给他买两瓶，有时偶尔陪着喝一两杯。有了他们，工作进度快了许多。

晚上吃过饭，张队长他们不敢立即回家，怕上面来查岗，便和我们一起聊天。张队长是个果树专家，只要聊起果树来，就头头是道，怎么修剪，怎么嫁接，怎么防治病虫害，没有一样不精通。以前，他常年在下面指导果农，很受大家尊敬。聊到九十点钟，预计检查的不会来了，张队长他们才回。每次他都借着酒劲儿大声咒骂："每天填个瞎鸡巴表，这能让农民致了富？”

确实，贫困户对不断填表感到很烦，有的贫困户烦到说再让自己填表就不要这个贫困户了。我也觉得很烦，因为许多数字摸不准确，需要不断返工，而且县里各个部门不停让报送资料，经常要得很紧，上午说了，下午就要；这个部门要了，另一个部门又要，许多数字需要不断地重复统计，一个表格报送好多次，许多是重复劳动和无效劳动。

我们一起发上会儿牢骚，我说：“这是上边要摸准底，下一步有针对性的对症帮扶。”张队长说：“谁怎么穷，村里谁穷，扶了这么多年贫，还不知道吗？难道以前的人都是睁眼瞎子，工作一点儿也没做？”

感觉张队长不耐烦了，我便赶紧劝他。工作做细肯定针对性更强，但填表确实让人烦，农民有些账根本没法儿算，比如他一年打了多少天工，一个工多少钱，都很难统计准确。但话说回来，通过这么多天的了解，真正的贫困户大部分人是因为家里有人生了大病，或者孩子上学，还有一些是没有劳动能力，没有发展资金，个别的是因为懒，啥都不愿意干。其实村里经济情况像个枣核，最富的和最穷的，像刘跃进家和磊磊家这样的，很少，他们是枣核的两边。大多数人是枣核的中央，分地时分的地多少一样，地里种的庄稼也几乎一样，要玉米都玉米，要谷子都谷子，就连种子的型号也差不多；这些年人们出去打工，去的包工队和工厂也几乎一样，平时收入差不了多少。现在的贫困户，争议最多的是中间那部分，很多户可列入，也可以不列入，换句话说，把条件差不多的一部分人列入了，一部分没有列入，就产生了矛盾。大家意见最大的是那些懒人，平时啥都不愿意干，还大吃二喝，但算收入、讲条件，确实符合贫困户条件，就列入了，让大家产生扶贫就是养懒人的错觉。

张队长发上半天牢骚，时间差不多了，便回家。芙蓉她们很羡慕，有时，第二天上午没早课，便搭上他的车回家。

有一天，张队长他们刚走十几分钟，忽然微信群里说明察暗访的下来了，张队长他们赶紧返了回来。进了校门，就听见他骂："这么晚了，查个鬼，有本事你们也每天住在村里！"微信群瞬间热闹了，有人发来照片，说检查组刚从他们村走，可以回家了。有人说村委会的屋子里冷死了，自己好像要感冒了。有人说冷得在车上待着，车快没油了。一直等到十二点，检查的也没有来孤城，群里说没事了，张队长他们才回家。

说实在话，要求三支队伍驻村，真正住下来的只有中直单位、省里、市里来的扶贫干部，他们家太远，回去遇到突击检查赶不回来。本县的晚上都回家，不光孤城，问过其他村的，都这样。就连村里的支书和主任，大多也在县城买了楼房，一到晚上就住到县城里，就像我们村的刘跃进，在县城里开着饭店，根本不在村里住。村里条件太差了，有的村根本不具备住宿条件，县里让乡里解决，乡里不愿意多增加开支。

因为上周六的事情，这周丈夫每天给我打电话，大概觉得那天不该和我生气。我其实一来孤城就不生他的气了，我下乡扶贫，他一个人待在家里边带孩子边上班，也不容易。我希望这周能早点回去，全家人快快乐乐过一个星期天。

可是接到乡里通知，星期天县领导检查各村的建档立卡情况，这周不休息。

丈夫接到我的电话后，马上发飙，“星期天休息是《劳动法》规定的，你们怎么说不过就不过？检查不能放在工作时间？上班时间开会都拖拖拉拉，休息时间加班！”

听了星期天不过，我也沮丧，每周只盼这两天和家人团聚，这周居然回不去了。我感觉自己快要发霉了，一周没有洗澡。再有一周，我不知道会有什么味道。但是怕丈夫担心，我只好安慰他，“大家都这样，年底有省际交叉检查和群众满意度测评，谁也怕完成不了任务。”

欢欢和乐乐听到我星期天不回了，先是乐乐，然后欢欢，在电话那头哇一声哭了。一听他们哭，我眼睛酸酸地说：“妈妈下周一定早点儿回去，给你们带好吃的。”欢欢乐乐根本不听我的解释，越哭越厉害。我继续安慰他们，越安慰，他们哭得越厉害，丈夫抱开了他们，挂了电话，哭声还在我耳边回响。

星期六继续入户，每个见到我的人都问：“安书记星期天不回了？”我强忍着内心的委屈，装出笑脸告诉他们：“不回了。”

十点多，毛主任给我打来电话，说听说我不回了，请中午去他家吃饭。我想起上次的野鸡，忙说中午不一定能过去。毛主任哦了一声，有些沮丧。我正要解释，毛主任说：“今天孩子们回来过星期，我想请你给他们讲讲外面的样子。”我一听是这样，便说：“那我过去吧，看看孩子们。”

中午去毛主任家之前，写了两幅字，一幅是《道德经》里“大道如砥”，另一句颇费了半天脑筋，最后写了句“幸福生活是靠双手奋斗出来的”。

一进院子，毛主任就兴奋地迎接出来。进了屋子，看见两个孩子，都穿着校服，读高三那个男孩个子比毛主任都高，满脸青春痘，另一个女孩个子和我差不多，看见我害羞地低下了头。

毛主任说：“平时怎么教你们的，问个好都不会？”

男孩抬起头来说：“安书记好。”

女孩依然低着头，咬着嘴唇说：“安书记好。”

我说：“别叫安书记，叫我阿姨就好，给你们写了幅字。”说着我把字打开。

男孩看见字，眼睛亮了，走过来端详了半天，指着“大道如砥”说：“我喜欢这幅。”

我把这幅给了他，另一幅给了那位害羞的女孩。

毛主任说：“安书记是来自省里的大文人——书法家，你们看这字写得多么好！你们有啥想知道的问她。”

我忙谦虚说自己不是啥文人，只是个文化工作者。

毛主任让他的两个孩子提问，男孩问了几个感兴趣的院校，可能明年想报考。女孩自始至终一句话也没说，只是害羞地笑。

毕业这么多年，家里又没有参加高考的，对这方面的信息已经没再关注。男孩问的院校，有两个知道，有一个是几所大学合并的新院校，完全不了解。我只好把自己知道的告诉他，建议他报志愿的时候，除了学校和专业，还要考虑学校所在的地方，同样的学校，所在的城市不一样，接受的文化和理念可能就不一样，就业的渠道也不一样。

男孩不住地认真点头。

吃饭的有五个人，毛主任做了五个菜，两冷三热。来孤城后，慢慢知道这儿有个乡俗，人们请客，不管人数多少，只做三个菜。下饭店，点三个菜。如果吃饭的人多，人们就光喝酒，基本不吃菜。上次在毛主任家吃饭，连野鸡也是三个菜。今天毛主任居然做了五个菜。他给妻子夹了一些，其余的都端上桌子，自己不怎么吃，却一直劝我多吃些，还不断地给我夹。他的两个孩子很懂事，也不怎么吃，见这样子，我也不好意思吃，一顿饭快结束的时候，除了毛主任夹到我盘子里的菜，其他的基本没怎么动。

毛主任看着有些尴尬，呵呵一笑说："大家都想减肥哩，今天吃饭咱们承包到人，大家不能光吃面，不吃菜，我分工，每人必须吃完自己那份。"他端起一盘肉菜，往我的碗里面拨，我赶紧拦，还是拨了差不多有一半，然后他才把剩下的给两个孩子拨了一大半，自己只剩下一点点。毛主任分完，我赶忙把自己碗里的给每个孩子拨了一些，然后对毛主任说："剩下的在盘里吃吧，能吃多少吃多少，别再拨了，要不真没法儿吃了。”

毛主任嘿嘿笑，不说话。

吃完饭，毛主任倒了杯茶，请我喝。两个孩子收拾了碗筷，洗锅的洗锅，扫地的扫地，一看以前回了家也经常干活儿。收拾完，各自掏出作业写起来。看着这两个懂事的孩子，我想一定得让毛主任家列入贫困户。

从毛主任家出来，遇到了刘蛆宝。这个家伙，穿着件皮夹克，却依旧光着头，不知道是怕冷，还是不怕冷。

我喊：“刘蛆宝。”

他笑眯眯地问：“安书记，吃饭去了？”

我说：“毛主任家孩子回来了，打听点儿事儿。”

他眼珠子转了转，慢腾腾地问：“安书记，明天能不能请你去我家吃饭？”

我不知道他是开玩笑，还是认真的，但想到他是光棍，觉得有些不合适，便说：“明天去不了。”

刘蛆宝脸上的笑容消失了，很认真地问：“为啥不能来？明天我过生日。”

“啊，你明天真的过生日？”我有些不相信。

“真的，安书记。”刘蛆宝从口袋里摸出皮夹，打开从里面拿出身份证说，“你看，这上面写的是阳历，明天真的是我的生日，我们只过阴历的。”

没想到他会随身携带身份证，我好奇心上来，点点头说：

"情况特殊，过生日我去！"

晚上张队长回城时，我委托他明天来的时候，给带个生日蛋糕。

张队长问："谁过生日？"

我说："刘蛆宝。"

芙蓉她们都回去过星期了，宿舍里只留下我，就像第一天来的时候那样。本来以为这些天适应这儿的环境了，剩下一个人了还是感到凄凉。把炉火加旺，坐了一壶水，翻着书想起古代上京赶考时借宿在古庙的文人，便沿着台阶上了戏台。这是我来了孤城，第一次上戏台。

站在戏台上，好像离天空近了些，许多星座能清晰地看到。远处有些灯火，偶尔还有几声狗叫声，校园里却黑漆漆的，只有我住的那间屋子里漏出些光。这些光，与远处的灯火好像有段距离。我想起毛主任、刘蛆宝请吃饭时我的第一反应都是拒绝，正面说是怕吃村里人的饭影响不好，反面讲在心里还是和他们有段距离，还是把自己当作城里来的干部，没有和群众打成一片。但是怎么和群众打成一片呢？也像他们没有时间观念，好长时间也不洗一次澡……丈夫说的反熵理论又出现了，我摇了摇脑袋，我们的奋斗目标应该是都成天空上的星星，而不是成为地上的一片灯火。时代给了我这座舞台，怎么发挥好自己的作用呢？

思考间，听见水开了吱吱响的声音。我想一定是心理作用，离这么远，怎么能听到水壶响呢？但还是回去看。

水壶果然在响，咕噜咕噜的，水汽把壶盖顶得一跳一跳，要跑出来。我被拉回了现实。

把门关好，拉上窗帘，盆子里倒上水，脱下衣服。脱衣服的时候，我感到自己已经发霉了。蘸着盆里的水，擦拭身体，一条条灰泥搓了起来，以前，从来没有这样脏过。

忽然，玻璃好像响了一下。我心里一惊，想起人们关于王金贵的说法，有个影子从窗户上闪过。我抓起衣服遮住身体，用尽力气大声喊："谁？"我以为自己喊出来的声音很大、很凶，可嗓子像被人掐住了，根本用不上劲，只发出很微弱的一点儿声音。

"安书记，是我。我妈做了些辣椒乳酱，特别好吃，我给您带来一瓶，放窗台上了。"外面传来磊磊的声音，然后听见脚步声远去。

我赶忙擦干净身体，穿好衣服。打开门，院子里一片月光。磊磊怎么进来的？我向大门口走去。学校的大门没有锁，平时都是芙蓉管这事，她走了，我竟然忘记了。

我把大门锁上，回到宿舍，看到窗台上放着一瓶红颜色的酱，这应该就是磊磊说的辣椒乳酱。磊磊的妈妈还会做好吃的东西？但她是四川人，天生吃辣，也许本能就会。

拿回辣椒乳酱，看表，才八点多一些。

我想真是神经了，这么早就洗身子。在省城，八点钟读初中、高中的孩子们还没有放学，饭店里正是热闹的时候，大街上到处都是大车小车，酒吧、迪厅的生意还没有真正开始。

找了本三农问题的书——《中国农村体制变革重大决策纪实》，我把盆里又加了些热水，泡进脚，读起书来。这类书以前从来不读，感觉一来枯燥，二来讲的事情和自己关系不大，不愿意读。这次来，带着的几本一直没顾上看，一读，竟读了进去。

忽然微信响了，是张烨的。她问："这周没回来？"

"你怎么知道？"我好奇地问她。

"你没说你的鸡蛋啊！"张烨发出几个调皮的笑脸。

"这周县领导检查，不过星期了。"我发了个无奈的笑脸。

两人聊了一会儿，互道晚安。

睡觉的时候，把看了十几页的书放在枕头边，虽然还想丈夫和欢欢乐乐，但有了种甜丝丝的满足感，像小时候忽然发现墙上的身高线长了一点点。

第二天，和张队长又去了几户贫困户家，惦记着刘蛆宝的生日，快到十二点时，拎着蛋糕，去王金宝的小卖铺买了瓶酒，去他家。一推大门，是个照壁，拐过照壁前面有个水泥垒的花池子，里面没花了，却摆着一块石头，挺有造型，像座假山。院子里一边是菜地，一边种着几棵树，树后面有个狗窝，里面有条油光黑亮的黑狗，看见我扑上来，刘蛆宝听见声音出来，喊了声"黑子！"那条狗就摇起尾巴来。

以前去过不少光棍家，都十分邋遢，基本没人认真收拾，经常满屋子灰尘，被子也不叠。刘蛆宝家却出奇地干净。

进了屋子，一阵香味，刘蛆宝原来在炸糕。孤城的风俗，过生日，要吃糕。糕是黍子面蒸熟，里面包上糖，再放到油锅里炸熟，做起来挺麻烦的。刘蛆宝一个光棍，竟然不怕麻烦，还会炸糕。

在油炸糕的香味中，混合着似有似无的酒精味儿，我想是不是刘蛆宝早上就喝了二两。

我问："需要我帮什么忙？"

刘蛆宝说："不用，马上就好。"

打量刘蛆宝的屋子，这是来了孤城见到最干净的一家人，尽管只有他一个人。毛主任家够干净了，刘蛆宝家比他家还干净。仅有的两个柜子擦得油光发亮；电视上套着绣花罩子，纤尘不染；被子叠成豆腐块，上面也盖着绣花罩子；窗台上养着几盆花，开得正旺，不仅花盆干净，而且花的每片叶子都擦得干干净净，没有一丝土。

在刘蛆宝家里，我也看到了布老虎，但他和别人家的布老虎不一样，是用蓝色布料做的，样子和其他人家的老虎不一样，他这只老虎看起来慈眉善目的，有点儿像弥勒佛，而且特别大，足有七八岁的小孩那样大，摆在叠好的被垛上。

正盯着这只老虎看，刘蛆宝已经炸完糕，出来洗手，洗手的时候，拿起一个小瓶倒了几滴液体。我闻到一股酒精的味道，心里起疑，嘴上还是问道："你倒的什么东西？""酒精。"说着他用酒精擦了擦手，原来家里的酒味儿是这样来的。

刘蛆宝取出餐具来，居然是银碗银盘银筷子。看到我惊奇，他说：“这是我爷爷的爷爷的爷爷留下来的。”

盛上菜和饭，我打开酒，给他满上，自己倒了一盅说：“我只能喝这么一杯。”刘蛆宝猛地点头，说：“安书记你能来我就高兴，不喝也行。”

我举起酒盅来说：“祝你生日快乐！”

刘蛆宝开心地把一大杯酒一口喝完，他说：“安书记，你不知道，这是这么多年来，第一次有人陪我过生日，真感谢你！”他说得有些动情，自己给自己倒了一杯，又一口喝完。

我来他会这么感动，意想不到，把生日蛋糕打开，取出上面的“皇冠”给他戴上，然后插好蜡烛，点着后让他闭上眼睛许愿。刘蛆宝许完愿，吹蜡烛的时候，我轻轻地唱《祝你生日快乐》。唱着，唱着，刘蛆宝的眼睛里泪流出来了，他说：“安书记，我真高兴，做梦也没想到自己会过一个电视上那样的生日。”

刘蛆宝感动，我也感动，只是参加个生日，他就这样子。

这时手机响了，是崔健民的电话。他问：“安欣，没有吃饭吧？”

我说：“正吃着，村里有人过生日。”

“出来吧，我和张烨来看你了。”

“什么，你和张烨来了？”我有些吃惊，以为他在开玩笑。

他把电话交给张烨，让她和我说话。

刘蛆宝听到我说话，问："有事？"

"有两个省城的同学来看我了。"

"来，让他们快来，在哪里，我出去接他们。"

我感觉这时走了不好，让崔健民和张烨来刘蛆宝家比较合适，便说："你坐着，我去接，今天就不客气了。"

去接他俩时，我顺便在小卖铺又买了两听罐头、一袋花生米。

见到崔健民和张烨，我特别开心，说："真没想到你们会来，也不早说一声，今天村里有个光棍过生日，昨天就答应人家了，一起去吧。"

张烨问："我们给人家买点儿啥礼物？"

我说："不用了，我给他买了蛋糕。"

"买两瓶酒吧，他喝不喝酒？"崔健民问。

我们三个一到刘蛆宝门口，刘蛆宝已经在迎接，给他们分别介绍之后，刘蛆宝让赶紧进家。进了屋子，崔健民和张烨都夸刘蛆宝家里干净。刘蛆宝搓着手让两人赶紧坐。我出去这会儿工夫，桌子上又多了两个刘蛆宝炒的菜。

刘蛆宝给他们倒上酒，张烨要开车，崔健民便喝酒。我们三个一起祝刘蛆宝生日快乐！刘蛆宝更激动了，不一会儿就有些高，翻来覆去说感谢我的话。

并对崔健民和张烨夸我，"你们朋友真是好，别看是个女人，漂亮、认真、能吃苦、有想法，我服气。"

崔健民和张烨笑着看我。张烨说："他有些多了。"崔健民说：“我这同学从来就是漂亮、认真、能吃苦、有想法，我也服气。”

我制止住崔健民的玩笑，让刘蛆宝说说对村里和扶贫的看法。刘蛆宝应该是真心感激我，竟然不遮不掩把村里的好多隐秘事情讲了出来，包括王金贵和刘跃进闹矛盾的事情。他说：“我们村是三个县的交界处，人多，地多，养人。历史上是三不管地带，许多人逃荒到了这里就不走了，开上块荒地就能活下来。村里最大的姓是王姓和刘姓，什么事基本上都是这两姓的人说了算。现在王姓和刘姓的带头的分别是王金贵和刘跃进，王金贵和刘跃进互相看不顺眼，背地里经常捣对方的杠子，其实刘跃进比王金贵有水平，但刘跃进自私，光管个人，在城里开了饭店之后，村里的事就基本上不管了。王金贵年轻时也不错，干什么都很积极，可是几十年没进步，现在跟不上时代了，把住权不放，还喜欢女人，乱搞。”

说到女人的时候，刘蛆宝又倒了杯酒，仿佛忘了旁边还有崔健民和张烨，大着舌头说：“安书记，我再敬你一杯酒，你真的是第一个给我过生日的女人，还是领导、城里人、文化人，这么漂亮，我死了也值了。”

我看他有些把控不住自己了，怕他再说出什么过头的话，叫上崔健民、张烨告辞。刘蛆宝跟在我们后面，还在重复自己的话。

我们刚出刘蛆宝家的家门，我丈夫进来了。他看见崔健民和张烨，脸色马上就变了。我没有想到他会来，怕他误会，赶忙上前打招呼，问他：“你怎么来了？”“我怎么不能来？有人说你在这儿。”刘蛆宝不知道我们的关系，凑上来说：“你是安书记的同学吧？今天是我的生日，安书记是第一个给我过生日的女人，我死了也值了。”

一听他这话，我知道坏事了。果然，丈夫黑着脸问：“他是谁？”刘蛆宝还要说，崔健民拖住了他，张烨对我丈夫说：“我们知道安欣这星期没回来，过来看看她，这个人是村里的村民，今天过生日，喝多了，你别多想。”

丈夫说：“不回家，给别人过生日。”

“不是给别人过生日，是今天县领导来检查，我们不休息。”

刘蛆宝又要过来帮我解释，崔健民把他推走了。

张烨说：“咱们去安欣住的地方看看，听说现在扶贫，条件挺苦的。”

我领着他们往学校走，想怎么这么巧，他们今天都来了，丈夫来，也不和我说一声。

到了校门口，我说：“我就住在学校里。”

“啊，现在还有这么简陋的学校！”崔健民感叹。

到了我住的地方，一开门，他们被上下床惊呆了。张烨说：“现在还住上下床？”我说：“村里没地方。”崔健民啧啧了半天，从车里去取他和张烨给我带来的东西。丈夫脸色也变了，他说：“你就住这样的地方？”我点点头。丈夫说：“这周见你没回来，担心你，我就来看看，不来看还不知道你住这样的地方呢？”我说：“还有的村子条件比这还差呢！”“你住哪个床？”我指了指上铺一个位置。丈夫说：“怕你冷，我带了个电热毯。”说完也去取了。

屋子里只剩下我和张烨，她拉住顶床的那个木棒说：“幸亏我们单位没派我来，要不这两年可怎么过？”正说完，一只老鼠顺着木棒蹿到柱子上，张烨一惊，把木棒拽了出来，“还有老鼠！”

我们俩打趣着重新支床，丈夫和崔健民回来了，张烨说：“刚才床下跑出一只老鼠，吓死我了。”丈夫不相信地问：“真有老鼠？”像回应他的话似的，一只老鼠从顶棚上跑过。

怕他们再议论屋子，我说：“去看看我们吃水的地方吧。”

把他们领到大池子那儿，三个人看到混浊的水都呆了，张烨用侥幸的口气问：“咱们今天喝的水就是这里面的？”张烨问完，崔健民用和她一样的眼神望着我。丈夫说：“我来了没喝水，你们喝的什么水？”我点点头回答：“就是这里面的。”

张烨哇地一下就吐了。

崔健民说：“那上面还有羊粪。”

我说：“这就是我为什么一定要想办法解决孤城的吃水问题。”

崔健民说：“你说孤城吃水难，没想到是这种难法。吕梁山上，好多地方吃水难，建水窖，但水窖都是村民们建在自己家里，每家一个，上面有盖子，不像这样。”

我说：“我们每天吃的都是这里面的水，牲畜们饮的也是这里面的水。”

“啊，啊，你别说了。”张烨喊。

“我一定帮你想办法。”崔健民说，“你抓紧时间弄你们项目申请的材料。”

在村子里转了一圈，担心欢欢乐乐，没时间问丈夫，大概他们奶奶帮着照看，也担心张烨惦记淘淘，我说：“村里没个让你们待的地方，你们回吧，下午我得入户。”

“好，好，我们走，”丈夫走到我面前，郑重其事地说，“对不起，以后我一定支持你的工作。”

他们走后，我去了几户贫困户家里，也许是刚听了刘蛆宝对干部们的意见，我特意问了问这几户人家，他们躲闪着不说。这些天，虽然没有怎么见刘跃进，王金贵也时不时不在村里，但我感觉他们的影响无处不在，许多人好像有话不敢说。

不管是扶贫工作，还是村里的党建工作，要想做好，必须发挥好原来村干部的作用，他们对村里情况最熟悉，又有丰富的工作经验，如果他们甩手不干，帮扶干部再努力，也事倍功半。想到这些，我决定找王金贵和刘跃进谈谈。

回到宿舍，一掏口袋，里面有两百元，其他三个人不可能用这种方式给我钱，一定是刘蛆宝趁我不注意悄悄塞进来的，我想这个人真有意思。

晚上，磊磊来了，抱着一只猫，他有些害羞地说：“安书记，怕你一个人害怕，让我家这只猫给你做伴吧？”我想起昨天的事情，有些脸红，说：“我不怕。”磊磊说：“小黄可乖了，很听话。”那只猫好像听懂了他的话，伸出舌头来舔了舔磊磊的手，眯着眼睛看我。我被它的样子逗乐了，想起屋里的老鼠，便把它留了下来。

记完民情日记，看书，那只猫卧在我脚边打呼噜，想起欢欢几次嚷着想养猫，我拍了几张照片，给他发过去。欢欢问：“谁的猫？”我说：“一个学生给我的。”欢欢问：“妈妈能养，为啥不让欢欢养？”我说：“这是借给妈妈做伴的。”欢欢求我打开视频，想看猫咪睡觉的样子，乐乐也凑过来。小黄的姿势没有变，依然在打呼噜，视频里的欢欢和乐乐却笑得前仰后合，他们一会儿学猫打呼噜，一会儿学猫叫。欢欢还拿了一支笔，在乐乐的鼻子上画了几根胡子，乐乐不乐意了，两人吵起来。我让丈夫哄他们早点儿睡觉。

那晚，小黄卧在我脚边，热乎乎的，比暖水袋强多了。几次伸脚和翻身，怕把它踢着，它却比我想象的反应快，只要我一动，它就躲开了，我躺好，它又凑过来。

早上，我一打开门，小黄就冲进院子里不见了，我呼喊了半天，撕开个火腿肠放在门边，它也没回来。

五

星期一，乡里照例开例会，我坐上王金贵的摩托车去乡政府。

天气更冷了，幸亏我上周来时带了厚衣服，但坐在摩托车上还是被吹得凉飕飕的。

我问金贵村里定贫困户时的情况。

金贵说："我们村是贫困县的贫困村，定贫困户，县里分下了指标，每个村必须完成，我们是公开选的。但当时定贫困户，大家都不知道能享受啥待遇，以为像以前一样，只是过大年发袋面啥的，没多少人当回事。选的时候，一户一户过，我喊一个人的名字，大家举手表决，那些大户人家，举手的人多，就选上了；那些人缘好的，人们不反对，也选上了；真正贫困的，大家不忍心不选他们，都能选上；但有些生活水平和别人差不多，人缘特别差的，就没人投票，选不上。当时选不上，他们也觉得没啥，不哼哼，我们公示了七天呢！后来才知道这一轮精准扶贫扶持力度特别大，孩子上学、看病、住房、技能培训、小额贷款、光伏发电……一项一项政策太多了，简直没有政府没想到的，那些没选上的就眼红了，告状，告个屁，他们当时为啥不说话？”

“姓王的是大姓人家，选上的应该比较多吧？”

金贵愣了一下，说：“姓王的贫困户是不少，姓刘的也不少呢，都是大家选出来的，程序绝对没问题。”

“你们没帮忙吗？”我嘻嘻笑了一下问。

金贵紧急一刹闸，把摩托车停下，扭过头来和我说：“安书记，当干部的也是人，不可能六亲不认，没这些本家支持，我们工作没办法干！”

我不再在这个问题上纠缠，转到毛主任的话题上，我问：“毛虎家那种情况，为啥没评上？”

金贵说：“乡里有规定，村干部不能当贫困户，当时我也让他找找乡里，人家别的村也有村干部评上的，毛虎脸嫩。”

两人谈得不太投机，金贵加大油门，风呼呼地朝身后卷去，路边的杨树叶子像浪花一样翻滚着，再说什么听不清楚了。我裹紧衣服，准备找乡里打听一下毛虎的情况，听金贵这样讲，规定也不是那么绝对，还有解决孤城饮水的问题也得反映。

一到乡政府，金贵找其他干部去了。门口还是乱哄哄的人群，每个办公室都挤满人，男人们大都吸着烟，人们怕冷，门窗紧闭着，所有的室内都灌满了蓝色的烟。

我转到后排去看周转房。两层楼的框架差不多搭起来了，头戴黄色安全帽的工人们依旧蚂蚁一样忙碌着。他们在上水泥，推两轮车的小伙子哈哈笑着，把水泥倒进一个大铁筐里，上面的人转动着绞盘，接着小伙子说了句什么，工地上所有的人都听到了，一起笑，他们的笑那么灿烂。我被他们的笑容感染，拿出手机想拍几张照片，被发现了，这些建筑工人没人来阻拦我，有的害羞地用袖子挡住脸，有的扭过身去，连拍了几张，照片里能看出他们还在笑。

会议的主题依然是脱贫攻坚，书记和董乡长都强调扶贫手册一定要认真填写，摸准每一户贫困户的情况，年底要根据实际情况，出列一批，进入一批，要让那些真正贫困的人进入贫困户行列，不能让富裕的滥竽充数。

我想对于毛虎，这是个好机会。

会后，我去找乡党委书记，把毛虎的情况讲了一遍，问他像毛虎这种确实贫困的，又是村干部的能不能列入贫困户？

书记说："规定是规定，但规定是死的，人是活的，只要真正符合条件，可以酌情考虑。不能让人家因为是村干部，就不能当贫困户，结果大家都脱贫了，他一家还在贫困线下。"

看见党委书记掌握政策比较灵活，我把饮水解困的问题也和他说了，希望我们弄好材料后，乡里能把我们的材料报上去，书记痛快地答应了。

金贵要到县城办事，我坐张队长的车回孤城，在乡政府对面小饭店打包了两个菜。

回到学校，芙蓉她们下课后，已经做好饭。我把打包的菜拿出来，想起前天磊磊给我送的辣椒腐乳酱，也拿出来。原来这是把辣椒油炸过后和腐乳拌在一起的酱，从来没有见过这种做法，想起磊磊妈的邋遢，我怀疑它的味道，没有先吃。

张队长先夹的第一筷子，他抹在馒头上吃了一口，一吃说“好吃”，又夹了一筷子。

张队长说好吃，芙蓉她们都夹了一小块品尝。一尝，大家都说好吃。

我半信半疑地夹了一筷子，真是好吃。腐乳的香味儿和辣椒的香味儿完全融合在了一起，一个绵，一个脆，绵中有脆，脆中有绵，腐乳的绵香冲淡了辣椒的辣味儿，辣椒的辣味儿又提升了腐乳的香味儿，不知道磊磊妈是怎么做出来的？

张队长和芙蓉她们纷纷问：“哪儿买的这么好吃的辣椒乳？”

我说：“磊磊妈做的。”

大家都不相信。

吃完饭，去毛虎家，我想把他能列入贫困户的消息告诉他。

在城里，每天有午睡的习惯；来了孤城，老百姓没有这个习惯，我竟也慢慢没有了。

毛虎家里静悄悄的，进去后，毛虎不在，他老婆在炕上躺着，两个孩子在桌子上写作业。家里最醒目的变化是，我上次给他们写的两幅字都钉在了墙上。以前朋友们之间送字画，喜欢的都是裱出来或者装镜框挂墙上。现在我的两幅字直接被用图钉按在了墙上，在这简陋的屋子里，它们那么醒目，我从来没觉得自己的字这么好看，比裱出来挂在有钱人家的客厅里更好看。

看见我，两个孩子都站起来，说："阿姨好！"小女孩还是低着头，在害羞。男孩抬起头来说："我爸爸出去了。"

我们的动静惊醒了床上躺着的女人，她要爬起来。我说："你别动，我来没别的事，是说一下你们家能评贫困户了。"

女人一听到我的话，用手捂住眼睛。孩子们不大明白怎么回事，不解地望望我，望望他们妈妈。我对孩子们说："你们爸爸回来告诉他，今晚八点在村委会议室开会。"

出了毛主任的家，我感觉这些天填了这么多扶贫手册，今天干的这件事情最有意义，接下来要尽快把扶贫手册填完，把握准每一户的情况，把那些真正需要帮助的家庭列入贫困户，不适合的让他们出列。

晚上到了开会时间，人依旧到得不齐，我决定不等了，不能让守时的人等不守时的人，出现反熵结果。我把喇叭打开，向全体村民通报了到会情况，开始开会。

首先传达了乡镇最近几次会议的精神，然后通报了建档立卡填写扶贫手册的进度，告诉干部们，填写扶贫手册的过程中，发现一些问题，有的不该列入贫困户的家庭列入了，有的该列入的没有列入，我举了毛主任的例子。

马上有人反驳我，毛主任没有列入是因为他是村干部。

我说："乡里确实有规定，但咱们既要严格遵守规定，又要灵活执行规定，尽力让规章制度服务好人，帮扶那些真正需要帮扶的人。"我把乡党委书记的精神告诉他们。明确最近一段时间最主要的工作就是摸准底子，建档立卡，不合适的这次一定要调整。

我这样一说，会议室里马上热闹了，人们开始议论谁合适，谁不合适。有个别干部和党员可能原本不打算参加会议，大概有人给他们通了风，也赶了过来，他们没想到这么快就动真的。

陆陆续续赶来些群众，他们站在窗户外面，纷纷议论。

刘跃进是最后一个来的，一进门就气势汹汹地质问："为啥人不齐就开会？"

我说："会议通知的是八点开，我们八点准时开的。以后所有的会通知几点开就几点开，谁迟到或不到，都会记录在案，定期向全体村民通报。"

刘跃进问："我们有事怎么办？乡里面开会还经常延迟时间。"

我说："不是不允许大家有事，有事履行请假手续。乡里面开会经常延迟，不代表他们做的就对。脱贫攻坚不是喊口号，需要扎扎实实行动。贫穷怎么摆脱呢？我认为改变落后观念很重要。咱们先从党员干部没有时间观念上下手，培养大家的时间观念，提高工作效率。有时下面可以倒逼上面。你们知道联产承包责任制吧？就是安徽凤阳小岗村率先实施，成功了才面向全国推广的。咱们连一个会都不能准时开，怎么能带领群众脱贫致富奔小康呢？”

刘跃进黑着脸坐下。

会议室外面响起了掌声，看到群众支持，我的信心更足了，不理会刘跃进，继续开会。

说完了贫困户出列、入列的事情，我开始谈解决人饮解困的事情。

干部们没有人相信这个问题能解决，他们纷纷说以前几任乡领导、县领导都提过这个问题，打井队还来过几次，打了几眼废井，根本找不到水。现在没钱，没项目，怎么解决呢？

我认真向大家宣传这次脱贫攻坚政策，说中央下定决心解决的问题一定能解决，咱们关键是要先行一步，早点儿把这个问题解决了。

大家一听笑了，更觉得不可能，孤城有什么条件，凭什么孤城能先解决呢？

我没有和他们提崔健民，只是决定加紧落实这件事情。

谈了这些实际问题后，我组织大家学《党章》。农民们没有学习的习惯，好几位党员说自己不认识字。我一段一段给他们念，念完让大家对照自己的行为讨论，他们大概从来没有这样开过会，气氛很热烈，只有刘跃进黑着脸一句话也不说。

开完会的第二天，毛主任提醒我，刘跃进昨天对我很不满意，他开饭店认识些社会上乱七八糟的人，让我小心一些。

我说："我干工作不是针对某个个人，只是想让干部们带头形成一种好风气，想给孤城多办点儿事，怕他干什么？"

毛主任还是有些担忧。

刚来孤城时，觉得待一周时间非常漫长，后来逐渐习惯了，这次两周连在一起，又感觉有些煎熬。到了星期四时，非常想念欢欢乐乐和丈夫，欢欢他们还从来没有离开过我这么长时间，上次回去，欢欢嫌不给他带好吃的，这次给他们带点儿什么吃的？孤城没有啥稀罕吃的。辣椒乳！那瓶辣椒乳真是好吃，几天时间，只剩下了个瓶子底儿。我想是不是买些辣椒和腐乳，请磊磊妈帮我做几瓶这样的酱。马上觉得自己疯了。丈夫这几天一天给我发几次微信，经常发些搞笑的段子逗我开心，上次他悄悄来看我，尽管闹了点儿误会，还是让我很温暖，这周回去，哪儿都不去，专门陪他和孩子们。

正拿不定主意找不找磊磊妈做辣椒乳酱，刘跃进却带着磊磊爸爸找上门来了。那时是黄昏，我正和一位拿着放羊铲的老人聊天，放了学的学生们打打闹闹地不停地从我身边走过。我问老人为啥七十多岁了还放羊？老人说本来是儿子放，儿子今天帮人杀猪去了，让他替一天。

芙蓉忽然急匆匆地找了过来，她说："你还在这儿拉呱呢，赶紧躲一躲，刘跃进和磊磊家的人找上门来了！"

我有些奇怪，“他们找我，闹矛盾了？”我第一反应是磊磊爸爸受了刘跃进欺负。但凭他的性格，应该不会来找我。

“不是，人家来找你是问罪，你给人家孩子吃啥了？”

“啥也没吃呀，就是些巧克力、肉松、饼干，都是从超市里买的。”我说着，心虚了起来，想这些东西是不是过期了，或者有假的？

芙蓉说：“不管怎么说，人家已经找到学校了，跟了很多人，你躲躲吧。”

我说：“躲什么，我去看看咋回事！”我离开老人往学校走。芙蓉拉了我两次，没有拉住。

到了校门口，看到院子里闹哄哄地站着一群人，夕阳金灿灿的，每个人都像披上了金袍金甲，我想到乡政府开会前的那些人。

一进院子，那群人看到我奔过来，因为逆光，看不清他们的脸，只看见一团金色向我走来。我呆了呆，往前走了几步，刘跃进气势汹汹走在最前面，磊磊爸爸跟在后面，他们后面有几个人我不认识，还有几个村里的人，看见我，放慢了速度，稀稀拉拉跟在最后面。

我不相信他们是冲我来的，迅速把来了孤城的生活过了一遍，尤其是和磊磊家有关的，没有任何问题。鬼使神差地我避开他们，朝戏台走去，想要证明什么似的。

刘跃进喊：“安欣你别躲，搞砸事跑什么？”

我说：“我不躲，你们来。”

我登上戏台，看见一大团火烧云挂在天空，整座戏台被红光笼罩，我站在红光中，像踏上了战场。

那些人慢慢走了上来，红光血一样红。

磊磊爸爸看见我，像以前那样咧开嘴笑了一下，但这次他的笑很勉强，我想起家乡人做面人时，用竹签在脸上划开的笑容，磊磊爸的笑容和那个太一样了。然后，他掏出烟来。

刘跃进一把打掉他手中的烟，恶狠狠地对我说："你给我侄女吃啥了？"

刚才已经回想过，我说："巧克力、肉松、饼干。"

"巧克力、肉送、饼干，它们挺好吃。"磊磊爸爸跟着说。

"你别说话！"刘跃进恶狠狠地说。

"我侄女都快死了，你还不承认！"刘跃进指着我，对身后的人说，"把她看起来！"

听到这句话我有些惊慌，这个家伙能如此蛮不讲理？我大声吼："谁都别乱动，我不跑，孩子到底发生啥事了？"

好几个我没有见过的人冲了上来，他们按胳膊的按胳膊，摁头的摁头，我使劲挣扎，胸脯被硬硬地碰了几下，一块不知道做什么用的破布子塞进我嘴里，味道咸咸的，还有点儿甜，我被捆了起来。高跟鞋崴了一下，屁股被重重地抓了几把，我又羞又气，透过人群纷乱的双腿，看到红色的光布满戏台。

我被推搡着朝戏台的二楼上走去，芙蓉她们站在戏台角落，惊恐地望着这一群人。我用目光示意她报警。二楼我从来没有上过，据说里面堆着唱戏时用的杂物。

人们把锁子砸掉，我被推了进去，然后门被关上。夕阳最后一缕光从窗口晃了一下，不见了。我的眼睛习惯黑暗后，首先看到一捆彩旗，然后看到一堆破桌子、破凳子，它们埋在尘埃中，像古墓中的尸骸。

我站起来，全身都疼，手脚不能随便动。蹦到门边，撞了撞，门不知道用什么东西拴上了，撞不开。找了把椅子，我一坐，灰尘腾起来，像无数小虫子在飞，接着吱吱扭扭的声音响起来，我打了个喷嚏，又站起来。外面已经没有了声音。

刚才发生的一切太意外了，我甚至都没反应过来到底发生了什么事情，以前只是觉得这儿落后，民风还挺纯朴，怎么这么愚昧野蛮呢！

想起毛虎给我的提醒，我后悔没有当回事。

芙蓉她们应该已经报警了，警察很快就会过来，张队长一定也听到了消息，还有毛虎、金贵，我把孤城的熟人想了一遍，想到丈夫远在省城，有些害怕，身体被他们碰过的地方，像被毛茸茸的虫子爬过，很恶心。

嘴里那团布黑乎乎的，看不清是什么东西，我的舌头拼命躲着它，可是没地方可躲，胃很不舒服。

也许因为常年不住人，楼上非常冷，比刚才站在外面都冷。我蜷着身体，想楼下宿舍里热乎乎的炉子，以往这个时候，磊磊已经过来给加炭了。我不知道他会不会怪我，他妹妹到底发生啥事了，难道是食物中毒？

我想明天就是星期五，欢欢和乐乐此时一定盼着赶紧见到我。

蹦到窗口，天空上挂着纸片似的半轮月亮，像剪出来的一样。远处已经有了些灯火，还有一缕一缕的炊烟。学校操场上站着几个人，黑乎乎的，瞧不出是谁。楼下出奇地安静，听不到一点儿动静。我使劲跺脚，希望芙蓉她们听到声音，可没有一点儿反应。

一切都不像文明社会发生的事情。

黑夜滑下来，窗帘一样遮住所有的光，凭感觉，应该六点多了，可警察还没有来。这种安静，增加了人的惶恐，我想磊磊妹妹现在在哪里？家，还是医院？医院的话，一定是县医院！万一病被耽搁了，或者医生没有诊断清楚，我怎么也说不清楚了。

我像电视中演的那样，用桌子角磨手腕上的绳子，可是磨得手都酸了，绳子还没有丝毫要断的迹象。不能再等了，我看了看窗外，二层楼不算高，跳下去应该没事，即使摔断腿，也比被捆在这儿强。我用头撞碎玻璃，准备往下跳的时候，听到楼梯上响起腾腾的脚步声，有几个人呼喊我的名字。

门一打开，几束手电筒的光照进来，然后灯被拉着。满是灰尘的屋子里布满凌乱的脚印，一直延伸到窗户边。那块撞碎的窗户上留着尖锐的玻璃碴子，像张开的狗嘴。墙角的彩旗上有几面蜘蛛网，有一根断掉了，在空中飘来飘去。破桌子上扔着一副散乱的扑克牌，上面也是灰尘。墙角有一摞砖头，上面还有干了的泥。

“安书记！”

“安书记！”

几个人喊我。

嘴里的破布被抽了出来，我大口呼吸了几下，呕吐起来。有人拍我的背，有人帮我把手上、脚上的绳子解开。

我问：“到底怎么回事？刘跃进呢？”

周围的人里面，没有刘跃进。一个胖乎乎的穿着警服的人说：“你没事吧？”

我气愤地喊：“怎么能没事，刘跃进呢？刘跃进躲哪里了？到底怎么回事，刘跃进就把我关起来了？”

警察说：“我也不大清楚，有人报案我们就来了，你要是报案的话，咱们找个地方做笔录。”

我说：“我一定告他，但现在没时间做笔录。磊磊妹妹怎么样了？”

旁边有人回答：“送到县医院了。”

“怎么回事，是食物有毒吗？”

“不是食物有毒，是孩子把你带去的几盒药当零食吃了，应该是药物中毒！”

“药怎么能吃呢？那么苦！”我有些不相信。

“磊磊说的，这孩子从来不说谎。他家太穷了，孩子饿得不行，逮住啥都吃，把药当零食吃了！”

“磊磊呢？”

“去医院了。”

“我也去医院，谁有车？”我喊。

去医院的路上，我打开手机查看那些药的副作用——恶心、胃灼热、腹痛腹泻、头痛、转氨酶升高、胆汁性肝炎、噩梦及意识模糊……我心里一阵阵发凉，眼前出现那个从被窝里跑出来抢食物的小孩儿。

到了医院，刘跃进并不在，孩子在洗胃。在手术室门口的椅子上，磊磊一手拉着他弟弟，一手拉着他妈妈。他爸爸焦灼地在地上走来走去，看见我，脸上又浮现出熟悉的笑容，往外掏烟，仿佛完全忘记了刚才发生过什么事情。

我摆摆手，生气地问：“刘跃进呢？”

磊磊爸张望了一下回答：“不知道去哪儿了。”

我问：“孩子到底怎么样了？”

磊磊说：“安书记，她把你给我爸爸治病的药吃了。”

“医生没说啥吗？”

“在抢救。”

“没事吧？”磊磊爸爸问。

不知道他是问我，还是问他孩子。想了想，我回答：“应该没事，这不是毒药，只是药物反应，洗了胃，再输点儿液应该就没事了。”

磊磊不安地对我说：“安书记，这事不怪您，小时候，妹妹也吃过一次我奶奶的药。”

原来以前还发生过这种事，我吃惊地对磊磊爸和妈说：

“怎么能让孩子把药吃了呢？”

他妈妈站了起来说：“谁也没看见，她就吃了。”

本来一肚子责怪他们的话，看到这个样子，我什么也说不出口了。

护士过来问：“你们怎么还没有缴费？要用药呢！”

“缴费？”规定贫困户看病是先看病，后结算，而且在县医院看，自己花费不超过一千元。我对磊磊爸说：“你没有告诉人家自己是贫困户？”

磊磊爸说：“说了。”

我急忙对护士说：“我是他们村的第一书记，他家是贫困户。”

护士看了看我，指着磊磊爸爸说：“这位书记，不好意思，他是贫困户，洗胃的孩子不是。”

我说：“不可能吧，贫困户都是以户建档，一户一档，怎么可能大人是，孩子不是？”

护士说：“我也不清楚，要不你去住院部问问。”

到了住院部，我拿着磊磊爸爸的身份证询问。对方上网后说：“刘拴牛吧？”我说：“是。”“他们家四口人，刘拴牛、赵巧云、刘磊磊、刘森森。”“没有刘焱焱？”“没有。”我说：“不可能吧，他家六口人，怎么只有四口？”“这个我们不清楚，去派出所问吧。”

我不知道哪里出了情况，怕耽误给孩子看病，帮他们先缴了一千块的押金。

到了手术室门口，孩子还没有出来，一家人等在那里。磊磊爸又要掏烟，我制止住他说："这是医院，不准吸烟。"磊磊爸说："刚才我吸，医生告诉我了不能吸。"我无话可说，叫过磊磊来问："你们家到底几口人？""六口，奶奶、爸爸、妈妈、我、弟弟、妹妹。"我想肯定是哪里出了问题。

我问："刘跃进呢？"

磊磊摇了摇头说："他没有来。"

我气不打一处来，问："他是你大伯？"

"我们是本家，都姓刘，平时根本不来往。"

我憋着一肚子气，给王金贵打电话，问他磊磊家的户到底是怎么回事。

王金贵接通电话，首先和我解释，刚才有误会，他不知道。然后小声说："刘拴牛家只有四口人有户，刘拴牛老婆和他闺女没户。"

我问："她们为啥没户？"

王金贵说："他老婆是四川的，来了没上户，闺女超生了，怕罚款也没上。"

"没户，他们怎么领的结婚证？怎么分的地？前两个孩子怎么上的户？"

王金贵回答不上来，他说："那不是我经手的事，我不知道。"

没户口，自然成不了贫困户。

磊磊爸对钱没概念，他妈妈好像也差不多，医院一催他们缴款，他们就给我打电话。刘跃进一次也没有来，他像一阵风，点着火就不见了。打他电话，不是无人接听，就是不在服务区，肯定是在想办法躲我。

所幸孩子洗了胃，问题不大，医生说再输几天液，就可以出院了。

我到派出所报了案，刘跃进平白无故把我关起来，一定要付出代价。派出所做完笔录之后，让我回去等。

因为磊磊妹妹的事，星期天又回不成家了。

丈夫一听我又不回家急了，问这次又是检查？我说："不是检查，村里有个孩子误食了我上次带去治疗布病的药，中了毒。"丈夫马上急了，"要紧不要紧，要不转到省城的医院。"我说："洗了胃，度过危险期了，但还要输几天液，回去不放心。"丈夫吁了一口气，说："他孩子吃错药关你什么事，你给他家带药是为了给他们治病呀！"我说："他家里没怪我，可是他家这种情况，离不开我。"丈夫说："难道你不去孤城当第一书记，人家有了事就没办法了？"

丈夫爱较真的脾气又来了，我庆幸没有把刘跃进关押我的事告诉他，要不他马上又要来孤城。

欢欢和乐乐知道我这周又不回，欢欢直接就问："妈妈是不是不要我和乐乐了？"我说："妈妈每天想你们，怎么能不要你们呢？"乐乐在电话那头边哭边喊："我要妈妈！我要妈妈！"

我说："妈妈下周一定回，给你们带只小猫咪。"我不知道怎么能哄住孩子了，脱口说出这个承诺，说出来之后，觉得给孩子们养只小动物，多个做伴的，可能会依赖我少一些。

磊磊妹妹一天天好起来，派出所那边却一直没有消息。

欢欢每天给我打电话，电话一通就说：“今天星期一，妈妈再有几天回？”我说：“四天。”第二天他说：“今天星期二，妈妈再有几天回？”我说：“三天。”乐乐在电话那头说：“我要妈妈，我要猫咪，喵喵。”

磊磊妹妹出院后，我又去了派出所。见到警察，我问：“刘跃进那件事怎么处理，怎么几天了还没有结果？”警察说：“这几天我们每天打电话，可是联系不上刘跃进。”我说：“我是组织上派下来任职的，却被莫名其妙地非法拘禁了，连生命安全也不能保障，我们怎么工作？”警察说：“我们找不到刘跃进。”

一看警察和我扯皮，我说：“那就请上一级解决吧，你们县里解决不了，我去市里、省里，不信没人管这件事。”说完这句话，我就去县公安局。

路上接到包村干部的电话，他问：“安书记，你现在在哪里？”

我说：“我去公安局。”

他说：“要不你来镇里吧，刘跃进这事儿咱们商量商量。”

我说：“这事儿还商量个啥，我在维护自己的权利。”说完挂了电话。有些无尽的悲哀，自己来孤城是工作的，出了这事没人保护，大家都在和稀泥。一定得自己给自己争取权利，否则以后怎么树立威信呢？

过了不久，电话又打进来，是董乡长的。他说："安书记，刘主任知道自己错了，他让我向你道歉，这里面有点儿误会。"

我说："有啥误会？这么长时间了他为何不见我？他对孩子那么操心，孩子住院好几天也不见他去一趟医院。"

董乡长说："那天他只是想吓唬吓唬你，前几天他摔坏了腿，出不了门。"

一听董乡长的话，我更生气了，"吓唬人就把人随便关押起来！我被关在戏台上的时候，准备跳楼的是我，他为啥摔坏了腿？再说，摔坏了腿是腿不能动了，怎么不接电话，不开手机？"

董乡长说："安书记你消消气，是刘跃进的不对，你给我个面子，让他当面给你道歉，千万给他个机会。大家都是班子成员，低头不见抬头见，见了面他要是没诚意，你再去公安局，哪怕去纪检委！"

一定是刘跃进托董乡长说情，毛主任和我说过，他和董乡长关系很好。

我想去了公安局又能怎样，把刘跃进抓起来拘留几天？不行，再去市局？这不是我想要的结果。董乡长这样说，去看看他们怎么解决。

按照约定的时间，我去了县城的迎香阁饭店，心里打定主意不吃刘跃进的饭。

难得的人都准时到齐了，董乡长、包村干部、刘跃进、磊磊他爸爸刘拴牛。

刘跃进架着个拐子，腿上打着石膏。我拿不准他是真的把腿摔坏了，还是装的。

见到我，董乡长脸上堆满了笑容说：“安书记，你来孤城这段时间的工作大家反映都特别好，我一直瞎忙，没有去村里看你，借这个机会咱们聊聊。”这是来孤城这么长时间，董乡长第一次对我这么客气和热情。

磊磊爸爸照例露出笑脸，要掏烟。我阻止住了他，心里叹口气，早就告诉他我不抽烟，每次见了都这样。

刘跃进让我们进包间，我说：“刘主任，说完事我马上就回去，包间就不进去了，董乡长说您有话对我说，就在这儿说吧。”

刘跃进尴尬地笑了笑说：“在这儿不合适，您来了孤城我还没给您接过风，今天借董乡长的面子把您请来了，不能一下也不坐就走了吧？”

因为正是吃饭时候，门口客人川流不息，确实不适合说话，我便退了一步，跟着他们进了包间。

一进包间，包村干部说：“安书记先坐，咱们边吃边聊。”

我说：“我不坐，听完刘主任的话就走，下午还得入户。”

董乡长说："不用那么急，孤城的建档立卡进度挺快，又扎实，年底可能评个优秀。"

董乡长一提建档立卡，我想到磊磊家的事情，便说："正好刘主任在，磊磊爸也在，董乡长我有个问题。"董乡长说："安书记别客气，有啥问题尽管问。"我说："这次药物中毒的那个小孩儿，也就是刘主任的侄女，刘拴牛的女儿，没有户口。他们家明明有六口人，却只有四口人是贫困户，另外两人连户口都没有，女孩儿和她妈妈。没户口就成不了贫困户，不是贫困户就没办法享受各种政策，这次孩子看病医药费就是个问题。"

磊磊爸听我说完，苦着脸说："我们家没钱，看不起病，全是安书记给出的。"

我打断他的话说："这次只是个看病，以后别的事呢？"

董乡长望着刘跃进说："刘主任，你是村里的老干部，这到底是怎么回事？"

刘跃进打个哈哈说："今天拴牛也在，有些事稀里糊涂说不清，拴牛，你娶媳妇的时候有三十岁了吧？"

拴牛想了想说："正好三十。"

刘跃进说："三十岁在村里是个大岁数，再娶不上，可能一辈子就娶不上了。那时拴牛爸还在，那个老人可精明了，在村里是个说话算数的人。他托人给拴牛说了几个媳妇，都是本地的，一个也不成，正好有人领来几个四川女人，他叫拴牛去看，咱拴牛一眼就看中了现在的媳妇，她是一群四川来的女人中最漂亮的。是不是，拴牛？”

刘拴牛不好意思地点了点头。

刘跃进说：“看中就给他们办了事，领了证，那会儿没现在严，本地干部向本地人，都觉得好不容易娶个媳妇，怕人家跑了，说哈说哈就给办了，还在村里办了几桌酒席。是不是，拴牛？”

“是，吃的油炸糕，那天我还喝多了。”刘拴牛得意扬扬地说。

“结婚后，拴牛爸在的时候，老人管家，一家人过得还不错。生下磊磊后，发现这个孩子挺聪明，拴牛爸放了心，挺开心，觉得自己有了后。又是他想办法，给磊磊和后来出生的弟弟都上了户，没想到一直没有给磊磊妈妈上。后来，老人死了，姑娘出来就再没上户，人家国家也管得严了，啥东西都越来越规范。”

刘跃进说完，刘拴牛耷拉下头。

我说：“历史问题，咱没办法追究，咱手里能办的事一定要办好，不管怎样，年底前先给这两人把户上了，开口子的时候，她们就能进列。”

刘跃进、董乡长、包村干部都说是，刘拴牛脸上又露出笑脸。

刘跃进说：“安书记，这次需要我帮啥忙我帮啥忙，一定听您的安排！上次那事我对不起您，不该那么冲动，一时心急冒犯了。”

刘跃进喊服务员点菜，要用酒给我赔不是。

我说：“刘主任，点上菜你们吃，我说了不吃绝对不吃。那天你那么急，不是一时冲动吧？”

刘跃进哈哈大笑起来，“安书记，您是个聪明人。这些年我光顾自己挣钱了，村里的事管得少，但大家都给我空一份子，您来了半点面子不给我留，我就想吓唬吓唬您。我错了，您要是原谅我，以后我跟着您好好干。您要是心里还过不去，叫警察来吧，我不躲了。”

没想到刘跃进说话这么干脆，我说：“刘主任，既然您这么干脆地说明白，我再计较就显得肚量小了，我来孤城只是临时任职，时间一到，马上离开，村子还是你们的，我只是想要在这儿待两年，不能白浪费时间，得干点儿实事，您以后支持我就好干了。”

刘跃进说：“一定，一定。安书记，以后村子里有啥事情需要我协调的，尽管吭声。这次孩子不是还没有列入贫困户嘛，看病的花费我包了。”

我本来打算拒绝，想了想还是同意了，有些事必须付出代价，才会记忆深刻。

刘跃进问刘拴牛：“给孩子看病花了多少钱？”

刘拴牛说：“我不知道，安书记出的钱。”

刘跃进看我，我没有客气，告诉他花了多少钱。

刘跃进喊进一个服务员，让他去取钱。

我把钱收了之后对屋子里的人说：“这个事咱们就到此为

止，我绝不再提。你们吃饭，我回村子。”

刘跃进赶忙留我，“安书记，您千万不能走，好歹来了我的饭店了，不吃饭就走了让别人怎么说我呢，吃几口，给我提提意见。听说你的书法特别好，我还想请你给我写几个字。”

原来迎香阁就是刘跃进开的饭店，生意真不错，七八个包间都坐满了人，散台上的客人也不少，以前还以为他只是开着一个小饭馆。这样规模的饭店，假如都雇村里的贫困户，菜啦肉啦什么的让村里供，可以解决不少人的问题。

刘跃进看我不说话，以为同意在这儿吃饭了，喊服务员上菜。

我说：“刘主任，您既然愿意配合我的工作，就让我今天说话算回数，让我回村子里吃饭去。想让我写字，没问题，把纸和笔准备好。”

刘跃进瞧我这样坚决，望了望董乡长说：“安书记这样坚持，今天就听你的，我去取纸和笔。”

刘跃进出去取东西。包村干部说：“老刘其实不容易，以前他家里才叫个穷，他妈得了肺结核，没钱不敢去医院看，村里人都说是肺痨，挨都不敢挨他家。他也以为肺痨看不好，安慰自己看也白看，想给他妈吃点好吃的，没钱买，眼睁睁看着他妈一天天瘦下去，后来没了。这些年折腾了好多事，开了饭店才慢慢翻了身。”

没想到刘跃进有过这样的经历，我说：“确实不容易。”

董乡长看我口气变了，笑呵呵地说：“安书记，刘主任和你合作，孤城村的扶贫工作一定能搞好。你对下一步的工作怎么思考？”

我说：“初步有这么几个想法：第一，首先把建档立卡工作完成，摸准底，年底审核时，让该进的进，该退的退；第二，尽量争取点儿项目资金，明年解决饮水问题；第三，请医疗队给村民们检查，尤其是布病，一定要治好，杜绝传染源。”

本来没太多想法，一说，思路打开了，我接着说：“马上进入冬闲时候，组织村民做些手工布艺。来了孤城，发现许多村民手特别巧，做的布老虎、鞋垫、童鞋很漂亮，打算组织大家做些这，增加点儿收入。还没有和刘主任、王书记商量。”

董乡长说：“好主意，可以组织大家成立个合作社，咱们每个村都要搞一村一品一主题，让产业带动群众脱贫。”

“这个产业不知道能不能搞大？我还想办个书法培训班，咱们的文化活动室空着，一直没启动，我是学书法的，可以教大家。”

一说完，董乡长说：“没想到安书记来孤城这么短时间，就有这么多想法。”他对包村干部说：“这就是眼光，这就是水平，咱们多向安书记学习。”然后，董乡长问：“安书记对我们乡里的工作能提点儿建议吗？”

我说：“建议谈不上，但我有点儿困惑，咱们每次开会，总要等很长时间，能不能通知几点就几点开，既可以培养大家的时间观念，提高工作效率，还可以树立乡政府的威信。还有每次开会，可不可以不强调三支队伍的责任？脱贫攻坚是盘大棋，每个干部都有关系，中央、省市县的就不说了，每位乡干部、每位村干部都有责任，现在总强调三支队伍，看起来责任意识明确了，但把一些人推开了，比如原来的村干部，他们应该是脱贫攻坚的主体，对各自村的工作又很熟悉，现在好像不把他们当重要力量了。”

董乡长大概没有想到我会尖锐地提这两条意见，打个哈哈说：“安书记说得对，回去我们研究一下。”

这时刘跃进拿来了纸和笔。

我想了想，给他写下“孤城万仞”四个字。

六

磊磊带来的辣椒乳酱大家都觉得好吃，很快就吃完了，老师们便自己做。可是买来各种辣椒和好几种腐乳，怎么也做不出那种味道，大家让我去找磊磊妈再做一些。

到了磊磊家，还是乱糟糟的。村里有人垒锅台，磊磊爸去帮忙了。磊磊和弟弟上学去了。只有磊磊妈和奶奶、妹妹在。磊磊妈正在做饭，磊磊妹妹在没有叠的被窝上玩，病了几天，她缩小了一圈，瘦得可以看见衣服下的一圈圈肋骨。这么冷的天气，磊磊家没有生炉子，老人小孩儿都冻得抖抖索索的，嘴唇上挂着清鼻涕，不停地咳嗽。

磊磊妈的菜板上只有半棵白菜和两块土豆，她切好之后，油一热，把这些东西一起倒进锅里，炒了几下加盐，然后倒了一瓢水，煮起来。没有放葱姜蒜，也没有放花椒、酱油。不知道是习惯这样，还是舍不得买调味品。

我问："磊磊妈，你的辣椒乳是怎么做出来的？"

她用手背擦了一把鼻涕说："瞎做的。"

我知道她不会说谎话，继续问："怎么瞎做的？"

她眨巴眨巴了眼睛说："把辣椒和乳混在一起。"她竟然连腐乳也不会说。

我知道白问她，叹口气，转身准备走。

磊磊妈拉住我，摆着手，把锅里的菜往外舀。

我问："你干什么，菜没熟吧？"

她比画着要给我做。

我忽然有了个想法，把她领到学校做。这样既干净，大家还可以学一学。便说："你现在不用做，晚上我来找你，咱们去学校做。"

"晚上，好。"她笑着答应。

出了磊磊家门，张烨打来了电话，她问："这周回来吗？鸡蛋吃完了。"

我问："怎样，好不好吃？"

"好吃，你带回的这些鸡蛋比别处的都好，一打开，里面的蛋黄特别黄，炒熟了也香，能吃出以前的鸡蛋味儿。"

我说："那我周末回的时候多带些。"

晚上，我去磊磊家请磊磊妈到学校教我们做辣椒乳。进了屋子，比白天更冷了，磊磊爸爸还没有回来，磊磊和弟弟围着被子写作业，磊磊妈边流鼻涕边剥玉米，老奶奶大概已经睡着了，躺在被子里一动不动，小妹妹和那只黄猫在玩，互相舔对方。

昏暗的灯光下，几个人像旧画中的人物。

我对磊磊说邀请他妈妈去学校里教老师们做辣椒乳。磊磊一听欢呼起来，作业也不写了，跳下地来让他妈妈洗脸、洗手，换衣服。磊磊妈害羞地扭了扭，就开始听儿子的安排。磊磊给脸盆里倒水，帮他妈妈搓香皂，给她搓脖子、搓手背，洗完脸和手，还给他妈把头发梳好。磊磊妈经过这样一收拾，干净得像换了个人，朦胧的灯光下，竟依稀有几分美，我想起人们讲她当年是那批四川来的女人中最漂亮的一个。

穿什么衣服去学校，磊磊犯难了。他妈妈平时穿的衣服又脏又破，根本不讲究。磊磊从柜子里翻出来好几件衣服，都是过时的旧衣服，还都是夏秋的，很薄。磊磊越翻，脸涨得越红，最后沮丧地一屁股坐在地上的小板凳上，捂住脸要哭出来。

我说："磊磊，不用管穿啥了，把她最干净的衣服穿上，下周来我给你妈带件衣服。"

磊磊摇着头不说话。

过了半晌，磊磊突然有了主意，脸上露出笑容来。他拿起自己的校服，对他妈妈说："把这个穿上。"

没想到磊磊想出这个主意来，我想象不出他妈妈穿上他的校服是个什么样子。

磊磊妈妈笑了笑问："我能穿这个吗？"然后听话地穿上，衣服竟然正合适。

穿上校服的磊磊妈瞬间年轻了，也许是平时操心的事情少，我发现时光在她脸上留下的痕迹居然比一般农村女人少。她仿佛被自己的样子惊呆了，盯着镜子一个劲儿笑。

我说："磊磊，你真聪明。"

磊磊说："我妈妈做的辣椒乳酱是世界上最棒的！"然后他对妈妈说："你一定要把咱们最最最好吃的辣椒乳酱做出来。"

我领着磊磊妈去了学校，老师们一看大笑起来。芙蓉说："我有件衣服不穿了，给她吧。"说着就拿出来。其他老师七嘴八舌地说回了家把不穿的旧衣服收拾一下，带到村里来。

以前，我不愿意把自己穿过的旧衣服给人，觉得自己不穿的衣服给别人对人家是种不尊重。老师们这样一说，我觉得自己太狭隘了，每个人对东西的价值判断不一样，我们因为款式不流行了、掉色了、旧了，不想穿的衣服放到另一群人眼里，可能还非常漂亮。

我想起自己读书时，城市里的舅舅给姥姥寄了一包旧衣服。姥姥让我们挑。那么多孩子没一个嫌这些衣服旧了，几乎都开心地找自己喜欢的。我找了一件褪色的水洗衬衫，那会儿喜欢一首叫《那一年我十七岁》的歌，第一句就是"背起行囊穿起那条发白的牛仔裤”，穿上这件水洗衣，马上找到歌里的那种感觉。下午我就把它穿到了学校，许多同学夸它新潮。那时我读的学校，是我们县里的重点。

我在微信朋友圈里发了一条征集旧衣服的消息。

我们把磊磊妈领到伙房，老师们把自己买的各种各样的辣椒和腐乳拿了出来。磊磊妈没有怎么去分辨，在锅里烧开油，熟练地把两把辣椒放进去，加了点儿盐，然后迅速捞起来，选了一种腐乳，舀了一勺，把它们拌起来，室内马上飘出我们熟悉的那种香味儿。有人尝了一口，马上说：“真好吃，和我们前几天吃的一模一样。”我们纷纷去尝，果然和前几天吃过的一样好吃。

没想到磊磊妈这么快就把辣椒乳做好了，有的老师准备了纸和笔，还打算记下配方。

我问：“为什么要用这种辣椒和腐乳？”

磊磊妈回答：“这种好吃。”

再多问，她什么也回答不出来。

我们每个人都觉得学会了，芙蓉先来尝试。同样的辣椒，同样的腐乳，同样的油，同样只加点儿盐，可是做出来味道离磊磊妈做的差远了。

我们不服气，每个人都试了一遍，每个人做出的味道都不一样，但没有一个人能做得像磊磊妈那样好吃。

我们谈论了半天，油温、火候、盐的多少，都有关系。让磊磊妈再做一次，她还是那样随意地等油热了，抓了几把辣椒放进去，加点盐，捞出来，倒进腐乳里，一吃，和刚才那个一样香。

大家佩服地望着磊磊妈，发现她有种异样的禀赋。

磊磊妈穿着芙蓉的衣服离开学校时，我去送她。整个校园里飘着辣椒乳酱的香味儿，这种又甜又辣又浓郁的异香像无数鲜花一起开放，它们的香味使这个寒冷的夜晚好像暖和了起来。走出学校很远，在巷子里还能闻到飘来的香味。

好几天，我身上飘着这种香味。

星期五回城的路上，许多人朝我耸着鼻子。我想起聚斯金德的《香水》。

到城里的时候，丈夫和欢欢乐乐来接我，他们三个一见我都吸鼻子，乐乐说："妈妈真香！"欢欢问："妈妈给我带回猫咪了吗？"我知道糟糕了，说："妈妈明天带你去宠物店买。"欢欢嘟起嘴不说话了。丈夫赶紧哄他："明天爸爸陪你们一起去，给你买只你喜欢的折耳猫。"这时乐乐发现了毛主任给我带回的两只野兔，她喊欢欢："哥哥你看，这里有小兔子。"

这是毛主任给我送鸡蛋时，送来的两只兔子。他说："安书记，上次请你吃的野鸡不好吃，这次我抓了两只兔子，你带回去自己做吧，城里这东西可能比较稀罕。"

野兔这东西在孤城不比野鸡少，走在路上，路边草丛中经常会窜出野兔。毛主任讲，以前火枪没被没收的时候，有些枪法好的人，一天能打二十多只野兔。后来不让民间藏枪了，野兔越来越多，糟蹋粮食很厉害，人们用套子套，经验丰富的人也能套住，但远不如有枪的那会儿。

这两只野兔就是毛主任套住的，很肥。

欢欢大着眼睛问：“它们就是电视里的小兔子？”我说：“是。”“不是大灰狼才吃小兔子吗？”我说：“村里人舍不得买肉，打野兔当肉吃。”“这么可爱的小动物，为什么吃它们？”我给欢欢解释它们泛滥给农民带来的危害，还举了澳大利亚消灭袋鼠的例子。欢欢不知道听懂没有，小声说：“那我只吃一小块。”

磊磊妈的那个辣椒乳酱真好吃，欢欢和乐乐吃第一口的时候被辣哭了，我怪自己给他们吃这么辣的东西，哄他们，可是两人眼睛上的泪珠还没有干，欢欢就说：“妈妈，我想再尝一丢丢。”他伸出小拇指比画了一下。我说：“你不怕辣？”“怕，不怕。”欢欢含糊不清地回答，又夹了一小块抹在馒头上。这次他先是皱了下眉，然后咧开嘴笑了，说：“真香。”乐乐见哥哥这样，也还要吃。我说：“乐乐别吃了，你小。”乐乐说：“要。”她也像哥哥那样弄了一丢丢抹在馒头上，吃了之后，咯咯笑起来，好像刚才哭的不是她。笑完她说：“妈妈衣服味的酱好吃！”从此，她记住了这个名字，吃饭老想要。

每个人在外面都是在舞台上，只有回了家才是自己。这三周，经历了这么多事情，吃完饭，彻底放松下来。晚上洗完澡，特意洒了过生日时丈夫送我的香水。欢欢乐乐闻到香味，两个人也要。给他们两人洒了点儿，欢欢乐乐又要给爸爸洒，说一家人都要香喷喷的。

喷上香水后，丈夫看我的眼神变了，像当年追求我时那样柔柔的。半夜里，我溜到丈夫卧室，空气中香水的味道让人心荡神迷，丈夫抱住我，远处的大钟当当响了十二下。

那两只野兔，我们没有做。丈夫不愿意动手剥皮，掏内脏，我也不愿意去做。它们在厨房放了一晚，变得软塌塌的，淌着血水。我分别给了崔健民和李希禄，往外拿的时候，欢欢竟长出了一口气，忘了自己说要吃一小口。

给张烨送了鸡蛋，我请教户口的事情。张烨说没落户的情形很多，有超生的，有材料不齐就不去办手续的，每一次人口普查申报的话都可以解决的。我讲了磊磊妈的事情，问怎么能给她们上户。张烨说要和当地公安部门联系，查到底子，才能把户口转过来。她听到磊磊妈穿校服的事情，哈哈笑了起来，说她们单位好多人旧衣服不穿了乱扔，她给搜罗一下。

星期天晚上收拾第二天要带的东西，有换洗的衣服，食物，我和丈夫、欢欢乐乐不穿的旧衣服，还有那堆鞋盒子。丈夫说我像去逃荒。

因为刚和董乡长提了不按时开会的事情，我决定星期一早上五点半出发，十点前赶到乡里，要不会议准时开了，我却迟到，不好看。可是问遍拼车群，没有一辆车五点半出发，最早的也是六点。我便决定自己开车去。丈夫听了我的决定，问："独自开车安全不安全？"我说："走了这么多次，熟路了，开慢点儿就行。”丈夫帮我把要带的东西一件件放到车上去，催我早点儿睡觉。

我早早躺下，想明天的事情，梦中竟出现了几次迟到。一次是高考时，出来忘记拿学生证了，回去好不容易找到，自行车没气了，赶到考点，迟到半小时，不让进考场了。一次是举行婚礼时，忽然下起大雨，所有的道路被水淹没，许多小车船一样行驶在水里，冒个泡沫就不见了，丈夫租了艘船来接我，时间到了他还没到，我拼命哭。

星期一早上，闹钟响的时候，我习惯性地拉开窗帘，外面白茫茫一片，不知道什么时候下的雪，现在还没有停，大片的雪花在路灯下飞舞，像特意赶了好远的路来阻拦我出行。我担心高速公路封了，忙拨打交通热线，果然封了。按时赶不到黄城乡了，我重新躺到床上，有些沮丧。丈夫过来迷迷糊糊对我说：“下雪了，走不成了吧？”我把欢欢乐乐露在外面的胳膊放进被子里，又扯出他们一人一个小脚丫放在我肚子上，那肉又绵又嫩，舒服极了。

六点钟的时候，不抱希望地又打了次电话询问，高速公路还是封着，雪依然下着。我知道走不成了，庆幸我们把扶贫手册的填写进度赶前了。

七点钟的时候，我又到窗户那儿看了看，雪还在下，我心里开始不安，给张队长发了条微信，告诉他下大雪，高速公路封了，去不了孤城，让他帮我请假。

很快张队长回过信息来，黄东县也在下，他今天也去不了乡里了，让我不要惦记。

我又躺到床上，闭着眼睛，听到窗外的声音渐渐多了起来，汽车急促的喇叭声，清洁工忙碌的铲雪声……然后旁边被子里窸窸窣窣动，我闭上眼睛。乐乐醒来了，轻轻咬住我的耳朵。我继续装睡，乐乐怕弄疼了我，也怕吵醒我，屏住呼吸，轻轻地咬。耳朵痒痒的，乐乐的呼吸甜丝丝的，我终于忍不住了，一把搂住她。

吃过早饭，我送欢欢乐乐去幼儿园，两个孩子看到雪，快乐地大叫，两个人一路上指指点点，给我介绍路上他们认为有趣的事情，好久没有享受到这种乐趣，我也变得像孩子一样快乐。

一路上，微信叮叮地响，送完孩子们一看，都是乡里各个微信群发出的通知，因为下雪，星期一上午的例会取消了。

我长吁一口气，决定去原来的单位看看。自从下乡扶贫以来，单位一次也没有去过，没有时间是真的，更大的原因是因为胡副馆长的死我不想面对文化馆的人。走在熟悉的楼道里，有了陌生的感觉。

王馆长在。我向他汇报了下乡任第一书记以来的工作，以及乡里的要求。大家都小心翼翼不去触碰胡副馆长的事情，但不知道谁说漏了嘴，还是提到了胡副馆长，一旦说起来，接下去都是他的话题，想起他的音容笑貌，我不断自责，下定决心一定要把扶贫工作干好。

王馆长听了汇报对我说：“小安你放手工作，单位一定会全力以赴支持，不会给你安排其他任何工作影响扶贫，但咱们单位小安你也知道，只能做些力所能及的事情。”

我说：“现在中央的政策力度很大，咱们只需要配合落实好就行，政策方面的事我在村里落实，咱们单位可以根据实际情况，做些能力范围之内的事情。”

王馆长说：“你说。”

我说：“可以号召单位员工捐些不穿的旧衣服，村里好多人没有件像样的衣服，单位上的许多人旧衣服没地方搁。孤城不少人得了布病，人们很惶恐，对布病缺乏正确的认识，咱们能不能请个医疗队给孤城的老百姓做个体检，看看到底多少人得了布病，采取些相关的措施。孤城的手工布艺很有特点，我想组织村民去做发展成一项产业，请馆里协调，做好后在非遗展厅展览，最好把它评成非物质文化遗产项目。”

我一口气说了三个想法。

王馆长听完后，想了想说：“捐衣服、组织医疗队、在非遗展厅展览都没问题，我马上安排人落实。能不能评上非物质文化遗产项目，不是咱们说了算，得专家们评审，你先组织大家把产品做出来，质量过硬的话肯定行。”说完，王馆长就叫来办公室主任，让现在就发通知，号召大家捐衣服。接着给防疫站的朋友打电话，联系医疗队。至于借用展厅，王馆长说：“这是咱们的地方，只要你们把产品做好，随时可以去展览。”

一下落实了这么多事情，心情很好，觉得这次下雪是天意。

出了单位，太阳出来了，屋檐上的雪开始滴滴答答融化，扫在路两边的雪也开始发松，往下塌，看这阵势，下午可能路就通了。既然不赶着去开会，也没必要自己开车了，我给经常联系的那位司机发信息，告诉他路通了出发时给我留个座位。

下午三点，高速路开通了，我带着早已收拾好的东西去孤城。

下过雪的天气，空气格外好，头顶上的天空也出现少见的蓝，我想起孤城，虽然贫穷落后，但什么时候天都是蓝的。

一直走到天空出现了星星，我们才到了黄东县城，把车上其他的人送回家后，只剩下我和司机了。司机说："你真认真，下这么大的雪，其实明天去也行吧？"我说："明天去，路上又耽误半天时间，许多事等着我呢！"司机说："孤城的人真有福气！"

山上的气温低，有些背阴的地方雪还没有融化。所幸司机路况熟，技术好，哪个地方上坡、下坡、拐弯都胸有成竹。听着车轮吞噬地面的声音，我想我又回孤城了，心中有些欣喜。

进了村，远远望见戏台边上的宿舍里散发着昏黄的光，知道芙蓉她们已经来了，直接让司机把车开进校园，到了宿舍门口一按喇叭，芙蓉她们都出来了，看着这些长年在孤城工作的老师，我觉得其实自己不算特别辛苦。

大家七手八脚帮我往下拿东西，芙蓉说："你没吃够苦头，又拿这么多东西。"那位想让我帮忙往县城调的老师抱着一堆鞋盒子说："没有见过一位下乡干部每次来回带这么多鞋盒子。"

她们知道我没吃晚饭，赶紧给我煮面。

就着辣椒乳酱吃着面条，我想起乐乐说的，妈妈衣服味道的辣椒乳。

第二天，文化馆办公室主任打来电话，说衣服已经捐好了，医疗队也联系好了，让我确定一下时间，租个中巴车连衣服带人一起拉来。

和张队长、王支书、刘主任商量了一下，决定让医疗队星期三来，给村民们看上两天病，星期五回去。

在朋友圈发了需要旧衣服的消息后，朋友们陆陆续续寄来些衣服。我又给张烨打电话询问她那边的情况，她说已经和同事们讲了，下午就能带到单位，我让她把衣服送到我们单位。

星期三中午时，王馆长和办公室主任陪着医疗队来了，捐的衣服也拉来了，连上朋友们直接寄来的，居然好大一堆。

我打开喇叭，告诉村民们要给大家免费体检，还有些衣服，谁需要，来村委办公室领取。

我们分了工，张队长和王支书组织村民们做体检，我和刘主任给大家发放衣服，经过上次那次事件，我和刘跃进的关系近了些。

开始担心旧衣服人们不愿意要，我和刘主任商量，谁来了让他自己挑一件。没想到很快来了许多村民，我们便按照先来后到的顺序让大家排队，自己选衣服。可是排在前面的人基本选的都是冬天穿的羽绒衣、皮夹克，给排在后面的人剩下些春夏穿的衣服，后面的人感觉不公平，纷纷叫嚷。我们便给衣服编了号，让大家抽纸条。抽上厚衣服的人占了便宜似的高兴欢呼，抽上薄衣服的人感叹自己运气不好。但很快人们发现，许多春夏季的衣服牌子很好，李宁、乔丹、七匹狼、柒牌，甚至还有鄂尔多斯和写着英文不认识的牌子，兴奋了起来，人们炫耀自己抽到的衣服，互相进行比较。然后有的人感觉抽到的冬天衣服不合身，需要换一下；有的人喜欢某个品牌的衣服，也想换换，大家各取所需交换起来，不大工夫，除了极个别的人，差不多每个人都拿到了一件相对满意的衣服。

我告诉大家，还有些衣服会运过来，谁真正没衣服，需要哪些季节的，可以先登记，贫困户优先。又有人拥了过来。

张队长那边，体检有条不紊地进行。全村的人都把身体检查了一遍，确诊得了布病的，医疗队发放药品，交代注意事项，宣布只要切断传染源，按时吃药，可以彻底治好。这些话尽管以前我说过，但有人还不大相信，医疗队的一说，那些以为自己失去生育能力的女人和以为自己没有了劳动能力的男人恢复了信心，也许医疗队的药更对症，他们只吃了一天，就生龙活虎起来。一些人平时老是头晕、眼花、腰疼、腿疼，医疗队检查过之后，才知道是高血压、高血糖、冠心病、糖尿病、腰椎间盘突出等慢性病，他们拿上药，枯败的脸上出现一片绿油油的生机。

压在心上的大石头去掉，村子里很是热闹，有点儿像过节。人们穿上新得到的衣服，尽管是旧衣服，但在村里看，很新潮，很保暖，而且不同年份流行过的皮夹克、羽绒服、棉大衣、西服等衣服被人们同时穿了出来，有种时空紊乱的感觉，不过整个村子里洋溢着一种新气象，是从来没有过的。

我们配合医疗队，鼓励大家积极参加新农合保险和农村大病医疗保险，并宣传省里的“136工程”。鼓励村民们得了病去医院治疗，不要用身体扛，只要是贫困户，在县里住院，拿上身份证，可以不用交押金先住院，看完病出院时结算，个人花费最多不超过一千元，其余政府负担。去市医院住院，个人花费最多不超过三千元。到省医院住院，个人花费最多不超过六千元。

在我们的积极动员下，人们纷纷参加医疗保险。根据新政策，贫困户参加新农合的钱政府全部垫交，贫困户们一致叫好，非贫困户却开始抱怨，说国家对贫困户什么都管，非贫困户和贫困户的差距越来越大了。我们开始重点做非贫困户的工作，所幸，在那种热烈氛围下，每个人都很难不受影响，一些非贫困户尽管有怨言，还是缴纳了保险费。

没几天时间，所有村民参加了新农合，在全乡、全县完成时间最早，参保率第一。

王金贵和刘跃进看到这种结果，很是吃惊，以前他们千鼓励、万动员，费尽口舌，这项工作得一直拖到年底，而且总有几个人不入。

遗憾的是，毛虎、磊磊妈这些家庭这么紧张，都得自己交钱，他们虽然没有反对，但我心里很是内疚，觉得要抓紧时间帮他们解决贫困户问题。

毛虎的事情简单些，只要口子一开，报上去就可以。

磊磊妈的事情开始我们想得简单，帮她联系上原户籍地的派出所，把户口迁过来就可以了。没想到光弄清她的名字和户籍地就费了很大劲儿。

在村里，人们都习惯叫她磊磊妈。她的原名，竟没有一个人知道，连磊磊也不知道，他只知道她叫妈。我们只好去问她本人。

“chu zi mu。”

“cu zi mu。”

“chu zhi mu。”

“cu zhi mu。”

磊磊妈分别说了几次，每次听来好像都不一样。孤城的人卷舌和不卷舌分不清，磊磊妈的孤城话还夹杂了四川口音，到底怎么拼，把我们搞混了。让他们写一下，可磊磊妈和磊磊爸都不会写字。

琢磨了半天，既然上户，就给她个好名字，我们从这几个音里面斟酌了好久，决定叫她楚知木，像汉族的，也像少数民族的，因为她说家在大凉山。

具体是大凉山哪儿的？在地图上查了一下，大凉山位于四川省西南部川滇交界处，面积6万余平方公里，1市16县混居着汉、彝、藏、蒙古、纳西等10多个民族。

楚知木说："我是yue xi se se he 的。"

"yue xi se se he。"

岳溪？岳西？还是跃溪？

我们找了一张中国地图，在大凉山里面找有关的地名。好不容易找到一个越西县，属于彝族自治州，应该是楚知木说的地方。然后沿着蓝色的细线找"se se he"，找啊找啊，没有一条河与"se se "有关。大家觉得不是楚知木记错了，就是一开始就搞错了。重新让楚知木回忆。

楚知木说："我记得就是yue xi se se he 的。"但她怀疑的语气让我们更加怀疑了。

这时磊磊放学回来了，我们问："磊磊，你听说过你妈妈是四川哪儿的吗？"

没等磊磊回答，楚知木又重复说："我是yue xi se se he 的。"

磊磊看见桌子上铺着地图，就说："我找找看。"扔下书包凑过来。

"色色合，我找到了。"磊磊欢呼起来。

我们一看，在越西县竹阿觉镇有个叫"色色合"的村子，我们刚才搞错了。

找到这个地方，大家都挺兴奋，赶紧打114，想到扶贫是党委政府的事情，我们先查询越西县政府办的联系方式。电话打通了，我接过电话说我是黄东县的扶贫干部，我们这儿有个越西县竹阿觉镇色色合村的人，想找当地部门查一下户口。政府办的让我们去找扶贫办的。扶贫办的又让找公安局的。问来问去，像隔着好几座大山，问不下个究竟。

这样贸然打电话，显然不行。我们商量了半天，决定通过省文化馆跟四川省文化馆联系，请组织出面。

我让单位办公室主任帮我查到四川省文化馆的电话，给他们打电话。我先介绍说："我是山西省文化馆的扶贫驻村第一书记，发现一个从咱们大凉山来的女人没有户口，想了解一下，您能帮我查查吗？"

对方接电话的是一个女的，很和气，她说："您给我发个传真吧，我来递交领导。"

传真发了过去，很快对方领导做了批示，请越西县文化馆协助办理。县文化馆又把这个文件传给了竹阿觉镇的文化员。竹阿觉镇的文化员也是扶贫干部，还是第一书记，叫蒋阿木。

文化馆对文化馆，扶贫干部对扶贫干部，蒋阿木积极性很高，很快找到了楚知木的家，把情况反馈过来。他说确实有这么个人，多年前离开了村子一直没消息，她爸爸现在去世了，妈妈还在，上头还有个哥哥。

我请蒋阿木去派出所查一下楚知木家的户口，蒋阿木查到后告诉我，楚知木家的户口上有楚知木妈妈的、哥哥的、哥哥的孩子的，可没有楚知木的。时间迫在眉睫，不能再等了，我问蒋阿木有什么办法？蒋阿木说，找不到户口可以让楚知木和她母亲做亲子鉴定，只要能证明她们是母女关系，就可以给她重新上户了。

我决定带上楚知木和她女儿，一同去大凉山看看究竟怎么回事，万一真找不到户口，按照蒋阿木的建议，通过做亲子鉴定给她们上户。

把情况汇报给王馆长，说准备去大凉山一趟。王馆长很支持，答应一切费用文化馆解决，包括交通费、住宿费、餐饮费，做亲子鉴定的费用，假如必须做的话，嘱咐我一路平安。

楚知木和孩子没有户口、身份证，无法乘坐飞机和火车，必须亲自开车带她们去。

出发前一天，告诉丈夫要去大凉山，丈夫叮嘱我路上一定要注意安全，多带些现金。他感觉那地方很荒凉，怕微信、支付宝、信用卡不能用。

为赶路，起了个大早，张队长开车。楚知木女儿第一次出远门，也是第一次坐小车，很兴奋，一点儿也不困，趴在车窗玻璃上不停地朝外面张望，尽管外面黑洞洞的什么也看不到。楚知木也很兴奋，穿着刚给她的衣服，拿着一个很沉的大行李包，眼睛在黑暗中亮晶晶的，闪着光。

中午到了服务区，孩子待在厕所里闻到保洁员在里面点的香，不出来，进去叫她，她说："阿姨，这里面太香了。"楚知木拍了她一巴掌，才把她拉出来。

点了几碗面，吃完继续出发。路上，怕张队长累，我替他开了会儿。

一直赶，韩城、西安、汉中，到晚上十点钟才到了成都。在酒店登记住房的时候，楚知木没有身份证，不能住，一连找了几个地方，都是这样。楚知木的女儿可怜巴巴地望着我问："阿姨，咱们没地方住晚上会不会冻死啊？"我本来疲惫极了，听到孩子的话，一下笑了，望着四处旋转的霓虹灯，我说："这是南方，冻不死人，咱们一定能找到住处。"

后来，好不容易找了个家庭旅馆，人家看我们又累又饿，也不像坏人，答应我们住下，已经十一点了。为了省钱，我与楚知木和她女儿开了一间房，张队长开了一间房。

本来想到了成都出去转转，大家都累了，在门口吃了碗炒饭，回去睡觉。

楚知木脱了衣服，我惊呆了。不知道她多少年没有洗过澡，身上挂着鳞片一样的垢甲，身上的臭味儿路上冷还不明显，现在房间里暖和，又脱了衣服，熏得人喘不过气来。

我让她赶紧去洗澡。

楚知木不会开淋浴头，不知道哪个方向是冷热水，不知道哪个是洗发膏和沐浴液。我像对待小孩子一样一一耐心地告诉她。她可能从来没有洗过这样舒服的热水澡，进去好长时间不出来。我困得要死，想冲个身子早点儿休息，敲门催她，楚知木说："再洗洗。"足足等了一个小时她才出来。这个时候，楚知木身体通红，头发湿漉漉的，散发着香气，人像蜕了层皮。

楚知木看着床上睡熟的孩子，三两下把她的衣服脱光，抱进了卫生间。孩子本来已经睡熟了，被弄醒来很不高兴，哇哇乱嚷。楚知木说："洗洗，你没有这样洗过澡，可舒服了。"

折腾了半天，我冲完澡，刷了牙，躺到床上已经零点多了。

人们说，成都早上出城很堵，怕堵车，第二天我们六点钟出发。我被闹钟吵醒后，叫楚知木和她孩子，她们懒洋洋地躺在被子里，说这么舒服的地方，不愿意起来。

这天又走了一天路，晚上十点钟才到了越西县城。蒋阿木提前给我们打电话，让直接去县城的越西大酒店，楚知木的妈妈和哥哥都在那里等我们。

到了酒店，竹阿觉的镇党委书记、镇长等好几位领导和楚知木家里人都迎了出来。

楚知木和她的妈妈见面了，她们都很多年没有见过对方，大概没想到这辈子还能相见，看到对方的一刹那，都仔细打量对方。然后楚知木的妈妈不停地流眼泪，她用粗糙的手擦着泪，不敢上前认。楚知木看到妈妈笑了，她平时爱笑，可是这次的笑和平时一点儿也不一样，笑得像个小孩儿，她用彝族语说了句阿妈什么的，往前走，走到距离妈妈大概三尺远的地方站住了。

我说："楚知木，你抱抱你妈妈。"

楚知木有些害羞地走上去，抱住了妈妈，抱住的一刹那她开始流泪，她妈妈也流。楚知木妈妈的眼泪像蚌壳里吐出的水泡，有些混浊。楚知木的比她清澈些。她们两人的泪，流到对方脸上，很快看不到谁的清澈，谁的混浊了。

周围的人看着这一幕，眼圈都湿润了。

楚知木的妈妈六十多岁，看上去像八十岁，特别特别苍老，头发全白了，头上、手上都是皱纹，像截儿经历了无数风霜皲裂了的木头。

楚知木的哥哥很壮实，满脸胡子，嘴唇、耳朵都厚厚的，给人特别憨厚的感觉。他看见妈妈抱着妹妹哭泣，自己抱起从来没有见过的小外甥女，给她脖子上挂了个什么东西磨制的装饰品。小女孩不习惯舅舅抱，挣扎着要下来。他从口袋里掏出块牛肉干样的东西，塞进女孩儿嘴巴里，女孩儿不闹了。

楚知木与妈妈抱了好久，分开的时候，她忽然变得能说话了，她一会儿说汉语，一会儿说彝语，认识她这么长时间，从来没见过她一口气说这么多话。

我们悄悄地退到一边，给他们一家人留下相聚的时间。

当地的干部们握着我和张队长的手，说我们辛苦了，告诉我们这件事县里非常重视，县长知道后亲自过问，做了批示，一切都好办。

张队长问县城到楚知木家得多长时间？蒋阿木说从县城到竹阿觉镇得两个小时，再由镇里到她家还得两三个小时。本来打算让楚知木回家里看看，看来这次是不行了。

楚知木领着孩子与她妈妈住在一起，我住在她们隔壁。很晚了，听见她们还在说话。

第二天，乡镇书记、镇长等几个人陪着我们到公安局户籍科查询户籍信息。户籍干警应该事先就知道了消息，已经准备好了她们家的档案，但没有楚知木的任何内容。

书记、镇长看着我，无奈地说，只能通过做亲子鉴定确认身份了，然后再办理相关手续。

做亲子鉴定对于我是个新鲜玩意儿，只有电视上才见过，认为很高科技，很贵。没想到，在四川，做这个很常见，大概是流动人口多，少数民族多，街上到处能看到做亲子鉴定的广告，好像治疗痔疮、鼻炎的广告，需要三千元。

做起来也利索，拍照，采血，楚知木和她妈妈两个人的信息很快都采集完。以为结果很快能出来，医院却告诉我们，地方上只能采集信息，具体化验要到成都去做，出来结果得二十天左右。

孤城一大堆事情在等着，不可能等二十天，我们决定下午往回返。

吃过午饭后，正准备出发。楚知木忽然说："安书记、张队长，你们先回吧，我想和我妈多待几天。"一听她的口气，我们慌了，跑这么远给她们办户口，是为了让她们享受贫困户政策，日子过得好一些。如果我们回去，楚知木不回去，一家人不就拆散了吗？她丈夫怎么办？两个孩子怎么办？老太太怎么办？

我们忙给楚知木做工作，给她妈妈、哥哥做工作。

我和张队长很纠结，楚知木在孤城生活得并不好，但是让她留下来，磊磊他们那家人就完了。我们只能先让她回去，借着这次脱贫攻坚的政策，让她家生活好起来，这样她才能在孤城稳下来。

楚知木的妈妈很为难，既想让女儿和她待一起，又知道大凉山的条件不好，女儿待下来也是受苦，要不当年就不会出去了，还和我们一样，怕拆散她的家庭。不知道该劝女儿回去，还是让她留下来。

一直磨蹭到六点多的时候，欢欢给我打来电话，问我有没有给楚知木阿姨把户上上，啥时候回来？

我想让磊磊叫叫他妈妈吧，哪个母亲不爱自己的孩子？于是给芙蓉打电话，让她叫磊磊给她妈妈打电话。

应该是芙蓉把情况和磊磊说了，磊磊给楚知木一打通电话，听到妈妈的声音，马上就哭了，边哭边用因为害怕而颤抖的声音喊："妈妈，你回来啊，千万别留下我们不管。"

磊磊一哭喊，楚知木的妈妈坐不住了，她开始抹眼泪。我对老人说这是她的大外甥，已经读五年级了，特别懂事，成绩特别好，还是班干部。楚知木的妈妈一听，开始劝楚知木回去。楚知木也被磊磊喊得心软了，答应回去。

楚知木一说要回，我们踏实了，决定马上就走，连夜往回赶。给楚知木的妈妈和哥哥留下我们的地址，请他们有时间到孤城去。

与竹阿觉镇的干部们告别，蒋阿木说："安书记、张队长，镇里给你们做了面锦旗，明天早上就可以做好，千万要拿上。"他还不知道下午发生的事情。

我们怕夜长梦多，感谢蒋阿木，感谢镇领导，决定还是往回赶。

蒋阿木说："安书记、张队长，我们这儿都是大山，你们路不熟，走夜路不安全，再住一晚吧！要不走了我们也不放心。”

他这样一说，我们没办法走了。我和张队长商量了一下，走夜路确实不安全，万一出个啥事情，答应再住一晚。

楚知木妈妈和哥哥怕楚知木再有变化，忍着泪与楚知木告了别，连夜返回色色合。

第二天一早，锦旗送到，我们赶紧往回返，路上又走了两天。

回到孤城，也是晚上十点多。芙蓉她们听到喇叭声，出来给我们开门，她们都以为我们今天回不来。

躺到床上，我才觉得累，来回加起来四天跑了两千六百多公里。芙蓉她们问我事情办得怎样，给她们讲，讲着讲着，眼皮重起来，忍不住就睡着了。

第二天，磊磊给我拿来两罐辣椒乳。他开心地说：“我妈妈和妹妹要有户口了，不是黑人了，以后我们一家可以出去旅游了。”我拍着他的肩膀，想起他妈妈差点儿不回来，有些后怕。

七

填写扶贫手册建档立卡工作接近尾声，刚来孤城的时候，一个人也不认识，对农村工作啥都不知道，现在竟然掌握了这么多人家的秘密，可是越是了解，越觉得必须要认真，有些事情看起来小，一不认真就会出问题，像磊磊妈户口的事情。

每天晚上，我把填写的扶贫手册一个个核实，有些不清楚的有疑问的问芙蓉、问毛虎、问村里其他人。每次核实好这些，写完民情日记，睡觉前我喜欢到戏台上站站，看到满天的星星与村子里的一盏盏灯火，就想到无数双眼睛。戏剧里千百年来反复上演的那些人物，除了才子佳人、英雄美人，其实大多是为老百姓请命办事的清官廉吏，第一书记虽然是个微不足道的角色，但关系着一户户人家的温饱富足，时刻不能掉以轻心，否则两年之后离开这里，会被老百姓戳脊梁骨。

建档立卡，只是工作第一步，摸清摸准贫困户的情况，再下来怎么做，除了落实政策，还得自己想办法。

想起进村入户时，看到许多人家里有手工做的布老虎、虎头鞋、鞋垫、剪纸等东西，我想在这上头能不能做点文章？反正冬天大家都闲下来了。

于是把村里会做女工的人都召集了起来，询问大家想不想多做些布老虎、虎头鞋、鞋垫、剪纸、毛驴、七孔耳枕什么的？有人说：“闲着也是闲着，可是做这些干吗呢？”有人附和说：“是啊，像剪纸，春节时家里才贴，现在做是不是太早了？”我说：“做上不是让大家自己用，咱们……”我忽然想起超市和医院门口各色东西搭配在一起的大礼包，“咱们把这些东西放一起，做成大礼包。”她们面面相觑，不清楚大礼包是啥。我说：“就是你们平常做的手工玩意儿，大家会做啥就做啥，做出来后，咱们把它们放一起弄成礼包，就像你们在超市里买东西，各种商品放一起。”有人问：“这玩意儿呀！安书记要送人？”我说：“咱们做上一批试试看能不能卖了，天寒地冻的，大家闲着也是闲着，要是能卖了，增加点儿收入。”

省里每位到扶贫点任职的第一书记每年有一万元的经费，我的一直没有动。现在把它拿出一部分，买了些原材料，发给大家。还买了些宣纸、墨汁、字帖。

女人们做手工的时候，村里的书法培训班也开始了。开始的时候，几乎没有人来，村里的人，许多字都不认识，懂得书法的更少，他们对练字没兴趣。我给毛虎、刘蛆宝、王金贵他们打电话，陆陆续续来了十几个人。他们进了文化活动室半天呵呵傻笑，我让他们坐下，他们不坐。王金贵拿着毛笔在纸上瞎画了半天，让人们猜他画了个什么？谁都猜不出来。王金贵哈哈一笑说："我画了个鬼。"逗得人们都大笑起来。

我看着他画得乱七八糟的东西，让来的人每个人把自己的名字写下。他们有的挺大方，有的扭扭捏捏，但还是都写了下来。看他们都写完了，我把他们每个人的名字写了一遍，放一起。吵吵嚷嚷的人群一下安静了。

我说："字是人的脸面。"

王金贵打着哈哈说："我们铅笔字都写不好，哪里能学会毛笔字。"

我问："你们冬天干什么呢？喝酒，打麻将。练练字不比这强？自己练，还可以影响家里的孩子，孩子的字好不好，直接和考试成绩关联。"

我说完，毛虎认真地说："安书记，我跟着你练。"他在一张桌子前坐下。

这时村里以前的退休的老校长进来，看见这些字，问："谁写的？"

我说："我写的。"

“安书记，这么好的颜体！”老校长端详着，频频点头。

看见老人是内行，我赶紧招呼他坐下。

王金贵说：“安书记，今天有事，下次来跟你学。”说完哈哈笑着走了。

“又找他相好的去了。”王金贵一走，有人喊。剩下的人陆陆续续都坐了下来。我想大家对王金贵还是有些忌惮，村里的事情要做好，得把他和刘跃进调动起来。

老校长坐下来后说：“我每天在家里写字，多少年了没进步，就是因为缺好老师，缺交流的地方。这儿这么多人，还有免费的老师，安书记，我跟你学了。”

我有些感动，给他鞠了个躬。

给每人发了一本字帖，教大家从横写起。人们看见让他们写横，笑了起来。有人说：“让咱们写一。”老校长说：“不要小看横，写好不容易呢！”他认真写起来，人群渐渐安静了。

文化活动室里飘起浓郁的墨香，闻着这香味儿，我仿佛回到了以前工作的文化馆。那时，我每天都临帖，许多字帖能背下来。来了孤城，好久没有拿毛笔了，不光书法这样，户外运动也好久没参加了，有些惆怅。

让大家练了两小时。大多数人坚持了下来。老校长的功底不错，一看就在毛笔字上下过功夫，有的地方领悟得比我都好。毛虎很有悟性，我想和他读过很多书有关系，他写的横已经有了些味道。刘虮宝这个家伙写了好几张纸，但一看就不用心，每个横都写得歪歪扭扭，没一个像样的，但他的手特别干净，没有沾上一点儿墨汁。我看他写字的时候，他伸出手来显摆似的端详。

我开玩笑说："刘蛆宝你这么爱干净，不用练书法了，练刺绣去吧，和女人们一起去做大礼包。"刘蛆宝呵呵笑着说："安书记你当真？我做刺绣可不比女人们差，就是剪窗花、绣鞋垫，我也肯定比一般女人做得好。安书记你记得我家的那个大老虎吧？就是我做的。"

刘蛆宝这么一说，我想起在他家看到的那只蓝色布老虎，确实很有特点，但以为他和我开玩笑，没有当真，便说："以后你不用心练，就不给你宣纸了，你用报纸练。"刘蛆宝说："给我报纸好啊，我可以边练字边学习。"

陆陆续续又收到一些衣服。同学和朋友们纷纷帮我转发捐赠衣服的消息。女性、80后、两个小孩儿的妈妈，可能天生容易引起关注，许多不认识的人也寄了过来，还大都是冬天不穿的厚衣服。

我把它们的尺码登记好，一起放在村委会议室，发了个通知，谁需要衣服，可以来村委领，但是有个条件，一件衣服打扫一次村委的院子，或者擦一块村委的玻璃。

以前经常没人的村委，开始有了人，人们开始打扫院子，或者擦玻璃，忙活完之后选一件衣服。

有人打扫卫生、擦玻璃，村委院子里、家里都干净了。

选好衣服，有些人走了，有些人不走，讲自己家里的事情，谈对村里未来的想法，评价村干部……村委不再像以往那样冷清。有些老人回忆起自己年轻时生产队的热闹，满是向往。

我没办法恢复以前的那种热闹，但每天把村委办公室的炉火生得旺旺的，还买了个投影，放电影。

渐渐地，这里竟聚集起了些人气，许多没事干的人来这里看电影，一些女人来的时候还拿着手里的活计，抱着孩子，边看电影边做手工、哄孩子。手快的，一部电影的时间能绣完半只鞋垫。看完电影，大家商量怎么发展产业，谋划外出打工，村里活跃了许多。

村民们来得多了，村干部们也来得勤了，他们害怕别人在背后议论自己，也想了解村里更多的情况。王金贵来了总是让放武打片，《功夫》《卧虎藏龙》《新龙门客栈》《双旗镇刀客》《英雄》《绣春刀》《龙门飞甲》等放了好几遍。隔几天他就说："电视上每天演些啥，为啥导演不多拍几部新武打片？"刘跃进饭店不忙的时候也来，来了一般先是散烟，他抽的烟都是二十块钱以上的好烟，不知道手里拎着的那个黑皮包里面放着多少烟。每次他来，不管抽旱烟的，还是抽纸烟的，都不抽自己的烟了。刘跃进看见谁的烟快抽完了，马上用胖乎乎的手指抽出一根，递过去，也不说话。有人看见刘跃进的烟好，经常吸半支就掐灭，刘跃进也给他一根，他慢吞吞接住，悄悄塞口袋里。上次没病问我要药的那个人平常半天才抽一根烟，现在一口接一口，一根接一根，一会儿能抽五六根。刘跃进一走，屋子里烟雾腾腾，有人赶紧拿着簸箕扫地上的烟头，把它们收集起来，抖出剩下的烟丝，可以卷好几根烟，比兰花烟好多了。

周末回家的时候，我还是用鞋盒子装一些鸡蛋带回省城。天气越来越冷，鸡下的蛋也越来越少。村里人看见鞋盒子不好看，专门用捆完东西的塑料包装带给我编了几个篮子。不知道习惯了，还是觉得鞋盒子带着保险，我依旧习惯用鞋盒子拿。村里人看见我小心翼翼地往鞋盒子里放鸡蛋，开玩笑叫我“鸡蛋书记”，我听了心里暖暖的，大家终于不和我见外了。回了家我告诉欢欢乐乐孤城的村民们叫我“鸡蛋书记”，两个小家伙哈哈大笑，他们叫我“鸡蛋妈妈”。

自从我把村里的家鸡蛋带到省城之后，孤城的人觉得一斤鸡蛋能卖十块钱挺好，他们不吃自己养的鸡下的蛋了，都把蛋攒起来让我卖掉，用卖鸡蛋的钱在村里小卖铺买一斤两块八、三块钱的从养鸡场运来的鸡蛋。一斤鸡蛋，变成十块钱，又变回三斤多鸡蛋或半斤多猪肉，人们觉得挺合算。只有刘蛆宝不这样，他把自己养的三四只鸡下的蛋全部吃掉。我问他为啥不像别的人那样让我帮他把鸡蛋卖掉？

刘蛆宝用不屑的口气说：“没见识，城里人能让我们占便宜？他们选的肯定比我们好，为啥我不吃给他们呢？”

我笑着说：“你真是个蛆宝！”

刘蛆宝忽然严肃了，他问：“安书记，我能改名字吗？”

以为他开玩笑，都这么大岁数的人了。

刘蛆宝继续严肃地说："我改了名字，你让我去和女人们弄大礼包吧。"

天气越来越冷，太阳明晃晃地挂在天空，却像个生锈的大铁片，感觉不到热。大池子里的水完全结冰了，村民们凿开冰窟窿，去那儿担水。一些身体虚弱的老人，挑着空桶颤悠悠的，还要从洒上水满是冰渍的护栏边放下桶，提上水，再担回去。我害怕他们滑倒，甚至掉进那个冰窟窿里面，有空就去大池子那儿看看。但村子里还有其他事情，不能老守在那儿。芙蓉看我急，和我商量，由她组织些学生帮这些老人挑水，当作学雷锋。我拒绝了。学生们的主业是学习，不能因为做好事耽误学习，再说学校里学生本来就不多，高年级的更少，也解决不了问题。

想了半天，在村里发出一个倡议，村干部、党员、扶贫干部每人帮助几位老人。我挑了住在村子北边离大池子最远的两位。毛主任看见了，忙说和我换一下，那两位老人他来帮。我没有同意。

平时看见别人挑水挺容易的，许多人挑着水，可以把手空出来做别的，扁担在肩上一颤一颤的，还可以跟着节奏哼小曲儿。自己却一担水根本挑不起来，咬着牙挑着离了地面，走上几步就吃不消了。想起百无一用是书生这句话，还得加强锻炼。

借了辆平车，我把装满水的桶放上去，推着平车走。水可以送到老人家，但水不能装太满，装太满一颠簸就往外溅，只好少装些，多跑几次。

刘蛆宝看见我小心翼翼猫着腰推着平车走，上来就要帮我挑，我坚持自己推。刘蛆宝说：“你是村里的第一书记，在打仗的千军万马中你是元帅，要指挥大家，猫着腰推水怎么能看清方向呢？”刘蛆宝说的有一定道理，但有些事不能光讲道理，我如果不带头做榜样，怎么让别人跟着做呢？再说，村里的事毕竟和打仗不一样，没有那么险急。刘蛆宝看拗不过我，自言自语道，这太累了吧。第二天，他给我送来两个箍着松紧的塑料布做的东西，让我套到桶上试试，一试，果然溅不出来了。

村民们窝在家里不出去了，每年这个时候，他们开始猫冬，有的人害怕冷，也为了省炭，不生火，整天捂在被子里不出来，吃饭也在被子里。

乡里的周转房还在加班加点盖着，每次去乡里，都能听到机器在轰鸣。那些民工穿着厚厚的工装，嘻嘻哈哈笑着，仿佛不怕冷，但他们嘴唇上的清鼻涕暴露了秘密，大概他们因为这么冷的天还能有活干，还能有钱挣，开心。有一次中午见他们正在吃饭，也是灶上的那种大馒头和烩菜，而且是给干部们先盛完再给他们盛的。他们在露天的地方摆着几张小桌子，每个人举着大馒头，其中一个人绘声绘色讲着什么，讲完大家纷纷拍桌子，大笑，整个场面热闹极了，听到那种笑声，我周围的寒冷仿佛也被驱散了。

乡里烧煤的锅炉前段时间拆了，以为一拆就会安上用电的电锅炉，可是全市的单位太多，没那么多电锅炉，安装电锅炉的人手也不够，乡政府的还没有安上。

每次等开会的那段时间，人们挤在剩下的几个屋子里，开着电暖器，还是冷。我也冷得在外面待不住了，去那几间办公室里暖和。人们穿着臃肿的棉衣，挤在不大的屋子里，像春运期间坐绿皮火车，每次出来，衣服上、头发上都是烟味儿。别的村干部和乡里的干部听过我的故事，也开始叫我“鸡蛋书记”。

乡里、村里许多地方挂上了条幅——“脱贫攻坚百日大会战”。

我们打井的计划已经被报到市里，项目如果顺利批下来，明年春天就可以动工。现在最主要的工作还是摸底，虽然表已填完，但还得继续核实，到了年底谁出、谁进，很敏感。因为列入贫困户扶持力度太大，所以人们大多数想进不想出。现在，毛虎家是必须要进的一户，因为他家既有生病的，也有上学的，正是关键时期，帮扶一把，孩子大学毕了业，就轻松了。楚知木和她孩子也是必须要进的，不能一家六口人，四口是贫困户，另外两口不是，而且以他们家的现状，不帮扶也不行，想起她孩子药物中毒的事还后怕。其他的，还需要继续核实，不能因为进出，制造出新的矛盾。

我在等楚知木的亲子鉴定结果，没户口就没办法落实政策，上次入新农合医疗保险就没有享受上政策。紧接着要给危房贫困户解决住房问题，楚知木和女儿的户口下不来，就只能享受四个人的。孩子年龄差不多要上学了，没户口，也不能享受政策。

打过几次电话，结果还没出来。终于，越西县那边打过电话来，说鉴定结果出来了，户口已经办好，一大块石头终于扑通落了地，但要想成为建档立卡贫困户，必须在网上填报信息，没有身份证，信息不完整，享受不了政策，而首次办理身份证，必须本人亲自到当地户籍部门去办理。

我和张队长带着楚知木和她女儿第二次去大凉山。

楚知木鼓鼓囊囊带了一大包东西，我开玩笑问她是什么好东西，楚知木拉开包，都是我们送她的旧衣服。我想着自己平时那些旧衣服，把村里女人们已经做好的布老虎、虎头鞋、鞋垫、剪纸、毛驴、七孔耳枕什么的各种也给她带了一样。张队长经过县城的时候，带楚知木去了商店，说给她买件新衣服。楚知木要两件，说一件给她妈妈，一件给她哥哥。我说："买四件吧，给你和孩子也买一件。"

进入深冬，北方的山区更加荒凉，就连松树、柏树这些常绿树种也不像秋天鲜亮，蒙了灰似的发黑，但想着楚知木户口已经办下来，马上就能享受政策，我们都很开心，一路上不停地给楚知木规划未来。楚知木听着咯咯地笑。与室外相比，车内春天似的。

因为是第二次走，路比较顺，到了成都比上次早一个多小时。有了上次的经验，我们没有去找那些看起来很正轨的宾馆，而是直接找到上次住的那个家庭旅店，老板对我们还有印象，没有多费口舌，开了两间房，依然是我和楚知木、楚知木女儿一间，张队长一间。

第一件做的事还是洗澡。楚知木大概在路上就念想着这件事了，一进房间，没让我催，放下东西就推开卫生间的门，自言自语道："能洗澡吧。"

这次楚知木洗了还是差不多一小时，然后抱着孩子进去洗。我等得已经睡着了。她们出来之后，因为兴奋，睡不着觉。我给她们打开电视，楚知木和孩子抢遥控器，我想起欢欢和乐乐，拿起自己带的毛巾进了卫生间。

到越西县更顺利，晚上不到七点就到了。我和张队长商量，又询问了镇里，决定稍微补充补充，晚上赶到竹阿觉镇，明天好早点儿到楚知木家。

我们吃了包泡面，继续出发。

那些山，白天看着高大，到了晚上更是高大，黑兀兀的影子有白天两倍高，几乎一座接一座。车像条虫子在山的缝隙中穿越。月亮一会儿被山挡住，一会儿出来，时间好像不断被拉长又压缩回去。走好久，才能在山腰看到一处灯火，而且只有一处，不像山西的山区，只要有灯火，就是一大片。这儿只有一处，这孤独的灯火，让人觉得山更加高大，没到楚知木家，就感到生活在这儿的人们不容易。

到了九点多，终于到了竹阿觉镇，书记、乡长和蒋阿木都在等我们。这是我们第二次见面，大家因为办成了事情的第一步，都有些兴奋，乡里的领导直接领我们去了乡政府的灶上。

原来他们都没吃饭，一直在等我们。我们虽然累，但很感动，本来已经吃过了面，又吃了一次，发觉刚才根本没有吃饱。大家边吃边聊，聊到快十一点才休息。

晚上住在了乡政府。

第二天，在乡政府吃了早饭，领着楚知木和孩子先去派出所办身份证。填完信息，照了相，派出所同志说身份证十五天才能办下来。我们要往回赶，而且急需身份证落实政策。派出所的一听，给楚知木和孩子先办了个临时身份证。

办完迁户手续，拿上临时身份证，我们去色色合村。

山好像在长，越往里走越高。人却更少了，走很久才能见到一户人，住在高高的半山腰上，看起来很远，好像和我们不是在一个维度生活。

快到村子的时候，楚知木坐不住了，不住地把脸贴到车窗玻璃上向外张望。一到村口，马上看到一群人在等候，足有二三十个。楚知木激动地喊："叔叔、婶婶、二姨……"这些都是楚知木的亲戚，听说走失多年的楚知木要回来，从住在各个山腰山洼的家里赶过来迎接她。

三四个小孩跑在最前面，领着我们进了村子。

楚知木家住在一个山洼里，整个山洼里只有他们一家人。蒋阿木说，这里的人们搞畜牧，都住得分散。楚知木家住的是几间简陋的木屋，外面却有一大群猪和羊。都是她哥哥养的，猪有二十多头，羊有三百多只。刚才那几个孩子都是她哥哥的，还有两个小的在屋子里，一共六个。平时楚知木嫂子照顾孩子，她妈妈帮她哥哥养猪、放羊、做饭。

楚知木哥哥为了迎接她，专门杀了一头猪。

午饭吃得很热闹，人们不停地过来敬我们酒。张队长说开车不能喝酒。楚知木哥哥说，喝吧，喝吧，喝了酒可以找人送我们，村里有会开车的。我们怕破坏气氛，接过了酒。从来没有喝过这样的酒，特别辣嗓子，每次咽下去，好像吞下一团火。他们说是用自家苞谷酿造的。

楚知木打开自己的行李，一会儿拿起这件，一会儿拿起那件，让人们看她带回来的衣服。她的妈妈和哥哥捧着给他们的新衣服，翻来覆去地看，眼眶里都是泪花。那几个小孩围在他们周围，乱翻包里的东西。

吃过饭，该往回返了。楚知木让妈妈和哥哥带着孩子们有空去看她，妈妈和哥哥让她有空多回家看看。我们往车上走的时候，楚知木妈妈、哥哥和所有的亲戚送她，后面跟着一条狗，几只猪和羊。

楚知木哥哥大着舌头找人帮我们开车。张队长说喝得不算多，路上也没交警，走慢点儿没问题。楚知木哥哥用劲儿拍张队长的肩膀，打地老鼠那样用劲，叫来一位亲戚，说他为了送我们，刚才一滴酒没有沾。

为了安全，为了让他们放心，我们让这位汉子送我们。

车发动起来后，狗忽然叫起来，然后是猪，接着是羊，都哼哼吱吱叫起来。不知道是刚才人们光顾自己吃，忘记喂它们了，还是它们察觉到了什么异常。它们一叫，楚知木的妈妈忍不住了，放声大哭，然后她的哥哥哭起来，紧接着楚知木也哭起来，要下车。我们让司机赶紧加油。一大群人很快变成小黑点，然后不见了。走出好远，楚知木还在呆呆地抹眼泪。

那天，天特别特别蓝，有几只鹰像风筝似的，跟着我们飞了很远。楚知木待在车里，缩着身子，一动也不动。

认真研究了省里规定的列入贫困户九个步骤和不能列入的“八个不准入”，加上前段时间的手册填写，觉得对村里的情况掌握得差不多了，我们召开全体村民大会，重新审核贫困户。

事关每户人家的具体利益，这次没有人拖沓，时间不到人就齐了。

我们以为召开一次会议应该可以完成任务，毕竟事先做了那么多工作，没有想到，在具体评定时，还是发生了争执。

争执的焦点不是新增加的这几户。经过这么多天的宣传，没有劳动力和因病致贫、因学致贫的当贫困户成了大家的共识，谁都认为应该让这些人成为贫困户。焦点是退出的几户和几户应不应该保留贫困户。

这几户不愿意退出，他们的理由是村里和他们收入差不多的其他贫困户不退出，为啥让他们退？更有一户讲，他要不是贫困户，他们村90%的贫困户都不符合条件。有兄弟俩，八几年结婚分家后，老大勤勤恳恳，省吃俭用，好不容易盖起几间新屋，又给孩子娶了媳妇，为了孩子生活，给他买了辆三轮车，连盖房、娶媳妇、买车，共欠下十几万债务。老二好吃懒做，啥都不干，有了钱大手大脚乱花，不买房不置地不买大型物件，孩子结婚时，彩礼不够，把自己住的几间破屋卖了凑钱。结果上次评选贫困户时，老大有车有房，不是贫困户；老二啥也没有，认定为贫困户，马上就要得到县城移民小区的一套楼房。老大有意见，自己辛辛苦苦一辈子，在村里盖了几间新屋还欠下债，老二啥也不干，白白就在县城得到一套楼房，因为是自家亲弟弟，他不说，但别人不服气。这样的现象不光他们一例，校门口开小卖铺的王金宝，得过黄疸肝炎，不能干重活儿，开了个小卖铺，其实也没多少收入，上次王金贵照顾他，弄上了贫困户，按照政策，他有店铺，必须退出，他讲自己退出，没办法生活。

下来发现了个现象，好多懒人因为懒成为贫困户，这是群众意见最大的，他们讲，扶贫就是扶懒汉。但按照政策，这些人确实符合贫困户标准，他们几乎什么都没有。

以前在农村，谁都怕人们说他穷，谁家被人指着脊梁说穷，孩子连媳妇都不好娶。好多人家本来穷，还打肿脸充胖子证明自己不穷。村里至今流传着有人把猪尾巴挂门口，每天出门前擦一下嘴，假装每天吃肉。

可是自从精准扶贫以来，国家扶贫力度不断加大，贫困户得到的实惠越来越多，上学不用花钱，看病基本国家负担，房子破了国家帮着修，没房子的想办法让你移民搬迁，只要符合条件，就可以白白在县城得到一套十几万的房子，刚才说的就是这种情况。这样一来，许多人便争当贫困户了。

李希禄给我讲过一件事情。2010年开始，省里给农户发放爱心煤，统计的时候，全省农民一下子比原来多出40多万户来。原来爱心煤以户为单位发放，许多农民为了多得煤，就把户口分开了。以前村子里一户五六口人，老人、青壮年、孩子三代同堂很常见，现在好多老人和孩子把户分开了，许多老人老伴去世，一个人一个户，以前这种现象基本没有。

那才是为了几百块钱一吨的煤，列入贫困户比这点儿利益大多了。在绝对的利益面前，原来的伦理秩序开始瓦解。而且一开始就感觉到，农民收入的账本来就不好算，种同样多的地，产量可能不一样；产量一样，卖的时间不一样，价钱就可能不一样。同样出去打工，有的人一年干两百多天，有的干一百多天，干两百多天的可能说自己干了一百多天；干同样多的天数挣的钱多少也不一样，有的说自己一天挣一百，有的说挣五十老板还没有给他。大多数农民做的是建筑工、矿工、杂工等工作，工资都是现金支付，有的干一段时间连老板都找不到了，精确统计太困难。

精准扶贫只是解决相对贫困，帮助困难人群暂时渡过难关，真正的富裕，还要靠激发群众的内生动力，自己得愿意干，不能等靠要。

许多成为贫困户的不愿意出列，即使他们不是说的那样穷，但他们担忧，现在没病，万一退出去生个大病呢，又是一夜回到解放前。完成脱贫攻坚任务，关键还是让村里实实在在富起来，人们腰包里有钱，心里就不慌了。同时各项社会保障要完善到位。否则不用说贫困户，就是正常人家，得个大病，即使入了新农合，入了大病医疗保险，也要倾家荡产。

为了推进工作，县里联合金融、农业、交通、城建、房管、工商等几个部门一起行动，查了一段时间，发现有的贫困户在城里买了小产权房子，有的用亲戚的名字买了商品房，有的名下有车，有的银行里有存款……各式各样的问题找出来之后，县里统一发了通知，凡是有上述情况的，一律出列。

大多数人服气了，但还有一些人不甘心。那几天，几乎每天都有人来找我，不是讲自己家的困难，就是告别人的状。要想让村民们稳下来，尽快地做点儿什么，让大家看到希望，脱贫攻坚不是贫困人口数字上的减少，而是要发展产业，让大家真正富起来，光解释政策不管用。

正在焦头烂额的时候，崔健民告诉我，孤城的人饮解困项目列入水利厅明年的重点项目了，很快就有一百多万资金到位。我没想到自己真的争取来一个大项目，沉浸在兴奋中，崔健民挂了电话，我还不大相信这是真的，完全忘记了感谢他。

呆呆坐了足有十分钟，我给李希禄打电话，把崔健民告诉我的事情告诉他，问他是不是真的？这段时间因为贫困户出列的事情，我们没少联系过，他也碰到类似的情况。我不大相信这么容易就得到如此大的一个项目，我们文化馆领导跑项目，能要个二十万三十万的就特别开心了。

李希禄说："健民告诉你，肯定是真的，这项目看起来得来容易，其实哪里有那么容易？正好遇到国家精准扶贫，水是必须要解决的问题，才有这笔项目款。再加上水利厅有健民，他肯定给你出力了，多少人想争取这项目款。”我想起一级级往上推荐，李希禄也给打了招呼，万一哪个环节出现问题，就不可能有这笔款，便想怎样感谢他们。听人们讲，争取下项目款来，一般要给帮了关键忙的人回扣，但显然不可能给崔健民回扣，我也办不出这种事来，便说：“星期天请你们吃饭吧，帮了孤城这么大的忙，以前都是你们买单，这次我来。”李希禄说：“你先问问健民有没有时间？”我打通崔健民电话，问他星期天有没有时间，请他吃饭。我以为崔健民肯定会答应，他帮了这么大的忙，出来吃我顿饭理所当然。但崔健民说：“我侄子生病了，星期天要带他找医生。”我问：“那你什么时候有时间？”他回答：“安欣，咱们是同学，不需要这个。”挂了电话，想起前段时间崔健民来孤城看我的事情，心里暖乎乎的，以后他有啥困难了，一定要全力以赴。

给李希禄打电话，告诉他崔健民没时间。李希禄说：“那以后找时间吧，咱们吃饭不重要，现在重要的是你得盯紧这笔钱，别让它下来被挪用到别处。”我问：“这种项目款还会被挪用？”李希禄说：“里面的水很深，你注意一下。”

听了李希禄一番话，我有些担忧，但还是很高兴，孤城的衰落是因为缺水，现在马上有了项目款，打上井，有了水，它是不是又可以繁华起来？家家户户用上自来水，既方便，又卫生，再也不用怕得布病了，还可以种蔬菜，种水田作物，可以随意洗澡，甚至游泳。

想到洗澡，我身上有些痒，又有一段时间没洗澡了。

洗澡这玩意儿，可能会上瘾，就像好多其他事情，一旦尝试过，就再也难放下，洗澡让人有种回到母亲子宫内的安全舒适。欢欢乐乐就都喜欢洗澡，每次洗澡泡在浴盆里不出来。楚知木第一次回大凉山，和我住在一起，完全不愿意洗澡，洗过之后，第二次就主动想洗。有了水，到时可以让楚知木家开个澡堂子，估计生意错不了，还用不着费多少脑筋。

每天盼着项目款到，项目款没到，楚知木却回了大凉山，不想回来了。

八

磊磊爸来找我们的时候，他脸上还是挂着那副熟悉的笑容，但充满了无助和惶恐，一见我们就要掏烟。看着他这失魂落魄的笑容，我预感到什么事情发生了，心里一紧。

果然，磊磊爸讲：“磊磊妈走了。”他说这话的时候，声音轻飘飘的，像一个梦中的人在呓语，那表情，完全不像成年人，像做错了事的孩子。

我们问他到底怎么回事。

磊磊爸重复说：“磊磊妈走了。”几个字说得结结巴巴，仿佛叙述一件非常复杂的事情。

我赶忙给他倒了一杯水，让他不要急。

磊磊爸不嫌水烫，咕咚几口喝完，稍微平静了些，讲讲停停，中间不停要水喝，每次都是刚倒下，就几口喝完，讲了好久，我们终于听清楚了。

半个月前，楚知木对磊磊爸说她妈妈生病了，想回去看看。磊磊爸没有多想，觉得女人跟着自己这么多年就是最近才回过两次家，老人病了，应该回去看看。正好户口本和身份证办下来了，以前想回去也回不去，便不仅同意她回去，还给她带了两千块钱。他以为她看看就很快会回来，没想到等了半个月，还没有回来。今天一给她打电话，她说不想回来了。

我和张队长一听也急了，第一次回大凉山，楚知木就说过不想回来的话，我们动员了半天才把她领回来，只是没有告诉磊磊爸。万一她这次真的不回来，不是害了他们一家吗？

我们心里焦虑，却都装出平静的样子安慰磊磊爸爸。楚知木一定会回来的，她和孩子已经列入贫困户，就等手续走完，那时一家的生活完全有保障，孩子上学不用花钱，看病不用发愁，六口人还可以住进镇上统一修建的一百多平方米的移民搬迁房，不用花一分钱，这样的好事有几个人能轮上，只有傻子才会走。

磊磊爸呵呵笑着，仿佛听懂了我们的话，又仿佛没有听懂我们的话，他结结巴巴说："我知道，党，党，政府对我好，你们给，给我，把楚知木叫回来。"

磊磊爸一走，我马上给楚知木打电话，关机了。事情果然有些不对。张队长赶紧给蒋阿木发微信，请他去楚知木家看看情况。

很快，楚知木走了的消息传遍孤城，大家议论纷纷，都说有几天没看到楚知木了，听说回娘家了，没想到走了。

以前外地来的女人走的事很常见，因为那些女人有的是被骗来的，有的是来了专门骗人的，本来就没想过在这儿待。那会儿交通不便，信息不灵，走了没个找的地方。这几年，啥都发展，信息完全透明了，根据电话还能定位，外地女人来得少了，以前来了的过了这么多年，孩子一大堆，人也老了，谁走得了?

可是楚知木偏偏走了。

有人说，楚知木其实以前就知道她家在哪儿，但没有身份证，没办法回。磊磊刚生下来第二年，楚知木就带着孩子回过一次家。她坐大巴一路到了成都，从成都回越西县要坐火车，没有身份证，买不上火车票，才中途又折回来。现在好不容易有了身份证，有了户口本，不走才怪。

他们这样一说，我和张队长更内疚了，要是没有给楚知木办上户口和身份证，她就走不了。

王金贵说："摊上磊磊爸这样的男人，我要是女人也要走。其实楚知木走的那天我在县城碰见过，她正领着小闺女坐大巴，我问你去哪儿，她说回老家。我说快新年了，天气这么冷，你领着孩子跑那么远干什么，是不是和磊磊爸吵架了?人家说没有，是磊磊爸把她送到县城的，一家人还在县城住了一晚上，逛了半天，才来坐车。你说这不是糊涂吗?明知道女人要走，不仅不拦，还去送人家？”

看来磊磊爸确实是愿意女人回的，但没想到……遇上我也会同意楚知木回，我脑袋里乱糟糟的，问：“那当时磊磊爸呢？”

“楚知木说给她取钱去了，拿上钱把人家送走，还有这么傻的人吗？”王金贵摸着他的光脑袋，一只眼睛直愣愣地盯着我。

看着楚知木在孤城过的日子我难受，但她走了更难受，那边是她的妈妈和哥哥，这边是丈夫和三个孩子，还有个老奶奶。亲人之间本就难以抉择，关键是我们去过大凉山楚知木的老家，太偏僻了，连个人都很少见，楚知木回去就像她的妈妈、哥哥一样，每天和一群牲畜打交道，也不舒服呀。我不知道怎么做才对，感觉好像犯了罪，要是楚知木在孤城这边生活得好，她不一定想回去。

下午，蒋阿木那边回过话来，楚知木和她妈妈在一起，她妈妈根本没生病，问她怎么还不回？她没说回，也没说不回，就是说身上没钱了。

张队长一听，马上连续给蒋阿木发了三个两百元的红包，让他转给楚知木做路费。

又过了三天，楚知木还是没回来。

磊磊爸不干活儿了，每天来找我，看到我就呵呵笑，习惯性地掏烟，我制止住他后，他就说：“安书记，磊磊妈还没有回来。”有一次，他背着老太太来找我，脸上堆着笑说：“安书记，磊磊妈还没有回来。”老太太说：“安书记，磊磊妈不回来我们娘俩能凑合，她那俩孩子怎么办？”看着哭丧着脸的老人和磊磊爸的笑脸，我在心里一边咒骂自己当初多事，一边咒骂楚知木没人性，放着一大家人不管，说走就走了。

芙蓉说磊磊放学后，不和同学们打闹了，总是一个人无精打采地走在最后面。上了课也不认真听课，总是心不在焉，有时还打瞌睡，一看晚上就没睡好觉。一次，有位同学说话捎带了句他妈的，磊磊就生气了，打人家，两个同学打了一架。

这样下去，这个家庭就完了。

我对张队长说：“咱们还得去趟大凉山。”

张队长说：“去吧，这家人！”

我们把镇上给磊磊家的移民搬迁房图纸复印了一份，出发前一夜，张队长也住在了学校。我一会儿梦见楚知木见了我们很痛快地跟着回来了，一会儿梦见她不回，我们费尽口舌，越说她越不回。怎么也睡不好觉。忽然一睁眼，看到窗外亮了，以为闹钟坏了，心里一惊。趴到窗口，原来是下雪了，映得室内发白。看表，还不到四点钟。我害怕大雪封了路，走不成，忙给张队长打电话。

十分钟后，我们开始发动车，院子里已经白茫茫一片。所幸雪下得时间不长，还不厚，也没有结冰，车走上去不打滑。雪落在地上像老天爷一块块在削梨皮，我们辗着一地梨皮离开孤城。

没想到不到半年，三次到大凉山，不是扶贫，可能一辈子也不会到那里一次。

跨过黄河，出了山西省境，雪停了。回头望黄河那边，千里冰封，万里雪飘，两道黑色的车辙印渐渐被大雪淹没……

到了竹阿觉镇，我们叫上蒋阿木一起去楚知木村。蒋阿木不好意思地说："劝过楚知木了，她妈是个好人，看到给了楚知木路费，劝她回去，楚知木也答应要回，可就是不动身。"我和张队长讲了楚知木家里的情况，说她不回不行。蒋阿木说："咱们一起劝她吧。"

到了楚知木家，楚知木正在给她哥的孩子洗衣服，一看到我，就嘿嘿笑起来，仿佛不知道我们来干什么。她妈妈看见我们，有些慌，说："我劝知木赶紧回，你看让你们找来了。"又对楚知木说，"你快跟着安书记他们回吧。"我心里急着让楚知木回，嘴上却说"不忙"，过去和楚知木一起洗衣服。

张队长拿出准备好的移民房设计图让楚知木妈妈看，"您看，这间一百四十二平方米的就是楚知木家的，是村里最大的，不用她花一分钱，很快就能住了。"楚知木妈妈抹了抹眼睛，把图凑到跟前说："真大。"张队长说："布局和城里的楼房一模一样，厨房、客厅、卧室、卫生间，啥都有。"

我对楚知木说："磊磊这些天自己洗衣服呢，前天还因为说起你，和同学打了一架。"楚知木不吭声。楚知木妈妈说："知木，你还不回去，孩子要上学呢！看你家的房子，这么大、这么漂亮！"楚知木放下手中的衣服跑过去，看了看图纸问："能洗澡吗？"张队长说："能。"蒋阿木用羡慕的口气说："这么大的房子，我想住也住不上啊。"楚知木的眼睛亮了，说："我也不是不回去，是花了这么多盘缠来的，想和我娘多住几天。"我说："等明年你们搬进新房了，可以让你娘来孤城住，那么多卧室，住着多舒服。楚知木看着她娘的眼睛问："娘，你来吗？"老人抹了抹眼睛说："去，一定去看你。"

我们在楚知木家吃了午饭，领上她往回返。谁都没想到这么顺利，要上车时，楚知木突然说："等等。"我心里一愣，不知道又要出什么问题。

楚知木拿起牲畜栏前的一把锹，说："我挖个这。"冲山坡上跑去。

我冲车跟前的楚知木妈妈和哥哥问："楚知木挖什么呢？"

他们俩扭头望了望说："马缨花。我们这儿到处都是，开了花可漂亮了。"

不一会儿，楚知木拿着一株带土的植物走过来，说："妈、哥，明年马缨花开了去孤城看我。"

两个人重重地点了点头。

楚知木高兴地上了车。

我和张队长掩饰住内心的兴奋，发动车。

翻秦岭，过黄河，返回县里的时候，走时下的雪还没有完全融化，公交车停发了，那么多陡坡，张队长的车上不去。

张队长说："去我家吧，安书记来了这么久，还没到过我家，楚知木也没有到过。”

我们在张队长家住了一天，雪化开，才回了孤城。

磊磊知道妈妈和妹妹要回来，一早就与爸爸和弟弟等在村口，一看见我们的车，他们跑过来。大大小小几个人一起跑，磊磊爸爸打了个趔趄，融化了的雪水溅在他们身上、脸上，他们仿佛感觉不到，嘴里喊叫着“磊磊妈”“妈妈”，往前跑。楚知木一下哭了，大声喊停车，她的女儿喊：“爸爸！哥哥！”

他们几个人抱在一起亲热的样子，让我眼睛酸酸的，我好想和欢欢乐乐丈夫也这样亲热地拥抱。

回到学校，张队长一进宿舍，就感觉有些不对劲，东西似乎被翻过，但一点儿也不凌乱，一切东西都在原来的地方。他有些好奇，小偷不可能来偷他，几乎啥都没有。学生搞恶作剧，也不大可能，住着这么多老师。

没有丢东西，他没大当回事，不经意间与芙蓉她们聊天，谈起家里东西好像被翻过。芙蓉她们说：“你们走的那天，县里督察组来督察，他们让打开每位驻村干部的房间，查看到底住没有？主要是看牙膏用了多少，毛巾是新的还是旧的，判断干部有没有真的驻村、住的时间长短。”

张队长一听脸唰地白了，愤怒地说：“他妈的，怎么能这样呢！人不在随便进别人房间？下雪天，他们怎么上来的？”

芙蓉说：“人家开着四轮驱动的越野车，说是专门挑这样的日子来检查，看干部们是不是真的驻村。”

张队长确实住在了村里，但他没有在村里住过几次，不光他这样，当地的驻村干部都这样，早上来，晚上回。他们这样，刚开始我们这些外边来的干部还发牢骚，帮扶，帮扶，从上面下来是帮助扶持地方的，可现在倒好，当地的干部不住村，原来的村干部不住村，只留下外边来的干部们回不去才住村，这不是帮扶，而是扎根。

后来慢慢理解了。城里的楼房既有暖气，又能洗澡，干部们现在基本都有车，交通方便，谁不愿意回家陪老婆孩子？独自住在村里煎熬没必要，只要白天把工作做了，不耽误事儿就行。再说，平时有检查，乡里都会事先在微信群通知，没有住在村里的接到通知提前赶过来就是。

最危险的一次是上边来明察暗访，人员都是临时抽调的。下来之后已经很晚，大概晚上九点多。进了村子直奔驻村点，为了防止作弊，要求检查者和被检查者拍上合影，加上手机定位，发到规定的群里。幸亏进了第一个村，驻村的干部刚开完党员会。他们和我们刚来时的情况一样，党员总是迟迟不来。在他们那儿检查的时候，他们把消息发到群里，其他不在村的驻村干部赶忙往回赶，避免了一场麻烦。

这次检查乡里通知了，但我们去大凉山也是工作，走的时候还请了假。记得张队长看到通知时高兴地说："咱们孤城偏远，平时来往不方便，可是一般检查的也来不了，下了雪更是上不来。"没想到人家就是抽这样的天气检查，为了彻底检查一遍，专门还借了四驱的越野车，加了防滑带，而且不是光查这次在不在，连以前也清算。

“我真想不到，”张队长用车钥匙敲打着手心说，“为了检查干部在不在岗，居然挑这样的天气来，而且私自打开人家的屋门，把我们当什么了？老子以后一天也不住。”

用这样的办法检查，张队长如果在，其实也没有用，因为他不在村里住，也不在这儿洗漱，牙膏基本不用，毛巾也是新的。张队长气愤的是，自己认认真真工作，对方却那么教条，用这种下三烂的办法。

张队长这样一说，我想起刚来孤城时，王金贵自己用钥匙打开芙蓉她们宿舍的门。

回来第二天，乡里通知开会，传达学习贯彻中央脱贫攻坚会议精神。

道路中间的雪化完了，两边遮阴处还有些冰碴子，金贵骑着摩托车，小心翼翼去乡里，风吹得人凉飕飕的。

我们到了乡里，依然是来早了，和董乡长提过准时开会的意见，根本没啥效果。

天冷，大家都穿得厚墩墩的，原来不多的几间屋子塞不下这么多人了，后到的人麻雀一样乱找地方，有的回到车上，有的跑到会议室，有的进了伙房。所幸，电暖气送上了，会议室和伙房里都不冷。

我又到了周转房那儿，雪后，工程终于停了。已经建好轮廓的二层楼耸立在窑洞后面，像一座寂寞的碉堡。几只麻雀叽叽喳喳在屋檐上跳跃，倒是热闹。原来烧锅炉的地方耸立起一个小房子那样大的四角形铁玩意儿，大声轰鸣着，就是传说中的电暖气。我走过去，想瞧瞧它里面到底什么样子，突然轰鸣声停止了。前面窑洞那儿传来人们的嚷嚷声和叫骂声。乡政府办公室主任跑过来，望着我说："又出问题了。"鼓捣了几下闸，不管用，给维修人员打电话。打完电话，解嘲似的说："这个玩意儿性能不稳定，自从安装上，没有一天不出问题。"

没有了暖气，屋子里马上冷下来，许多人跑出来晒太阳。出来没多久，又觉得风太大，跑回屋子里。有人开始责怪维修人员还不来，马上又有人接着咒骂电锅炉产品质量差，说不知道谁吃了回扣。

就在大家嚷嚷成一团时，乡里通知三支队伍马上返回各自驻点，明察暗访的马上就到。人们马上急了，发动车的发动车，发动摩托的发动摩托。办公室主任叫住乱哄哄的人群，让大家马上到会议室。进了会议室，办公室主任打开做好会标的电子屏，安排大家坐好，拍了几张照片，让大家赶紧往回返。我们才明白过来，这就相当于中央脱贫攻坚会议精神传达了，人们麻雀一样很快散了。

返回孤城，芙蓉她们正在做饭。张队长问："什么好饭？"芙蓉说："不会做了，每天就这几样。"突然她眼睛亮了，对我说："你请楚知木再来教教咱们做辣椒乳酱吧。"

说来奇怪，在那之后，我们照着楚知木的办法试验过很多次做辣椒乳酱，怎么也做不到她做的那么香。

我去请楚知木。

楚知木一家正在吃饭，家里还是乱糟糟的，炉子不知道着了没有，家里没有一丝温度。磊磊爸看见我，赶紧站起来，带着那熟悉的笑容，往外掏烟。我知道他是真心感激我，但感觉他很不争气，好不容易把楚知木叫回来了，不知道珍惜，突然就生气了，发作起来，大声说："我告诉你多少次我不抽烟，每次见了面都给我烟！"磊磊爸愣住了，磊磊家所有人都愣住了，大家停止吃饭，呆呆地看着我，不知道哪儿不对了。这突然的安静让我觉得自己错了，望着他们惶恐的目光，我赶忙道歉，"哎呀，对不起，我想请楚知木再去学校教我们做辣椒乳酱。"

楚知木一听，马上放下碗站起来。

我忙说："不急，你吃完饭再去。"

磊磊爸说："吃啥饭呢，一会儿回来再吃！"

我瞪了他一眼说："楚知木别听他的，先吃完饭，磊磊爸你要是再欺负楚知木，她回去我可不帮你叫了。"

磊磊爸惊得慌忙摆手，"不了，不了。"

等楚知木吃完饭，我们一起回到学校，老师们已经把辣椒和腐乳准备好，眼巴巴地在等她。

楚知木还是像上次那样，热油，炸辣椒，拌腐乳，她做这些动作时，仿佛是本能，根本不过脑子。房间里很快弥漫出那种熟悉的香味儿，让人直流口水。

辣椒乳酱做好后，芙蓉忍不住，先尝了一口，马上大声说："好吃！"其他人也挤过来品尝，品尝完之后，一致说好吃。然后七嘴八舌问楚知木："到底有什么秘诀，能做这么好吃？"

楚知木摊开手笑着说："就这样做。"

望着她的笑容，我觉得神秘，说："你再给我们做点儿。"

楚知木又一次热油，炸辣椒，拌腐乳，她果然不思索，做这些动作时没有半点儿停顿。

我忽然有了个主意，弄个辣椒乳酱加工厂，磊磊妈有了事，就不想老家了，做得好，挣了钱，可以把她妈妈接过来。

做完这次，老师们纷纷说："再来一次。"

那天中午，楚知木不停地给我们做辣椒乳，事先准备好的辣椒和腐乳做完了，老师们又跑到小卖铺，直到把小卖铺里的辣椒和腐乳买完。不可思议的是，楚知木无论一次做多少，都毫不思索，随手拿上往锅里放，可是每次做出来的味道都像有精密配方，味道完全一样。

楚知木做完，大家纷纷问："楚知木，你当初为啥要把辣椒和腐乳放一起拌起来。"

楚知木说："好吃。"

除了这两个字，她再说不出多余的话。

那天我们每个人身上都香喷喷的，连屋子里的桌椅板凳、学校里的树都是香喷喷的味道。

学生们在家里闻到香味儿，没到上课时间，许多提前到了学校，嗅着香味儿来到我们伙房这儿。这些香味儿弄得他们直吞口水，有几个胆子大的问："老师，你们做啥好吃的？"

很快学校里都知道老师们在做一种很好吃的辣椒乳酱。

磊磊梗着脖子对同学们说："那是我妈妈做的。"

他从来没有这样神气过。

下午，我入户的时候，每个见了我的人都不由自主地多吸几下鼻子，他们说："安书记吃啥了，真香。"

晚上回到学校，校园里还飘荡着辣椒乳酱的香味儿。麻雀、喜鹊、鸽子这些平时互不搭理的小动物一窝蜂地挤在我们伙房的屋檐上，兴奋地尖叫。

第二天，我教书法的时候，刘蛆宝不住地吸鼻子。我说："刘蛆宝，你是不是感冒了？"刘蛆宝不好意思地挠着光头说："安书记，你身上有股什么味儿，像辣椒，又不纯粹是辣椒味儿，真香！"毛虎也说："就是，这种味儿真香！"我知道是辣椒乳酱的香味儿，要是以前，肯定是汗馊味儿。

这个星期，我与张队长和老师们每天就着这些辣椒乳酱下饭，食欲大增，不用其他菜，一盆馒头很快就吃完了，吃完还想吃。吃完后，每个人摸着滚圆的肚皮，都觉得这样下去肯定要发胖，可是我们控制不住自己，总想吃。哪顿饭要是没有它，顿时觉得没有了滋味儿。

周五回家的时候，我除去带着几鞋盒子鸡蛋，还多带了几瓶辣椒乳酱。

欢欢乐乐看见我回来，没有上次那样兴奋，其实上次就没有上上次那样兴奋，他们好像和我有些疏远。才几个月时间，他们不像刚开始分别又见面那样，一见到我争先恐后往怀里扑，你一句，我一句，抢着说最近发生的新鲜事。现在他们仿佛有了各自的心事，见到我欢欢目光还躲闪了一下，才过来问我好，乐乐却抱住爸爸的腿。我心里有些不是滋味儿，一手一个去抱他们，刚抱起来，欢欢挣扎着就要下来，而乐乐说："妈妈身上有味儿。"

丈夫做饭期间，我去附近的人民浴池，好好洗个澡。丈夫说："孩子的话，别当回事，一会儿在家里洗吧，我给你搓。"我心里一荡，却摇了摇头，孩子的话怎么能不当真呢？我拿着洗发液、浴液、牙膏、香皂、毛巾去了浴池。

偌大的澡堂里只有几个人在淋浴头下冲洗，还是些上了岁数的中老年女人，她们松弛的肌肉白花花的，像发酵的面团。盈盈的水汽中，弥漫着酸酸的味道。

我找了个花洒打开，水一流下来，好像身上马上出现有些细小的泥屑。我知道是心理作怪，但总是打消不了这个念头。一直冲得全身发红，才挑了位精瘦的看起来很有力的搓澡师，让她给我用劲儿搓。

这位大姐用手在我身上从上到下一抹，一溜儿灰黑的泥垢泥鳅似的从我身上争先恐后掉下来。大姐说："妹子，你细皮嫩肉的，却这么多泥，多长时间没有洗澡了？"

我脸一红，低声回答："在村里扶贫。"

不知道从什么时候起，只要遇到尴尬的场面，我就举起扶贫这面大旗，好像能搪塞一切。

果然，大姐哦了一声，好像明白了。她说：“现在这社会真有意思，我们村里的农民往城里跑，你们城里的干部往村里跑，妹妹你以前是坐办公室的吧？”

我哦了一声，觉得找错人了，这位搓澡师太能聊了，而我只想安安静静找个人帮我把身子搓干净。但她的手艺真是好，人又细心，从头到脚，从背到胸，连脚指头缝里都给我搓到了。看着簌簌往下掉的泥垢，我说：“村里洗澡不方便。”

大姐说：“是啊，我们那地方，谁会每天洗澡，洗脸都得节约，一盆水孩子洗过老人洗，老人洗了大人洗，洗完一直放着，晚上睡觉前泡脚。”

“您是哪里人？”

“吕梁的。”

“吕梁哪儿的？”

“兴县，酸枣疙瘩的，你肯定没听过那地方？”

虽然没有听过酸枣疙瘩，但我知道兴县，都在吕梁山，我对她感觉亲近起来。

大姐知道我是扶贫干部之后，更认真了，不仅搓得细，而且用得劲儿大，搓完一遍，又给搓了第二遍。我感觉全身的油皮好像都被搓破了，身子红得像胡萝卜。

我说：“以前在家里洗，没这么多泥。”

大姐说：“家里谁给你用劲儿搓呢，你自己，还是丈夫，结婚了吧？”

一说丈夫，我想饭肯定做好了，不想让他们等我，催大姐快点儿。

大姐逗我："一说丈夫就急了。"

我说："你多长时间回一次家？"

"一个月，两个月。"

我想想自己回家的时间，比起大姐来不算少，隔得最多的时候，也没有一个月。心里多了些安慰，但还是赶快冲了澡，赶紧回家。

回到家里，饭果然做好了。欢欢在沙发上玩手机，乐乐看动画片，丈夫系着围裙，像个大师傅。我叹口气想，孩子正是成长发育的关键时期，两年第一书记结束时，家里会变成什么样呢？顿时，觉得这两年还剩下好长时间。

欢欢乐乐看到我，眼睛没有从玩的东西上挪开。丈夫喊："欢欢乐乐摆凳子，拿碗筷。"以前我一回来，这两个家伙抢着拿东西，乐乐拿不动重的，也和哥哥争，现在两人动也不动，继续玩游戏的玩游戏，看电视的看电视。

我和丈夫把东西摆好，拉着两个孩子坐到桌子前，想起了什么，拿出了辣椒乳酱。欢欢乐乐见到这个东西，没有想象的开心。我打开瓶子，推到他们跟前说："你们尝尝，这就是妈妈以前给你们带回的非常非常好吃的辣椒乳酱。"

欢欢说："我怕辣。"他好像忘记了上次说爱吃。

我说："不辣，这个辣椒乳酱很香。"

欢欢摇着头就是不吃。

乐乐用筷子蘸了一点点，放到嘴里马上吐出来，说："我怕辣。"

明明不辣呀？他们这样一说，我尝了一下，挺香的，我嘴里发苦，又尝了一下，再没有尝出在孤城时的那种香味儿。

幸好孩子们忘性大，他们吃了丈夫做的他们爱吃的油炸大虾、肉沫土豆泥后，欢欢忽然问："妈妈你在孤城怎么吃虾？我爱吃油炸的，又香又脆，不爱吃水煮的，没味儿。"

我说："我们不吃虾。"

"为什么不吃？"

"孤城没有虾。"

"孤城为什么没有虾？"欢欢继续问。

我想孤城的老百姓大多一辈子都没有吃过虾，伤感起来。

丈夫看我情绪低落，说："赶紧吃饭。"

欢欢眨巴了眨巴眼睛，给我一连夹了三只虾，对乐乐说："妈妈村子里吃不上虾。"

乐乐把自己吃剩的半只放到我碗里。

他们好像同时都原谅我了，对我又亲近起来，争着给我夹菜。

乐乐说："妈妈，我们老师给讲了个特别特别好听的故事，我给你讲讲。"

"从前有个牛，有个人叫牛郎，天上有个仙女，忽然飞了。"

欢欢说："不对，乐乐讲错了，这是《牛郎织女》，老师也给我们讲过。从前有个人叫牛郎，他和哥哥分家时分到一头牛，他对这头牛特别好，后来他遇到一位仙女……”

“不是，不是，哥哥欺负我！”乐乐突然哭闹起来。

我和丈夫大笑，忙着哄他们。

吃完饭，我们一起玩扑克，乐乐又被气哭两次。我把她搂在怀里说：“哥哥故意逗你。”欢欢跑进丈夫怀中说：“乐乐不讲理，输了就哭。”乐乐一听就又咧开嘴。

他们两个一会儿哭，一会儿笑，很快就累了。乐乐拉着我的胳膊说：“妈妈咱们睡。”欢欢也凑到我怀里。我又被两人一人抱着一只胳膊，回到以前的模样。想到早上乐乐醒来会悄悄咬我的耳朵，耳朵顿时就痒痒的。

星期六下午，接到乡里通知，下周一外出参观学习。居然是去李希禄他们县。我给李希禄打电话，他知道这件事，还要去他任第一书记的村里，但不知道是我们县组织的人去，而且还有我，有些惊喜。我也惊喜，决定星期一不去孤城，直接和李希禄一起走。

带回的那些辣椒乳酱，自己留了两瓶，剩下的让张烨分给了她和李希禄、崔健民。张烨问我是啥的时候，我没有强调它们的好吃，装作很随意地回答：“村里人做的辣椒乳酱，你们尝尝。”

到了星期一，吃过早饭后我和李希禄出发。李希禄他们每周也开例会，但是星期二开。李希禄说以前也是星期一开，他们到了之后，乡里为了照顾外地来的干部，调成了星期二开。

听了，我有些小小的羡慕，觉得就凭这，说明人家李希禄那儿真心为外来的扶贫干部考虑，我们那儿却只是一味地压担子。

我们以这为开头，谈论起扶贫的事情。

我先讲了最近我和张队长去大凉山接楚知木，张队长被检查住的事情，然后由这件事讲到驻村的实质性意义，接着讲乡里开会总是不按时开，快上冻了忽然开始盖周转房，因为搞环保原来所有烧煤的锅炉都拆掉换上电锅炉，十二月中旬才供上暖，电锅炉性能还不稳定……

我一股脑把这段时间发现的问题都讲了出来。

李希禄边听边点头，听我讲完，他问："安欣，那你觉得应该怎么办？"

我说："一件事和一件事不一样，就像贫困户致贫，原因不一样，具体事情要具体对待，但一切要以实际出发，现在有些形式主义和官僚主义。比如开会的时间问题，只要领导有时间观念，带头执行，很容易就能解决。修建周转房，应该提前规划或年后开工，城市里的大开发商技术那么好，楼盘上了冻不施工，老百姓家冬天也不施工，都怕影响质量，周转房这样盖，用我们村里人的话说，这叫'屎憋到屁股门子上了才挖茅坑'，不知道是哪个人想出的馊主意，估计即使盖好，撑不了几年质量就会出问题。锅炉不该一刀切，环保问题当然重要，但那么冷的天没暖气，人们冻得没地方待，共产党不是以人为本吗？而且，还要考虑电锅炉合不合适，够不够用，不能一拍脑袋就上。当地干部住村，本来就不现实，根本没必要提这个要求，只要求他们白天在村里好好工作不就得了，工作讲效率，不是比时间。倒是村干部，应该好好发挥他们的积极性，不能老把脱贫攻坚的担子压在三支队伍肩上，现在来了第一书记、驻村工作队，原来的村干部好像工作积极性不高了，像我们村的支书、主任对我还有些抵制。”

李希禄听了我的话，呵呵笑着说：“安欣你成熟了，能把事情的本质抓住了。有些事，上面的出发点是好的，但在执行过程中有的人政绩观有问题，把它弄歪了。有些事……”他犹豫了一下说，“是不计成本的，为了达到目的，不惜代价。像第一书记下来，成本很大，补助、交通费，这么多人加起来是很大一笔钱，而且这些人下来，原来单位的工作怎么办？当初都是定岗定编的，原来的工作肯定受影响，但从另一方面来看，下来的干部确实起了很大作用，首先对农村的班子有个净化带动作用，再不济，也起个监督作用，让那些以前胡作非为的村干部不敢再胡来。你也看到了，乡政府效率很低，机关干部下来，可以当磨刀石，磨快他们。而且从另一方面来看，可以锻炼一批机关干部，以前在机关的干部生活得太安逸了，根本不了解基层的情况，对中国的农村更是不了解，下来锻炼之后，各方面应该都有所变化和提高，而且有些年轻干部很想有番作为，但待在机关没有施展才华的机会。这样来看，代价大和小还不好说呢，过上若干年才能看清楚。”

我说：“付出代价能理解，可许多事情，应该还有别的更好的办法。”

李希禄说："应该有。从理论上分析，所有的旧办法肯定不是最好的办法，所以我们得想新办法，而每一项新办法，只有通过实践，才能不断完善，不断发展。像'农村包围城市''摸着石头过河'，当时作为新办法，也存在问题，但最终证明是最有效的办法。所以，上面一旦决定，必须执行，这就是政治。"

李希禄说出政治的时候，我看见他摆了摆脑袋，头更正了。

以前，我对政治的理解就是读书时政治课上学的那些东西，都是些概念。下了乡，隐隐约约觉得自己和政治挂上了钩，但当这两个字从李希禄嘴里吐出来后，忽然有些明白了政治是啥。

这时电话突然响了，是张烨的。

她问："去村里了？"

我说："去李希禄那儿。"

"干吗去？"

"学习！我们县组织干部学习人家的先进经验。"

"嗯，好好学！"张烨嘻嘻笑着说，"你的辣椒乳酱是哪儿弄的，真好吃，下次给我多弄点儿。"

张烨挂了电话，李希禄说："你那个辣椒乳酱确实非常好吃，以前吃辣椒、吃腐乳，从来没吃过混在一起的这种东西。"李希禄这样说话时，感觉他从政治里出来了，我们又回到生活中。

李希禄挂职的县在太行山西麓。抗日战争时期，这里驻扎过八路军总司令部、中共中央北方局。当时这个县仅有十四万人口，九万多人参加抗日团体，牺牲了两万多，是鼎鼎大名的红色革命根据地。

我到了约定的太行干部学院，等了两个多小时，乡里其他人才来，参观学习的共有十几个人，主要是学习这儿的微商。

印象中，做微商的都是些年轻人，他们接受新鲜事物快，手机玩得溜。这儿却是全民微商，据说村里五六十岁的大伯大妈们手机玩得溜熟。

我们到的第一个村子在山上。一下车，风嗖嗖地吹了过来，但在和孤城不一样，这儿的风比较小，像游击队，刮一会儿，停一会儿，停一会儿，又刮一会儿。

村口站着一群人，年龄和在孤城常见到的村里人差不多，五十岁以上的居多。每个人脸蛋被风吹得红扑扑的；每个人手里拿着手机和自拍杆，又和孤城的人不一样，反倒像些游客。我们走过的时候，他们纷纷用自拍杆举着手机拍摄，一路上跟着我们到了创客小院。

村干部叫来两个做微商的，都是女人，年轻的大概五十二三，满脸麻子；另一个最起码有六十岁，围着一条极其鲜亮的橘黄色的头巾，像朵向日葵。那群拿自拍杆的人纷纷挤在门口，像媒体记者在抢拍镜头。

县里扶贫部门的干部召开新闻发布会似的说："这是我们县创客小院做得最好的一个，玉兰你先给大家说说。"

那个围黄头巾的先说了。一开口，满嘴晋东南方言，掉了一颗牙，有些走风漏气，听着不大清楚，集中精力去听，习惯之后能听懂了。她小时候只读到小学三年级，做微商的时候，连字的拼音都不会拼，多年不用忘完了。她让女儿帮着买了台智能手机，家里挂上拼音挂图学拼音，愣是凭着坚强的毅力学会了用拼音打字，处理订单。做了一年多微商，卖了三万多块钱的土特产。

这个数字，听着不惊人，与天猫、京东上“双十一”“春节”这些时候的货单比，简直不值得一提，卖三万多东西，纯利润顶多万把块，但这个女人了不起，基础那么差，居然学会了做微商，这么大年纪了，用拼音挂图学拼音，亏她能想出来。

我的注意力被她吸引了，那个麻脸女人介绍时，我的注意力还是在黄头巾身上。黄头巾介绍完经验，也掏出手机来，她没有带自拍杆，便用手举着，对着我们拍。

我悄悄往后退了几步，问旁边的人：“这些视频拍上发哪儿？”

对方回答：“抖音、快手。”

麻脸女人介绍完了，我们要去另一个点参观。突然拿自拍杆的人中间走出来一位大个子女人，大声嚷：“让我也说说，耽误不了几分钟。”不等县里的领导答应，她便把自拍杆对准自己开始说。

带队的领导呵呵笑着说：“这就是我们县新时代的农民，

充满干劲儿、闯劲儿，你们在电视上看不到她们，但是在抖音里、快手上到处都是。”

这个女人个子高，嗓门也大，但太激动，说话语速太快了，说了几分钟，我一句话也没听清她在说什么，估计其他人也没太听懂，大家一个劲儿在笑，都被镜头拍了进去。

参观完创客小院，又去另一个村子看扶贫超市，我们一起坐上了中巴车。

说是超市，其实就是一个简单的日用品商店，里面摆着米面油、洗衣粉、牙膏、香皂、毛巾等最日常的东西，每一样前面有个商标签，但上面标着的不是价钱，而是一些数字，比如金龙鱼色拉油前面标着200分、香皂前面标着5分。

村干部介绍：“我们这个超市叫扶贫超市，所有的商品不出售，要村民们兑换。大家看清楚上面标着的数字了吧？村里人只要积极参加村里的各项活动，都可以获得对应的分数，拿上来这里兑换东西。比如打扫卫生，一次五分，扫雪十分，参加夜校学习十分……以前很多人对村集体的事积极性不高，自从有了这个超市，积极性慢慢都高起来了，大家私下里互相比较，这星期你兑换了啥，我兑换了啥。如果谁家里吃的面、用的东西还是自己买来的，就会被人们嘲笑。以前我们扫雪，人们都是把自己屋子前的扫干净，叫各人自扫门前雪，现在一说扫雪，能出来几十号人，把雪一直扫到村子外边。所以如果下雪后你们来我们村子里，十分好找，没雪的那个村子就是我们村的，其他村子里都有雪……”

很少见到村干部能这样滔滔不绝讲话，一个二三十平方米的小铺，讲了足有半小时，平均下来几乎每一平方米都讲了一分多钟。他几乎把握准了农民的心理和人性的特点，我想这个做法不错。

看完扶贫超市，就到李希禄他们村子里去学习。我充满好奇，不知道李希禄这个村子的特点是什么？

天依旧很蓝，阳光灿烂。在北方萧瑟的冬天，这种蓝和阳光极容易让人想到阳光、沙滩、海浪、仙人掌。我们下来扶贫，几乎享受到一致的好处就是阳光、蓝天、白云和新鲜的空气，而且越是穷困的地方，自然环境差不多越是好。

中巴车在群山中间穿行，一路阳光。

到了李希禄他们村，一下车，就看到异常干净的街道，上面还有洒过水的痕迹，因为天气冷，水滴变成了细碎的冰块闪闪发光，街道上像铺满了银白色的硬币。

往前走是广场，李希禄领着我们在这儿停住。

广场中间的路面都用水泥硬化了，上面安置着一些黄色的、红色的、蓝色的体育器材，最显眼的是三棵绿色的松树，特别绿，路上见到的其他松树都是褐色的。东边是广场的入口，南边是几间漂亮的党员活动室，西边是一座颇有些年头的商店，屋檐上还有褪色的红五星，我想到孤城的戏台。北边是老百姓家屋子的后墙，上面写着一“溜”字，还有些彩色的图片，一群人在墙根下面下棋，旁边还有几个晒太阳的。

李希禄给我们介绍。

他说："大家现在来到的是岭头村，微电第一村，国家扶贫办在这里开过全国电商现场会。咱们站的地方是我们村的三棵树广场，是村里的脸。我们村每户人家都在做微商，接下来一小时时间自由参观，大家可以随意转转，到时还在这里集合。"说完之后，给每人发了一份岭头村简介，就让大家散了。

李希禄这样做，很让人意外，我心里却暗暗叫好。现在不断开会，到处参观学习，人们早听腻了各种长篇大论，大话套话，李希禄这么简短的开场白，简直令人耳目一新。村子特点说清楚了，详细介绍册子上有，接下来还可以深入了解。要是每次开会，十分钟或者五分钟就开完，那多好。

我没有追随大部队进党员活动室，而是朝北面有字的那面墙走去。远处看三个字三个字的，以为是《三字经》，走国学经典的路子，走到跟前，却发现不是《三字经》，而是三个字三个字写的一段话：岭头人、要注意，做生意、讲诚信，保质量、无发霉，定价格、要合理，接单子、及时寄……原来是村训，我想这倒是有意思。

读完这些字，去看旁边的图片，是以岭头村为原型拍摄的一部电影的海报。

看完海报，我认真读起李希禄刚才给我们发的村子简介：

岭头村深处太行山丘陵山区，交通不便，信息闭塞，村集体没有任何收入。总面积4平方公里，耕地面积1000亩，全村190户494人。2014年建档立卡贫困户52户157人……

我朝下棋的人瞄了瞄，有人喊："将！"

回头，乡里那些人正从党员活动室出来，又一起鱼贯进了那座有红五星的商店，他们都没有分开。

我看了看表，独自朝村子里面走去。

道路已经硬化到了每条巷子，我沿着硬币铺成的巷子往前走，看到牲口栏，两只黄牛在悠闲地吃草料，放草料的是个古石槽，上面雕刻着几朵牡丹，已经有了包浆。我想起在孤城拾到的那个石药臼，在这些偏远的地方，不知道藏了多少好东西。

旁边院子里传来咚咚的声音，像斧子在砍东西，这儿的普通老百姓在干啥？敲了敲门，进去。

这是个干净的小院，正对院门的是几间漆成绿色门窗的正房，正房前面是个花圃，里面有几株干了的美人蕉。左手边有几棵杨树，咚咚声就是从杨树那儿传来的。我的目光转过去，一个头发银白的老人正用背靠树。他看见我，马上用和年龄不相称的敏捷跑过来迎接我。

我自我介绍："我是县里组织来你们这儿参观学习的，听见您这儿有声音，就进来看看。"

"走，走，屋子里坐。"老人热情地领着我朝右手边的耳房走去。

"您贵姓？"

"郝。"

一进屋子，一股热气迎面扑来，小火炉火苗呼呼地响。火炉旁边是张单人床，上面铺着干净的蓝色格子床单。我对老人顿时有了好感。

我问："郝大爷，您一人住？"

"嗯，一个人。"

"多大了？"

"七十二。"老人边回答边拿起地上的暖壶给我倒水。

"好身体。"我朝他竖了竖拇指，问，"孩子们呢？"

"三个娃娃都在外面上班呢！"老人自豪地笑着回答，嘴抿不住，露出掉了几颗牙的嘴巴。

我说："郝大爷， 您真了不起，三个孩子都在外边。您做微商吗？"

"做。我这人比较重视娃娃们的教育。"大伯说着打开了里面的一扇门。

我探过头去看，屋子里有一个小货架、一台真空包装机，货架上摆着包装好的小米、黄豆、红枣等土特产。

"这都是您自己种的东西？"

"不，小米是，其他代别人卖。"

"您做微商多久了？"

"不久，精准扶贫后开始做的，我以前是个瓦匠。"

"瓦匠？"

"是啊，你们住哪儿？"大爷反问我。

"太行干部学院。"

"我猜就是那儿，那里的瓦就是我领人上的。"

我对老人更好奇了，询问起他的家世。

郝大爷不知道是一个人待久了太孤独，还是问到了令他自豪的地方，滔滔不绝讲开了：

“我三个娃娃，两儿子、一个闺女，从小挺争气，都爱学习。我这个人不好求人，为了多挣钱供养三个娃娃，啥苦也不怕。八十年代一让单干，我就出去干，上内蒙古，下河南，哪儿给的工钱高去哪儿干，有时一走就是两三个月，那时候闺女小，走的时间长了，回来她都认不出我。”

郝大爷讲到这儿时，我心里咯噔响了一下，我离家时间久了，乐乐会不会认不出我？

“干得多了，摸出些门道，就从村里拉了一帮人出去干。包头市许多房子的瓦都是我领人上的，至今在包头说起我老郝的瓦工队，还有很多人知道。挣下钱，我舍不得花，娃儿们上学费钱呀！我们一年吃肉的次数都能数得过来，过大年、八月十五、娃娃们过生日。每次吃，我和老伴儿只尝一口甜咸，剩下的都让娃娃们吃，他们长身体嘛！娃娃们小的时候不懂事，一见肉香得要死，兄妹三个抢。后来，老大懂事了，让我们一起吃，我们不吃，老大就不吃。再后来，三个家伙都懂事了，让着我们吃。”

郝大爷讲到这里，大概想到孩子们的孝顺，呵呵笑了几声，接着讲：

“慢慢攒了点儿钱，我就存银行的定期。常说男人是耙耙儿，女人是匣匣儿，我老伴儿也好，从来不乱花钱。那时银行利息高，存几年就能涨不少。我们不怕麻烦，只要够了一百就存进去。银行的人都认识我了，说我家的存款单恐怕是县里最多的。确实，刚开始只有一张，渐渐地越来越多。”

“这个抽屉，”郝大爷拉开真空包装机桌子上的抽屉，“最多的时候，装了半抽屉。每次回来，看见这些存款单，心里就踏实。慢慢地，村里有人在外边开矿，借钱，一分多的利息，还有人专门做担保。我就取出一部分，借给这些开矿的人，娃娃们考上大学之后，都要了回来。后来，有的铁矿赔了，借了人钱的人跑了，我要得早，没受损失。”

说到这里，郝大爷又笑了，能感觉到他骨子里的精明。

“老大从小爱专研东西，让他报了中科大；老二喜欢政治，”这是今天听第二个人谈政治了，“读了中国人民大学；老三是个女娃娃，我想女娃娃做个教师、医生都不错，让她报师大或医学院，可是老三喜欢金融，读了上海财经大学。因为攒了点儿钱，三个孩子读大学，我没有问人借过一分钱。我从小就教娃娃们不要麻烦人，不要去求人，把麻烦人、求人的心思用在自己身上，我就是这样做的。娃娃们听了我的话，这会儿都发展得不错。”

“您这教育方法不错，三个孩子都这么有出息，读了名牌大学。”我由衷地羡慕。

“孩子们比了，一个考出去了，读的好大学，下一个就也想考个好大学。”郝大爷说。

“你们家基因也不错。”

“呵呵！”郝大爷笑了一下，停住了，我想他大概想起了老伴，便转移话题，“为啥您一个人住，孩子们放心吗？”

“娃娃们孝顺得很，我老伴在的那会儿，三个娃娃轮流接我们去住，顺便帮他们带带孩子，挺好。可是，老伴没福气，得了胃癌走了，我一个人没心思在他们家住了，也不想给娃娃们添麻烦，就回了村。回了村总得找点儿事儿干吧，就又重新跟着瓦工队出去做营生。做了两年，娃娃们一直劝我不要干了，他们每年给我的钱，坐着也花不完。但我这个人不愿意坐在家里花娃娃们的钱，有人说基金保险挣钱，我就把钱都悄悄在银行里买了基金，继续出去做营生。没想到有一次盖房，一块砖掉下来砸在我腰上，当时就不能动了。我想这下麻烦了，不想给娃娃们添麻烦，可是万一瘫痪了怎么办？往了院一检查，腰椎间盘突出。歇了半年，不敢干瓦工了，我看见山上花挺多，开始学养蜂。养蜂不错，娃娃们同意，但不让多养。”

“您还养过蜂？”

郝大爷孩子似的羞涩地笑笑，“不让多养，我便不多养，看年份，只养一两箱，产下蜂蜜不卖，都分给娃娃们。后来，第一书记组织培训微商，我听了一次课，觉得挺好，便开始做这个。”

“那孩子们帮你推销？”我问。

“不用娃娃们帮忙，他们推销东西掉价，我自己来。咱们加个微信。”郝大爷说。

郝大爷往外拿手机的时候，手有些抖。

我说："您的手？"

郝大爷说："抖，有时戳几次也戳不准，我把手机字号放成最大号的。"

郝大爷打开微信，我发现他的微信好友竟然有两千多个，许多信息还没有来得及看。

我问："你一年能卖多少货？"

"一万多，"郝大爷说，"我的地不多，我是看着好玩，卖完自己的再帮别人卖。"

加上微信，一看时间差不多了，我告辞。出门的时候，郝大爷说："你们长坐办公室的累，腰肩容易疼，我教你个办法。"说着跑到杨树那儿，用劲把背往树上一靠，发出咚的声音。郝大爷说："在树上绑个东西，每天用背和肩靠一靠，很好。"

出了门，听见院子里传来咚咚的声音，我觉得这个老头好可爱，他的小屋大概是这个冬天我进过的最暖和的农家小屋。

回孤城的路上，大家都感慨这里的微商做得好。董乡长说："这里的微商全国也是做得好的，咱们下一步搞一村一品一主体，大家回去之后各自想想自己村要发展什么产业？"我想李希禄在岭头村搞得这么好，一定要多向他学习。

这时我的手机响了，一看是崔健民的，我心里一激灵，预感到好事来了。果然，崔健民说厅里马上要把项目款拨下去了，让我这几天多加注意。

终于能有钱打井了，我一阵轻松，马上又感到压上了另一副担子。想起岭头村那铺满硬币似的街道，盼望孤城也能早日用上自来水。

回到黄东县，董乡长说："今天咱们去迎香阁吃饭，不花公款，让刘跃进请客，交流交流经验再回乡里。"

来到迎香阁，刘跃进已经在门口候着，上次在这里给他写"孤城万仞"已经过去好长时间了。

留了一个大桌子，我坐在门口的位置，其他人各自找自己的位置，把主座留给董乡长。董乡长坐下后，指着旁边的位置说："这儿留个座儿。"我以为还有啥大人物来，菜上来之后，刘跃进进来，看了我一眼，坐在那个位置上。

"咱们这次学习经验，很有收获，大家回去要好好传达精神，转化成自己的东西。我还拍了许多照片，回去给大家发群里，保存下来好好学习。"董乡长说完之后，大家开始吃饭。

人们轮流给董乡长敬酒，纷纷表态说收获很大。我默默地吃着菜，想回去赶紧召集大家开会，商量打井的有关事宜。

九

一回孤城，刘蛆宝来找我，让我帮他起名字。

我问："你真的要换名字？"

刘蛆宝认真地说："跟上这个名字，一辈子翻不了身，新时代了，我要过新生活。"

我望着他光溜溜的脑袋，首先想到刘光明，马上否定了，太常见。

我说："你当时叫蛆宝是家里认为名字起得越贱，越好养，咱们现在反着来，选个尊贵的。"

什么尊贵呢？"龙""虎""帝""王""玉""玺""鼎"，想了半天，想不出一个适合他的名字。要是他是个小孩，名字还好取些，可他已经五十多岁了。

见我为难，刘蛆宝抓了抓脑袋说："我上次去县里，看见街上算卦的帮人起名字，就花了五十块钱让帮我起了一个，你看行吗？"

我感到有些好笑，问："起了个啥名字？"

刘蛆宝掏出一张折着的黄纸，打开看，上面写着"刘启明"三个字。

望着这五十块钱买来的三个字，首先觉得不值，又看了看，觉得挺适合刘蛆宝的。

刘蛆宝看我半天不吭声，问："是不是不好？"

我忽然释然了，谁都需要口饭吃，算卦的也一样。就像欢欢乐乐的名字不也挺平常吗？我的名字安欣也很平常。便说："不错。"

刘蛆宝说："那我找派出所的改去了。"

望着刘蛆宝穿着红色冲锋衣的背影，想起我们分衣服的时候，大家认为这件冲锋衣不错，可它的颜色太红了，要是没人要，很可惜。在农村里，男人们只有逢九年才在里面穿红背心、红内裤、红袜子，系红腰带，其他时间没人穿红衣服，况且是外衣。没想到刘蛆宝一眼就看中了这件衣服，正好大小也合身。当时他穿上这件衣服，周围的人还笑他像女人。

这个男人始终和村里别的人不一样，第一次见他时，黄色军裤搭着格子西服；一个人，家里收拾得比有女人的家都齐整；写毛笔字的时候，手始终保持那么干净，还认真读报纸上的每一行字。他始终坚持着什么东西，渴望着什么东西，差的是点儿机会。我希望他顺利改了名字，好好启明。

刘启明走后，我去找会计，告诉他打井的项目款将要到位，让款一到位就告诉我。同时通知所有村干部晚上开会，打井的事要好好议一议。

还没到开会的时间，要打井的事情已经传遍了全村，路上见到的每一个村民都问我："安书记，咱们要打井了？"望着他们掩饰不住的那种兴奋，我浑身充满了劲，我说："钱很快就到账了。"

回到学校，芙蓉她们都用惊奇的眼神望着我，每个人轮流问："安书记要打井了？"好像不亲自问一句，不放心似的。得到我的确认之后，她们眉眼上都洋溢着笑容，好像春天突然来了。

芙蓉说："安书记，你什么也不用干，光把井打好，解决了老百姓的吃水问题，就办了一件天大的好事。"

"改变了孤城的历史。"

"男人们好娶媳妇了。"

……

听着人们七嘴八舌的议论，我盼天快点儿黑下来，早早开会。

到了开会时间，没有一个人迟到。望着整整齐齐的一桌子人，我眼眶有些发湿，大家对这个集体还是在乎的，只要有希望。

刘跃进给大家发着烟说："有了水，村子里就活了。"

他说这句话的时候特别动感情，我看见好多人抹眼睛。

王金贵站起来说："安书记，我给你道个歉，你刚来的时候我们慢待你了，一心想着你没钱没项目来干啥，其实你一直为我们村里老百姓考虑。"

他这样一说，每个人都站了起来，朝我鞠躬。

我本来觉得来了孤城这几个主要当头的一直在抵制我，还和李希禄嘀咕过，现在他们这样一来，显得自己心眼小了，忙也站起来，慌乱地说："我也没做多少事，只是尽力罢了。"

刘跃进说："安书记你别谦虚，你做的事情我们都看在眼里了。"

毛虎说："是，安书记，我们一家感谢你。"

我忙制止住大家这样说，回到打井的事情上。

孤城其实以前打过井。一次是上个世纪五六十年代人民公社那会儿，村里吃大锅饭。县水利局的领着一队人勘探，后面跟着一群看热闹的大人和小孩儿。勘探完，人们簇拥着这些工人像凯旋的英雄奔向集体灶。油炸糕、大烩菜，日子每天像过年。找准地方后，打了两个月，连个水花也没有发现。一次是上个世纪八十年代中期刚开始第一轮扶贫那会儿，说是要集中解决群众"吃水难"问题，县里组织了专家队，听说还邀请了市里的专家，往每个村子跑，有几个村子里打出了水，可是孤城又钻了个大窟窿，还是没有水。到了2000年那会儿，来了个新县长，到任没一周，就跑到孤城调研，转了一圈，说要把孤城的吃水问题作为县里重要的民生问题抓，解决了吃水，开发文化旅游，恢复古虢国。那次省里、市里的专家都来过，很慎重，半年选了三个点，又论证了半年，县长突然调走了，事情不了了之。

我问："那三个点在哪里？"

刘跃进说："一个在村口大池子底下，其他两个一个在村东、一个在村西。"

"现在还能找到吗？"

村干部们开始回忆这两个地方，有的说在老坟那儿，有的说在裤裆地。这时毛虎说："我记得。当时正是六月，知道选了这几个地方后，我去看过。看的时候正好吃杏，在那儿扔了几个杏核，后来长起几棵杏树。"

"你这狗×的！"王金贵说。

我们议论了半天，决定还是请省里面一位专家好好勘探一下，把这三个地方都作为重点，等具体确定下来之后，明年开春一解冻就施工。

第二天一早，我叫上毛虎去看那几个点。

毛虎告诉我，他成了贫困户，妻子看病的钱一下能报销了，家里马上轻松许多。我说："下一学期，孩子的学费也可以减免了，会更轻松。"毛虎说："其实，咱不想当贫困户，可是没办法，家里开销大，只有我一个人挣钱，欠你的钱还得过段时间还。"

我说："用不着惦记，先把生活安排好。"

村东是自留地，远远就看到地边有棵孤零零的杏树。毛虎说："就是那儿。"

刚来孤城的时候，我注意过这棵树，因为路边就这么一棵，很奇怪它怎么能留下来。当时既不是杏花开花的时候，也不是结果的时候，只是觉得它郁郁葱葱挺漂亮的。现在站在这棵树下，想地边能长出这么一棵大树，大概和它下边水汽大有关系，心里的希望多了些。

看完这个点儿，我们去村子西头。村子西头是一片杂树林，梨树、枣树、榆树、槐树、杨树、柏树都有，不知道谁把这么多种类的树种在了一起，杏树就在这些树中间，有好几棵，里面的草比较茂密，平时看起来挺阴森，来的人不多。

毛虎指着一棵杏树说："就那棵下边。"

我问："你怎么这么确定？"

毛虎说："其他几棵树结的杏子都很涩，只有这棵很甜，村里知道的人都叫它甜杏树。"

毛虎的话刚落，一阵风刮过，树枝和野草摇晃着，发出呜咽的声音。我们钻进去，走在树林和草丛里面，好像也在摇晃。突然一只肥大的兔子从脚下蹿出来，唰地不见了。

毛虎说："就在这儿。"

我打量这棵树，感觉它黑黝黝的树干好像比周围的树的颜色深一些，把手放上去，树皮微微有些湿润，用指甲划了一下，里面露出白绿色的纤维。感觉这棵下边也很有可能。

然后我们又去了大池子那儿。大池子结冰了，结了冰的大池子看起来比平时白，白汪汪的冰像镶嵌在黄土里的一颗巨大的钻石，冰面上有个窟窿，汩汩地冒着寒气，就是人们凿开冰挑水的地方。

毛虎说："从前这儿是个水塘，到了夏天还有芦苇和鱼，不知道是雨水集下的，还是地下渗出来的。后来村里选地方做水池，这儿地势低，就选在这儿了，建了大池子。"

这个地方可能性应该最大，说不定下边有泉眼，但前两次为啥不在这儿打井呢？毛虎也不太清楚当年的事情。看来必须还得请专家来勘探。

和毛虎往回返的路上，在文化活动中心门口看到刘蛆宝。想到他改名字的事情，我喊："启明，启明。"

刘蛆宝没有听到似的继续往前走。毛虎怀疑地看着我，不知道我喊谁。我说："刘蛆宝昨天改名字去了，把蛆宝改成了启明。"

"这个狗×的！"毛虎笑了一下喊，"蛆宝。"

刘蛆宝转过身来，看见我们俩，脸上堆着笑容说："安书记，我正要去找你。"

"你不是改名字了吗？怎么叫启明不答应？"

"正因为这事找你。人家不给改！"

"为啥不给改？"

"派出所说他们没这个权力，要上级批，我哪知道这些呢？再说公安局我也不认识人。"刘蛆宝沮丧地说。他光脑袋缩在脖子里，说话的时候一动一动，我忽然想到他名字里的蛆，笑了。

“安书记你笑啥？”刘蛆宝又缩了一下脖子问。

我忍住笑说：“我给你查查，看改名字需要些啥？”

一看，真是复杂——要村里开证明，带上身份证和户口本到派出所填写申请报告，请管户籍的民警和所长签字，然后再到县户籍部门签字，公证，一大堆程序。

我对刘蛆宝说：“你先找会计开证明吧，开上证明我和你去办理。”

刘蛆宝一听乐了，双腿立正给我敬了个礼。动作很滑稽，有些像《警察与小偷》里陈佩斯扮演的假警察。

这时村里的另一个光棍刘二海走了过来，看见我们停住，咳咳了半天问：“安书记，明天有时间吗？”

他咳嗽不说话我就知道有事，村里许多人都这样，有事不敢直接说，先拖上半天。我问：“有什么事？”

刘二海有些羞涩地说：“我过生日想请你。”

我望了刘蛆宝一眼，一定是他告诉二海我给他过生日了。

刘蛆宝看到我看他，马上说：“我找会计开证明去。”

刘二海说：“毛主任、蛆宝哥，你们别走，明天一块儿去我家。”

毛虎说：“我家那情况，你也知道，得给老婆做饭。”

刘蛆宝看了看我说：“你请安书记，我才不去呢。”

自从上次给刘蛆宝过了生日，知道这些老光棍对过一次生日很看重，我对二海大大方方地说："我明天去。"

刘二海又望刘蛆宝。

刘蛆宝说："看我干什么？安书记已经答应你了。我去开证明。"他转身走了。

刘二海搓了搓手，给我打预防针，"安书记，我家里没人家蛆宝哥家干净。"

我说："明天中午我过去。"

刘二海说："明天见。"追刘蛆宝去了。追上刘蛆宝，说了句什么，刘蛆宝拍了拍他的屁股，刘二海还击了一下，刘蛆宝又拍了他一下，两人嘻嘻哈哈打闹着走远了。

望着这两个光棍，我想到村里其他光棍，包括支书王金贵。要是村里富裕了，他们可以找个女人好好过下半辈子。

刘蛆宝开好证明，我和他一起去乡里的派出所。坐在刘蛆宝的摩托车上，一出村子，刘蛆宝说："安书记，我的摩托车还从来没有带过女人呢！"我问："你怎么不找个做伴的？"刘蛆宝不吭声了。

因为楚知木的事情，和乡派出所的户警打过几回交道，他看见刘蛆宝和我来了，问："开上村里的证明了？"

"开上了。"刘蛆宝回答。

"请找我们所长签个字吧。"他望着我说。

所长还没来，我让刘蛆宝等着，我去乡里找书记和董乡长汇报打井的事情。刚进乡政府院子，刘蛆宝打来电话，说所长来了。乡办公室主任正好拿着手钳，嘴里嘟嘟囔囔地出来，电暖气又停了，他去修理。和他打了个招呼，我往派出所返。

领着刘蛆宝进了所长办公室，往日爱开玩笑的刘蛆宝缩着身子掏出烟给所长递。所长摆摆手问：“什么事？”我说：“这是我们村的刘蛆宝，想改名字，请您签个字。”所长翻了翻带来的户口本、身份证以及村里开的证明，说：“现在改名字挺麻烦的，改成啥？”“刘启明。”刘蛆宝低声说。所长签下自己的名字，说：“还得请局长签字。”我说：“谢谢！”带着刘蛆宝出来，找户籍警察盖了章，趁热打铁去公安局。

刘蛆宝骑上摩托车，大概没想到这么顺利，又开始说话了。他说他从小就恨这个名字，小时候和同学们一吵架，人家就说，你这只蛆！为这没少和人打过架。因为他这名字，从小学到初中，没被老师提问过几次，而且只要一提问，同学们就笑，老师虽然不笑，但强忍着不笑的样子，他感觉比笑都难受，他便不想学习了。他想过改名字，他爹不同意，说他这名字是他爷爷起的。上完初中，他说啥也不上高中了，受不了那种侮辱。

那时村里人对上学不大重视，孩子们能考上个学校好，考不上也无所谓，反正大多数人考不上，考上的毕业后也大多数又回村当老师了。他心高气傲，觉得回到村里不会比别人差。

没想到回村第二年，他爹病了，看了一年多，没看好，他娘又病了。为了给娘看病，他找所有的亲戚和村里的人借钱，到后来，把所有能借的人的钱都借遍了。冬天家里破了块玻璃，他想买块新的，就连几块钱也拿不出来。不好意思再找别人借钱，他去了乡里卖五金的店里，告诉人家尺寸，玻璃划好之后，他告诉人家先赊下，过几天给钱，人家把已经划好的玻璃收了起来，告诉他什么时候有钱什么时候来取玻璃，他心里那个绝望啊，恨不得得病的是他，扭头就走。回到家里，他找了块塑料布，把破窗户堵上，冬天的风刮得塑料布哗啦哗啦响，像人不停地哭，他嫌不吉利，撕掉塑料布，换成废纸板。废纸板不透光，娘在家里老说黑。他把废纸板撕掉，还没换上新东西，娘到村口树林里上吊了。

刘蛆宝讲到这里突然停下来，摩托正好走到一处山洼里，太阳被山头挡住，一阵阴冷。我缩了缩身子，揪紧刘蛆宝的衣服说："那种情况谁遇到都难受，不要老记着过去，往前看，抓住这次精准扶贫的机会，以后会好过的。"

刘蛆宝轰了几下油门，摩托车飞起来。几只野兔从山坡上跑过，眨眼间不见了，整个山路上只有我们两个人。我想起刘蛆宝那异常干净的家。

到了县城，公安局户籍科的说改名字得有分管副局长的签字。问到副局长的办公室，门锁着，再问人，说副局长在村里扶贫。我有些哭笑不得，按照扶贫干部驻村管理办法，这位副局长得每天待在村里，一个星期五天四夜，业务工作怎么处理呢？再说，挂职扶贫都规定要脱产，公安局的副局长能脱了产吗？

我提出质疑。

一个胖乎乎的人说："这我们没办法，派不出人来你们说我们公安局对扶贫工作不重视，派个副局长下去，又嫌办事儿不方便，都是我们没理，你打电话呀！”

我不知道他哪来的这股子气，问副局长的电话，他回答说不知道。一连找了几个人，包括户籍科的警察，都说不知道副局长的电话。我知道不能把领导的电话随便告诉陌生人，这是规矩，但没有电话，怎么联系呢？

一种无助的感觉顿时涌现出来，我想到老百姓常说的办事难。拿出手机，准备给张烨打个电话，她在省厅，给下边打个招呼，应该能把问题解决了。但刚拨完，马上后悔了，挂了电话。这么点儿小事，不找关系也办不成的话，扶贫有什么意义？我想看看凭我们两个，到底能不能把这件事办了。

理了理头绪，我问清楚副局长在哪个点扶贫，和刘蛆宝去找。刘蛆宝有些心虚了，他说：“安书记，要不咱以后再来吧？”我说：“啥时候来呢，驻村五天四夜，星期六、星期天不上班，能找到他吗？”刘蛆宝说：“要不我不改了，反正大半辈子也过来了。”我说：“咱找他是正常工作，不用怕。”

刚说完，张烨回过电话来，我没有接。

去副局长扶贫点的路上，刘蛆宝的摩托车开得吞吞吐吐，像没吃饱饭。

我知道他心里胆怯，让他停下，我来开。

赶到扶贫点的时候，副局长和村民们正在填表。我刚介绍完自己是省文化馆来的第一书记，副局长马上伸出胖乎乎的手握住我的说：“同志啊！孤城的安书记我知道，工作做得特别棒，建档立卡第一个完成，新农合保险任务第一个完成，听说还领上贫困户去大凉山做亲子鉴定。”

没想到他听说过我，我觉得刘蛆宝改名字这事好办了。果然，听他讲完，我说到这里找他是村里的人想改名字，我们按要求准备好材料，派出所签了字，去了公安局，公安局的同志说得他签字。

副局长听了我的话有些生气，摇摇头说：“告诉他们代签，告诉他们代签，只要符合条件就给人家办，还是怕承担责任，害得你们大老远来找我，回去我批评他们。”他翻了翻我们带来的资料，痛快地签了字，留我们在他们村吃饭，我赶忙拒绝。

一出这户人家院子，刘蛆宝说：“没想到这么顺利，这个副局长挺好说话的。”

我想好多部门给人留的印象不好，就是办事人员工作作风有问题。给张烨回电话，我说：“你们公安部门的领导还挺和蔼的。”张烨问我什么事，问清之后说：“我们啥时候凶过，凶都是对罪犯的，你们文化部门的才清高呢！你别忘了给我再搞点儿辣椒乳酱。”

张烨一提辣椒乳酱，我想成立辣椒乳酱合作社的时机到了。乡里通知报送一村一品一主体项目有几天了，村民们的积极性并不高，村里几个有实力的人不想参加合作社，他们愿意自己搞，或者他们几个联合搞，不愿吸收贫困户。一般老百姓怕折腾，不大相信好事能落到自己头上，只想过自己的日子。贫困户没实力，也缺乏长远考虑。我想把辣椒乳酱合作社报上，楚知木负责制作，让刘蛆宝，不，现在已经变成了刘启明，或者毛虎负责管理，对他们都是个机会。还可以通过李希禄，让岭头村的微商帮助销售。

越想越觉得可以，决定先去楚知木家看看，再和王金贵、刘跃进、刘启明、毛虎他们商量一下，村里哪些贫困户愿意加入，可以吸收进来，挑选辣椒，清洗辣椒，装瓶子，贴商标，都需要人手。

到了楚知木家，半下午他们家人围在炕上的被子里看电视。磊磊爸一看我，忙站起来，穿着条黑色的绒裤。

我说："半下午了，你们还围在炕上不起来，孩子们中午怎么吃的饭？"

楚知木吸着鼻涕说："太冷了，这几天出去也没个打工的地方。"

我看了看炉子，不知道是早上起来没有生着，还是灭了没有管。

望着楚知木鼻子上进进出出的鼻涕，想着将要成立的合作社，我有些担心她是否能胜任主要角色。走到院子里说："和你们商量个事情，赶紧起来。"

半晌，楚知木喊："安书记，进来吧。"

我进去后，他们都起来了，但衣服皱巴巴的，脸上还有口水印和眼屎。被子、褥子堆在一起乱糟糟的，楚知木穿的一只袜子露着脚后跟，屋子里弥漫着混浊的气味儿。她从大凉山带回来的那棵马缨花，插在一个破塑料桶里面，里面的土已经干得裂了口子。

我叹口气，把窗户打开说："现在你们做两件事，分开做，楚知木把被子叠好，磊磊爸把炉子生着。"

楚知木忙活了半天，说："叠好了。"我一看，叠得歪歪扭扭的，黑乎乎的被子角还露在外面。上去一把把它们摊开说："楚知木，跟着我叠。"

他们的被子不知道多少年没有拆洗了，捏在手里滑溜溜的，还散发着尿臊味儿和汗臭味儿，我忍住不舒服，教她怎么把被子叠整齐。

叠好一床后，磊磊爸把炉子生着了，屋子里有了辣眼睛的热气。他们小闺女嚷嚷肚子饿了。我决定索性把下午的时间都花在他们家，拿起扫帚帮他们扫地。

收拾到快天黑的时候，屋子里终于干净许多。舀了一瓢水，倒进插马缨花的那个塑料桶里。我对楚知木说："你要照顾好这棵花呀，它是你从大凉山带回来的。"楚知木傻笑了一下。

我接着问磊磊爸："这几天没有出去打工？"

"找不到干的，包工队、打零工的地方都放假了。"

我说："我来是给你们找活儿干的，我想在咱们村成立合作社，让楚知木做辣椒乳酱。"

"辣椒乳酱，没问题。"楚知木嘿嘿笑着很开心。

"我干啥？"磊磊爸点了根烟问。

“能干的活儿可多了。”

说完这句话，想起冬天村里许多人无事可干，无事干自然没收入，得想办法给他们找事情干。

出门前，叮嘱楚知木他们首先要注意自己和家里卫生，这几天没工打，先把家和自己收拾干净。

楚知木笑着问：“以后每天像这样叠被子？”

“不好吗？”我反问，“以后我每天来你们家检查一次，不光要叠被子，还要打扫家、洗衣服，把所有东西都弄干净，挣钱的机会就来了。”

从楚知木家出来，顺道去了刘启明家。

自从刘蛆宝改名为刘启明后，感觉和以前明显不一样。

刘启明在地上拢葱。剥葱皮，剪葱须，刘启明干得一丝不苟。铁皮炉子上坐着水壶，嗞嗞地响，炉盘上干干净净，没有一点儿灰。与磊磊家完全两个模样。

刘启明看到我，放下葱往起站，两块葱皮掉在地上，好像提醒我注意他家的地有多么干净，像有人用舌头舔过似的。

我问：“楚知木做的辣椒乳酱你吃过吗？”

刘启明摇了摇头，脸上露出古怪的笑容，显然是不相信楚知木做出的东西。

我说：“咱们村打算成立做辣椒乳酱的专业合作社，想让你、毛虎和楚知木合作，怎样？”

“她做的有人吃吗？”刘启明问，脸上露出不可思议的表情。

我苦笑了一下说："她人虽然邋遢，可是做出的辣椒乳酱味道好极了，我和学校的老师、家里人、朋友们，都吃过她做的辣椒乳酱，吃过后马上喜欢上这种东西，好像上了瘾。关键是，除了楚知木，以前谁也没这样做过，现在除了楚知木，谁也做不出那种味道。"

刘启明感兴趣了，他说："这么神，我得尝尝。"

"明天给你带一瓶来。你不是一直想要有个机会吗？你们要是合作，制作的制作，经营的经营，还可以再吸收几户贫困户，说不准能创造出个奇迹。"

"资金怎么解决呢？怕最少也得几万块吧，我手头没有钱，估计毛虎家和楚知木家也没有。"刘启明马上就说到了重点。

"看乡里能不能解决，不行的话，我找人凑些，再不行可以从银行小额贷款。咱们先试试，规模小点儿。"

刘启明说："感谢安书记信任，前几天看《人民日报》，上面说要大力支持贫困村发展主导产业，激发贫困户的内生动力呢！"

"你学得倒快！"

"嗯，从小爱看报纸，那会儿尤其爱看报上的致富信息，还试过不少呢。"

我想起练书法的时候，刘启明一行一行看报纸上的内容，我还说过他。我说："那就说定了。"

刘启明却吞吞吐吐地说："安书记，我觉得建立辣椒乳合作社挺好，你看咱们能不能再建立个布艺合作社，咱们村会做手工布艺的不少，你虽然组织大家做，但如果建立个合作社，上了正式轨道，效果肯定更好。”

以前没想过建立布艺合作社，主要是考虑这方面产业竞争激烈，不容易做大，刘启明一提，觉得也可以试试。

我说：“可以啊，只要大家愿意。”

“好，”刘启明说：“辣椒乳酱合作社我看让毛主任负责就可以，他这个人责任心强，有能力，也有威信，我去搞布艺合作社，可以吗？”

我突然想起刘启明以前说过，改了名字和女人们弄大礼包。不由朝他被垛上望去，那只蓝色的大老虎头朝着我，憨憨地在笑。

我说：“好吧，那你就给咱带头搞布艺合作社，辣椒乳酱合作社我和毛主任商量。”

出了刘启明家，我忍不住回头望了一下，他家的灯，明显比别人家的亮，不是他家的灯泡瓦数大，而是这个勤快的人把灯擦得比别人家的干净。

这回去毛虎家，头顶上月亮出来了，照得地上霜一样白，想起丈夫、欢欢和乐乐，我掏出手机。

丈夫接的电话，他要说什么，被欢欢捂住嘴，欢欢在电话那头大声说：“妈妈，爸爸领我们在外面吃肉。”说完就把电话挂了。我有些莫名其妙，不知道欢欢搞什么恶作剧，想起上次他们对我的生疏，有些不安。

走近毛虎家，他家里明显比刘启明家暗一些，想起他家里的情况，我叹口气。进去后，毛虎的老婆在炕上躺着，毛虎在看书，看见我忙站起来。

我开门见山告诉毛虎村里打算建立辣椒乳酱合作社，想让他负责。毛虎痛快地答应了，担心的事情和刘启明一样，怎么落实资金？我告诉他资金的事他别管，我落实，他负责经营管理就行。

毛虎说："安书记信任我，我愿意全力以赴，但咱们做辣椒乳酱，和别的地方生产的辣椒酱、腐乳酱相比，有什么特别的吗，产品竞争力在哪里？"

我说："楚知木会做辣椒乳酱，味道特别好，我们吃过的人都像上了瘾，而且市场上辣椒酱、腐乳酱很多，可没有辣椒乳酱，只要做出来应该不愁卖。"

毛虎说："安书记，我相信您，可是……"

我知道他对楚知木不放心，答应第二天给他带一瓶来。

第二天，想拿辣椒乳去给毛虎和刘启明尝，可是学校里没有了，只好去楚知木家找，顺便监督她家的卫生。怕去早了他们没起床难堪，等磊磊和弟弟来了学校，上完一节课，我才去他们家。路过小卖铺的时候，给他们买了一个花盆。

一进院子，我大喊楚知木的名字。屋内好像惊了一窝兔子，传来各种杂乱的声音。一股怒气冲上头，我想为了她家我这样费心，他们却不懂得珍惜机会。我大步向前，拉开门，任由它敞着。

混浊的气体夺门而出，我打了个喷嚏，大声喊："睡吧，睡死你们！"

楚知木提了个尿盆低头挤出来，发黄的液体散发着刺鼻的臊味儿。

"就这卫生，做上的东西谁吃！"我扭头就走。

磊磊爸冲出来，他上衣的扣子还没有系好，眼角有一堆眼屎，堆着那熟悉的笑容，往外掏烟。

我大声喊："我不吸烟！我不要你的烟！我只需要你不要这么懒，每天早早起床，把卫生搞好！"

磊磊爸愣在那儿，不知道怎么办好。楚知木倒完尿盆，垂着头说："今天还早呢。"

"还早？你们知不知道，磊磊和弟弟已经上完了一节课。他们早上吃饭没有？"

"没。"楚知木低下头，像小姑娘一样揉着自己的衣角。

我心软了，声调降下来，"我不是故意和你们家过不去，我是希望你们好起来，每天过这样的日子有啥盼头？我把楚知木从大凉山叫回来，答应让你们过上好日子，你们得听我的。"

磊磊爸和楚知木不住地点头。

我说："以后听我的，磊磊和弟弟起床你们就起，每天早上给他们把饭做好，孩子们正是长身体的时候，学习也费脑筋。除了做饭，你们每天把家收拾干净，咱们要做食品，不讲卫生谁买咱的产品？"

磊磊爸和楚知木狠劲儿点头。

我把花盆递给磊磊爸说："你把那棵马缨花移到这个花盆里，记得土干了要浇水。"

我和楚知木再一次把家收拾干净，对楚知木说："我要点儿辣椒乳酱。"

楚知木笑着说："吃完了。"

"吃完了去做啊。"

"没有辣椒和腐乳。"磊磊爸说。

我去小卖铺买了些辣椒和腐乳，又买了一袋儿馒头、两包挂面。看着楚知木做好辣椒乳酱，装了两小瓶。出门后，听见屋里传来抹着辣椒酱吃馒头的声音。

到了刘启明家，他听着小收音机绣个什么东西，已经提前进入角色，给他留了一瓶辣椒乳酱，又去了毛虎家。

毛虎笑嘻嘻地拿着辣椒乳酱说："这东西真有你说的那么好吃？"他拿起筷子夹了一点儿，放进嘴里，马上点起头来，又夹了一大口，然后吸溜着嘴说："我得就点什么，真是太过瘾了。"然后对炕上的老婆说："你尝尝，味道真是不错，没想到楚知木能做出这么好吃的东西。"

我说："你琢磨琢磨，需要多少钱，弄些啥设备，晚上召集大家开会研究。"

毛虎郑重其事地点了点头。

出了毛虎家，我心情畅快了，本来打算弄一个合作社，现在能弄两个，多好！

迎面碰上了会计，我问：“水利厅那笔钱到了没有？”

会计说：“没有。”

我说：“按说应该到了，从省里到县里，再下来，环节不少，但应该用不了多长时间呀！”

会计说：“一会儿我再去查查，昨天看还没到。”

我说：“一到马上就告诉我，咱们立即行动。”

通知了大家晚上开会，我又到刚出列的几户贫困户家看了看，如果他们愿意，两个合作社都可以选择。

快到中午时，我去小卖铺取上预订好的蛋糕，买了瓶酒，去刘二海家。

路上碰到几个村民，笑眯眯地问我：“安书记，今天给谁过生日？”

“刘二海。”我大方地回答。

那些人脸上露出羡慕的样子。我说：“以后村里凡是单身汉过生日，只要请，我就去。”那一刻忽然领悟到，帮助贫困户激发内生动力，不单单是物质上的帮扶，更要注意精神上的东西，比如尊严，过生日虽然是件小事，对他们可能比多挣几百块都重要。

十二点钟，我准时进了刘二海家院子。刘二海院子里居然洒了水，就像在李希禄那儿看到的那样。但李希禄那儿不缺水，孤城水少，都是从大池子里担回来的，人们用的时候珍惜，从来没见过在院子里洒水。我有些感动，又觉得有些可惜。

刘二海从屋子里迎出来，他穿着上次分到的呢子大衣。大衣有点儿长，他把袖子挽了起来，看起来里面还是空空荡荡。刘二海特意理了发，刮了脸，洗了澡，整个人像重新装修过。

我进了他的屋子，他紧张地说："我家不如蛆宝哥家干净，本来想刷一刷家，时间赶不上。"

刘二海家我以前来过，没有给我留下太深印象，感觉和其他人家差不多。这次来，一看就是认真收拾过，但是与刘启明家确实没法儿比，刘启明家的那种干净，就是在城里人家里也不多见，而且常年坚持才会成那种样子。

刘二海准备的菜是炖野兔、辣子白、花生米，标准的三个菜。他给我盛了满满一碗野兔肉说："安书记，野味儿稀罕，多吃点儿。"

我忙拨去大半碗说："吃不了这么多。"

刘二海说："我炖的兔肉和其他人不一样，多吃点儿。"又给我舀了半勺。

我以为刘二海又是一位奇人，能像楚知木做辣椒乳酱一样做出不一样的炖野兔。夹了一块儿，齁得要命。

刘二海问："绵不绵？"

我把肉咽进肚子里说："绵。"

刘二海说："我炖野兔，先用盐把野兔腌好，再炖，又绵又能入了味儿。"

我不忍心打断他的兴致，赶紧吃了几口米饭。尝别的菜，都很咸。

我问："二海，你喜欢吃咸？"

"我娘活的时候说过，盐是百味之王。那会儿我爹熬盐卤，我们家想吃多少盐就吃多少盐。"二海有些自豪地说。

刘二海喝了一杯酒问："安书记你见过熬盐卤吗？"

"盐卤是啥？"

"你们这个年龄的人没见过熬盐卤，那会儿村里有好几个熬盐卤的人呢。小时候记得我爹天一亮就推着平车出了门，哪儿有盐土，他一眼就能看出来。他们用小铲子把盐土刮簸箕里，再倒进平车里，半天能刮一平车。刮好盐土开始熬，我家那个大锅就是用来熬盐卤的。"刘二海指着旁边的耳房说。

"怎么熬呢？"

"把土放到锅里加上水熬，要一连熬几日几夜。我爹和我娘轮流看锅，我和两个姐姐也帮着看过。把刚出土的土豆煮到里面，那味道，现在再尝不到了。"刘二海咂了咂嘴，有些遗憾地说。

"可惜里面不能煮荤腥，一煮盐卤的味道就变了，要是煮只兔子不知道啥味道？"刘二海有些神往地想，"熬好之后接着淋，我家有九口淋锅，头锅、二锅、三锅。淋头锅的有五口，淋二锅的有三口，淋三锅的只有一口。"

"什么是淋锅？"

"嗯，就是生铁锅，熟铁的不行，在锅底下开个口子，把熬好的盐土放进去，卤水就慢慢渗下去了。头锅淋完，放到二锅里，二锅淋完，放三锅里，三锅淋出来的卤水，特别香，可以点暖气片，分离出的芒硝，可以做烟花爆竹，几百斤盐土，才可以熬几十斤卤水。那会儿县里暖气片厂的那个瞎采购经常来我们家买卤水，一斤卤水两块七，三十斤八十一，他开票的时候让开二百一。我们一家人忙几天，不如他来买一次挣得多，当共产党的干部真好！”

“瞎采购？”

“就是两只眼睛老眯着，瞎老一样。”

“那会儿我爹让我好好学习，长大后考个学校，毕业了当干部。可惜咱不是学习的料。烟花厂的也来买，烟花厂在外地，采购我们不认识，不知道他怎么打听到这儿的？”

“每次熬盐卤的时候，我们家好几天飘着香气。我每次都让爹在里面煮几颗土豆，那种土豆真香！”

“有一次，我爹和另外三个人一起去刮盐土。在一处旧宅基地旁边发现盐土，有个人一铲子刮出块白洋，其他人看见眼红了，都跑到他那块儿去刮，有的刮出了铜镜，有的刮出了制钱，还有的又刮出几块白洋，只有我爹运气不好，什么也没刮到。”

我问他：“那些制钱是哪个朝代的，铜镜上有什么花纹？”

刘二海说：“每个人刮出来都藏了起来，哪敢让别人看？我爹只知道别人刮出了东西。”

“我爹就是运气不好，”刘二海叹口气说，“我大姐出嫁那会儿，我娘病了，彩礼全给我娘看了病。我二姐出嫁那会儿，他又病了，二姐的彩礼给他看了病，也没活下个命。”

我怕刘二海喝醉，赶忙给他盛了一勺子饭，让他多吃点儿。想起刘启明，他也是父母先后病亡，这样的情况不知道孤城到底有多少？

刘二海说：“安书记，我没醉，你想不想看看我们家熬盐卤的锅和淋子。”

我感觉他已经有些喝高了，不想让他再喝，忙说：“领我去看看。”

刘二海摇摇晃晃站起来指着几口瓮说：“以前我们家瓮里放的都是盐，想吃多少吃多少！”

我问：“家里老人得了什么病，是不是和吃多了盐有关？”

“盐？吃多盐能得病？谁不知道盐是好东西，吃上有力气。”刘二海打开耳房的门。

紧挨着门口有一口直径大约两米的大锅，已经生了锈。刘二海拉着灯，墙角一溜儿摆着九口小一些的锅，果然每一个锅底都有几个窟窿，从左到右，越往里走，窟窿越小。

刘二海说：“那会儿，这口锅熬，那几口淋，整个屋子都是盐卤的香气。我们吃着土豆看着锅，那滴出来的卤水都是钱。后来我爹没了，还给我留下几瓮盐，吃了几十年，我还没吃完……”

刘二海一个趔趄，差点儿摔倒，我忙扶他起来。

刘二海把嘴凑到我耳边小声说：“安书记我告诉你个秘

密，我们这儿许多人家里有宝贝，人们锄地、盖房都有可能挖出东西。咱们村房子最好的那个，你看到了吧，他锄地锄出个金蛤蟆，卖了二十万，回来就盖了五间瓦房。有的人挖厕所，挖出了金银板，一半是金子，一半是银子。有的人挖地基挖出了瓮，瓮里面装的全都是白洋和制钱。还有挖出铜马车的。所以，咱们村穷，咱们村没水，可是好多人不愿意离开咱们村，大伙儿都在想，万一哪天运气好，说不准一锄头下去一辈子就不用动了。"

我想起史料上记载的这里原来是虢国的领地。

问二海："你家有宝贝吗？"

二海的目光躲闪了一下说："我没有，有的话还用打光棍吗？"

他刚说完，有人喊着："二海，二海。"

进来后，是个女人领着小孩儿，她进来说："今天你生日。"

孩子喊："舅舅。"

女人看见我立马张大嘴愣住了。

看到她的样子，我有些好笑，但换成我也一定惊讶。

刘二海看到他姐姐这样，忙说："大姐，这是我们村的第一书记，省城来的安书记。"

女人上下打量我。

我说："刘二海今天过生日。"

女人进来之后，看到桌子上的菜，又是一愣。

我说：“都是二海做的。”给孩子夹了块兔肉。

吃饭中间，女人不停打量我，还问我的年龄，家里有些啥人？我有些不自然，觉得她可能想到一边去了。正好张队长给我打来电话，合作社的事情得和他商量，我忙告辞。

刘二海看见我接了个电话要走，有些紧张，问：“安书记，菜不好吃？”

我说：“不是菜不好吃，是晚上开会，研究合作社的事情，我得先去和张队长做些准备工作，你愿意加入的话，也可以考虑。”

“再怎么忙，也得吃完饭吧？”刘二海大姐说。

我说：“吃饱了。你得告诉二海，以后别吃这么咸，容易得高血压、糖尿病。”

出了屋子，刘二海出来送我，担心地问：“不是因为我姐吧？”

我说：“别多想，赶紧回去陪你姐吃饭吧，记得合作社的事情。”

晚上开会，研究合作社项目，人们积极性不高，以前隔段时间上面都有些扶持项目，基本都被关系户承包了，轮不到一般人，时间长了，人们绝了念想。

我提出毛虎、楚知木的辣椒乳酱合作社和刘启明的布艺合作社，大家嘻嘻哈哈的，根本就不看好。王金贵说：“蛆宝这家伙聪明，弄个布艺合作社，能不能挣了钱靠其后，不缺女人了。”

讨论了半天，人们没啥意见，一致通过。

正要宣布会议散会时，刘跃进突然说："安书记，我也想报一个。"

"你报什么项目？"刘跃进事先完全没有沟通过，我有些意外。其他人也好奇地望着他。

"我想报个农家乐，咱们村有水之后，我觉得开发餐饮不错，土特产加野味，还可以推销楚知木的辣椒乳酱。"

大家一听哈哈笑了，说："刘主任报差不多，说不定乡里会支持。"都通过。

孤城终于要有产业了。出了会议室，望着满天的星星，我深深吸了一口清冽的空气。

回学校半路上，丈夫打来电话，我一接，是乐乐，她哭着说："妈妈你不爱我了，忘记我的生日。"

我一拍脑袋，今天是乐乐的生日，光记着给刘二海过生日，居然把她的生日忘记了。难怪昨晚欢欢把我打过去的电话挂了，大概是想让今天给乐乐个惊喜，可是我忘了。

我忙给乐乐道歉："妈妈不是故意忘记的，村里的事情太多。"边道歉，边想着合作社的事情，心不在焉，被乐乐听出来了。她哭喊着嚷："就是故意的！"欢欢在旁边跟着煽风点火："妈妈你是故意的！刚才给你打电话也打不通，乐乐等了你一白天，你都记不起来！"

我想起刚才开会时，手机调成静音了。正想解释，手机电也没了。

回了学校，那位问我认识不认识教育厅的女老师正在给家里打电话，不知道什么原因，和丈夫吵了起来。我刚要劝她几句，她已经挂了电话，呆呆坐了会儿，眼角流出泪水。我心里不是滋味，不知道该怎么劝她。

十

周五回家时，带了三鞋盒鸡蛋，天气越来越冷，鸡下的蛋越来越少。

张队长送我坐大巴时，真诚地说："安书记，我发现你真是个好干部，虽然是省城里来的，却没有一点儿架子，是真想把孤城搞好，把老百姓带富，光凭每次回家带这么多鸡蛋，别人就做不到，我这本地干部也比不上你。"

张队长的夸赞让我很不好意思，我来孤城时想的根本不是这些，也许是我性格里认真的因素，想把这件事情做好，还有家庭出身的原因，对老百姓有种亲近感。

坐在大巴上，一路想着回去给乐乐买件什么样的礼物，孩子的心怎么也不能伤了，明天带她去商场，让她亲自挑。

回到家里，欢欢和乐乐坐在沙发上看动画片，丈夫玩着手机。家里暖气热，丈夫脱得只剩下里边的秋衣秋裤，欢欢和乐乐却穿着厚毛衣，脸蛋热得通红。沙发上到处扔着乱七八糟的零食——蛋糕、棒棒糖、锅巴、巧克力、干脆面、薯片。

我问："吃饭了吗？"

没人回答我。

乐乐看见我只带了几鞋盒鸡蛋，没给她带生日礼物，眼圈一红，嘴一瘪，眼泪跟着掉下来。

我说："宝贝别哭，孤城没啥可买的东西，想要什么明天妈妈带你去商场里买。"

乐乐的泪却越来越多，"不，不，妈妈不爱我！"哭着一把把茶几上的食品摊到了地上，一只我喜欢的手绘青花茶杯被带到地上，打碎了。

看着家里乱七八糟的样子，我想起楚知木的家，想起楚知木的小闺女没吃的误食药品，我突然异常烦躁，拎上东西就往门外走，边走边恨恨地说："哭，就知道哭！妈妈回来连句累不累、吃没吃了饭的话都没有，就想着你们自己。"

我拉开门的一刹那，欢欢跑过来惊恐地抱住我的腿喊："妈妈，你不要走。"

乐乐似乎明白发生了什么事，摇摇晃晃跑过来说："乐乐不要了，妈妈别走。"

丈夫放下手机，不解地望着我，仿佛不明白我为什么生这么大的气。

我看到他这样子更生气了，但心疼孩子，把欢欢和乐乐抱起来，两个孩子瘦了，乐乐原来是双下巴，现在只剩下一个尖尖的下巴，大眼睛咕噜噜的，惶恐地望着我；欢欢抱起来轻飘飘的。

我说："妈妈对不起你们，现在咱们就出去买。"

"你都不看看现在几点了？"丈夫不过来哄我，也不哄孩子，冷嘲热讽地立在一旁说。

我看了看表，还不到八点，说："八点还不到。"

丈夫不吭声了，低下头继续玩手机。

我愤怒了，丈夫以前从来不是这个样子。我说："欢欢、乐乐，穿衣服，咱们走。"

"我不要了。"乐乐惊慌地摇头。

欢欢揪着我的衣服，"妈妈，咱们别出去了。"

我压住火气，柔声对他们俩说："妈妈不生气了，咱们出去给乐乐买礼物，过生日。"

乐乐打望我的脸，看见我好像不生气了，才小心翼翼地说："妈妈，生日已经过了！"

我说："咱们今天再过一次。"

丈夫这时抬起头来，"生日还要重复过？跟李自成过大年似的。"

"懒得理你。"我回了一句，拉上欢欢乐乐，给他们穿好衣服出了门。

打了个出租车，我让司机去城里最好的商城万达。蓝色的不规则玻璃大楼和璀璨的霓虹灯映入眼帘时，欢欢有些惊喜地说：“爸爸那天带我们来过这里！”领着欢欢乐乐进了商场，我问道：“乐乐，你想要个什么礼物？”没等乐乐回答，欢欢就抢着说：“给妹妹买个独角兽吧，那天她看到人家别的小朋友拿着独角兽就想让爸爸买，爸爸没给她买。”“爸爸为啥没给她买？”“爸爸说女孩儿玩布娃娃比较好。”“独角兽！妈，我要独角兽！”我带着孩子们在礼品店挑了一只最大的独角兽，它脑袋大大的，眼睛眯成一条缝，脾气很好的样子。鹅黄色的绒毛，系着粉色的蝴蝶结，看起来特别萌，乐乐把它抱在怀里，独角兽比她都大，我不由想起刘启明家的那只蓝色老虎。一问价钱，居然要二百八十九元，这么贵！在我印象中，布艺产品成本很低，一个也就几十块，没想到这么贵。但看到乐乐欢喜的样子，我把它买下来了。

买下独角兽后，我说：“欢欢乐乐，你们吃饭没有？今天妈妈请你们吃大餐！”乐乐说：“没。”欢欢却不吭声，一副不开心的样子。我问他：“欢欢，你怎么了？”欢欢眼睛一红，流下泪来。我说：“欢欢？”欢欢的泪扑簌扑簌往下掉。我一拍脑袋，光顾着给乐乐买礼物，没想到欢欢，于是又回到刚才那家礼品店，让欢欢挑件自己喜欢的玩具。欢欢拿起一个变形金刚，我一付钱，他笑了。

我说：“欢欢乐乐，你们不是想尝尝寿司吗？妈妈领你们去吃日本料理。”带着他们走进阿信寿司店，欢欢说：“乐乐生日那天爸爸领着我们来过这里，就坐在那儿。”欢欢用手指了指。我看见那张桌子上没有人，说：“咱们今天还坐在那儿。”

坐下之后，我问欢欢乐乐想吃什么，他们俩指着餐单上的图片说：“这个，这个。”给他们点好之后，我点了一份鳗鱼饭。饭上来之后，欢欢说：“妈妈，爸爸那天还给你点了份焦糖布丁，放在家里冰箱了，等你回来吃。”我扑哧笑了，“你爸还给留了份布丁？”“嗯，爸爸说你喜欢吃甜的。那天他还说：‘要是你妈妈在多好，咱们一家四口人热热闹闹。’”过去和丈夫谈恋爱时，我们两人喜欢去些开在犄角旮旯里的小店，每次吃寿司，我都要点布丁。我说：“咱们把你爸爸叫来好不好？”“好！好！”欢欢乐乐齐声说，“爸爸也没吃饭呢！”

丈夫来了，他从门口进来的时候，我看见他的背有些微微驼，走近来，头顶上居然有了几根白发。我顿时内疚起来，自从下了乡，家里的事情都留给丈夫了，他也不容易，我不该生他的气，我往里面挪了挪，把旁边的位置给丈夫留出来。

我们一家四口正吃得开心时，电话响了，是张队长打来的，他不安而又焦虑地说：“安书记，听说打井的项目款下来了，在县脱贫攻坚领导组那儿卡住了，不光咱们村的，其他村的也都是。”

我一听急了，忙问张队长怎么回事？

张队长说：“听说下午县里开会研究了，脱贫攻坚领导组成立了个什么领导小组，要把所有到县里的资金统一调配使用。”

“什么？”我一听就急了，“这钱是咱们从水利厅自己争取来的，专门给孤城打井用的，怎么能被统一调配呢？”

“这消息还没有最后确认，”张队长忧心忡忡地说，“我只是听人说的，要不咱们等等看，星期一估计结果就出来了，这事儿不光涉及咱们一个村。”

我让张队长继续打探情况，有了消息及时告诉我。挂了电话，丈夫和欢欢乐乐看见我脸色不大好，都停止了吃东西，焦虑地望着我。丈夫问：“是不是村里有事情？”不想让他们担心，我摇了摇头，脑袋嗡嗡直响。但接下来，我没有心思吃饭了，我一没心思吃饭，丈夫和欢欢乐乐也没情绪了。

上车的时候，欢欢乐乐拿着刚给他们买的玩具走在前面，丈夫捏了捏我的手说：“手粗了，爱惜自己！有啥事和家里说。”我嗯了一声，把头靠在丈夫肩膀上。欢欢回过头来说：“爸爸，妈妈，快！”看见我们这样，赶忙扭过头去。我从丈夫肩头上起来，望见一架飞机从头顶上飞过，尾翼灯一闪一闪的。赶忙去追两个孩子。

星期一走的时候，丈夫一手帮我拎着鞋盒子，一手牵着我，我们许久没有这样牵着手走路了，丈夫的手热乎乎的，比以前有力了许多。他一直坐办公室，以前我开玩笑说他的手比我的都纤细，这段时间也粗糙了。走到路口，丈夫不说话，眼睛亮晶晶地盯着我，车来的时候，他忽然用劲抱了抱我。

到了乡政府，我直接找到张队长。我问："有没有新的情况？"张队长说："书记、乡长现在都在县里开会，不知道是不是宣布这件事？"我们只好耐心地等着，中间电锅炉又停了，人们纷纷咒骂。

好不容易等到书记、乡长回来，我想去打听一下消息，办公室主任招呼大家进会议室开会，又是强调驻村纪律，参会的人们交头接耳。

忽然董乡长说："上周各村已经报回了一村一品一主体项目，经过乡党委、政府研究，确定了咱们乡扶持的重点企业，下面由我来宣布。"会议室里立刻安静了。

……

宣布到我们村的时候，我看见张队长、王金贵、刘跃进都有些紧张，我想报了三个合作社，最起码会扶持一个吧。

"孤城的农家乐！"

董乡长念完这个，去念别的村的项目了。刘跃进缩了缩身子，仿佛不想引起人们注意。我想怎么会是农家乐呢，为什么不是辣椒乳酱和布艺？辣椒乳酱随时可以生产，布艺已经做了一段时间了，刘跃进的农家乐八字还没一撇，打井的项目款不知道啥时候能到位？我脑袋嗡嗡作响。

董乡长宣布完这件事情，会议就结束了，关于项目资金统一调配使用的事情没有讲。

在我心里，孤城报上的三个项目，排名第一的是辣椒乳酱，第二是布艺，第三才是刘跃进临时报的农家乐，想到毛虎、楚知木、刘启明那失望的目光，我不知道怎么回村里，决定找董乡长说说。

一出会议室，张队长叫住了我："安书记！"

我说："我去找董乡长，问问合作社的事情。"

张队长说："我也去，这叫扶持吗？还不如一个也不给咱们。"

董乡长的司机正在发动车，我和张队长进了董乡长办公室，董乡长已经穿上大衣，看来中午不在灶上吃饭，司机进来帮他拿走了桌上的皮包。我直接问："董乡长，怎么我们村的辣椒乳合作社没有列进扶持项目？"

董乡长笑了笑回答："这事一个人定不了，是班子研究确定的，你们那个楚知木，"他用手指了指脑袋说，"这儿有问题，我们要对国家的资金负责，这次扶持，多则十万，少的也有五万，怎么能把这么多资金投到她那儿呢？"

我说："咱们一村一品一主体是脱贫攻坚项目吧，我们的辣椒乳酱合作社吸收的都是贫困户，楚知木只是负责制作。陶碧华您知道吧？做老干妈的那个陶碧华，她能把辣椒酱卖到全世界，一年交税五个多亿，解决两千多人的就业。楚知木做的辣椒乳酱人们从来没有做过，口感特别好，一定有市场。再说，楚知木只是负责制作，我们辣椒乳酱合作社的负责人是毛虎，很有威信和能力，还是村委副主任。你们为什么不扶持这样的产业？还有我们的布艺合作社，产品既有特点，可参与的人又多。"

董乡长说："安书记，辣椒乳酱、布艺咱们明年考虑，农家乐不也是你们报上来的吗？"

"农家乐！农家乐是我们的项目太少，临时报上来凑数的，我们希望支持的是辣椒乳酱和布艺，这两个产业有前途。"

"安书记，你怎么能这样说呢，扶持哪个我们是经过认真研究的。"

看着董乡长打官腔，张队长说："董乡长，你们真觉得在孤城那么偏远的地方办个农家乐效益会好？您也知道，我们村连水的问题都解决不了，怎么办农家乐？即使办上，谁来呢？"

董乡长被张队长问住了，拿起手机说："我接个电话。"

看见董乡长要溜，我急忙问："董乡长，是不是县里成立了扶贫资金项目统筹领导小组，把水利厅拨给我们村的项目款卡住了。"

董乡长没有吭声。

他不吭声，我知道肯定是真的，这下更急了，大声说："董乡长，当初争取这项目款，您也知道，咱们乡里出过力。孤城要脱贫，解决水是关键问题，水也是脱贫考核的一项硬指标，我已经告诉老百姓项目款到位了，大家都眼巴巴望着呢！"

董乡长咽了口唾沫，不自然地说："县里怕项目款下去各村乱花了，才统筹使用，集中起来办大事。"

“什么叫大事？老百姓的民生才是大事，孤城的吃水问题是大事！”我顿时情绪失控，大喊大嚷起来。

许多干部听见我的喊叫，过来看热闹。

张队长拉了拉我的衣角，让我冷静些。他说：“董乡长，脱贫攻坚孤城最大的问题就是人饮解困问题，安书记争取这个项目款太不容易了，您可得帮我们向县里反映，把这笔款给我们拨下来啊。”

董乡长看见围过来的人越来越多，赶忙说：“安书记、张队长，你们别着急，孤城的吃水问题确实是大事，乡里还有几例，我们集中向县里反映，专款确实应该专用。”

我一听他这打官腔的口气急了，问道：“什么时候反映？我们村计划开春解冻后就打井，这几天请工程师勘探就得花钱！”

董乡长笑了笑说：“安书记你太急，啥事也得有个过程，咱们不能今天反映一个，明天反映一个，那人家县里烦死了。哪个村的钱也急着用啊，都是贫困村。”

周围的干部们大概有些知道统筹资金的事情，纷纷嚷嚷：“董乡长帮我们反映反映，村里要点儿钱太不容易了。”

董乡长打着哈哈说：“一定，一定，下午还要开个会。”挤出人群走了。

人们喊：“找书记，找书记。”

“书记已经走了，饭也没吃。”有人喊。

望着院子里闹哄哄的人群，我心里又烦又乱，走出乡政府。张队长跟上来说："安书记，快一点钟了，咱们先吃点饭吧。"我说："你吃吧，我不饿。"张队长恨恨地说："刘跃进这狗×的，肯定做了工作。扶贫扶贫，扶的应该是贫困户，扶啥刘跃进，狗往粪堆上拉。"

我咬咬牙说："咱们的合作社还得办！"

"怎么办？准备入社的那些人都没资金。"张队长说。

"辣椒乳酱你吃过吧？"我问。

"吃过。"

"好不好吃？"

"好吃。"张队长被我问得莫名其妙。

我说："好吃就好。"

我马上拨通张烨的电话，张烨大概吃了饭正在午休，接起电话迷迷糊糊的。我说："张烨，在睡觉？"张晔说："还没睡着，有事？"我说："我想用笔钱，你手头方便吗？""需要多少，干什么用？"张烨问。我说："我们村准备成立个辣椒乳酱合作社，资金不够，想从你那儿借点儿。""好啊，辣椒乳酱合作社肯定能行，借多少？"我忽然有了个新想法，试探着问："张烨，假如让你入股，一起办这个合作社，你愿意吗？"张烨问："谁经营，怎么管理？"我把先前的打算和刚发生的事一五一十都告诉了张烨。

张烨说："这水平的董乡长！安欣，我支持你，要不咱们一起弄，你入多少？"我计算了一下手头的钱，回答说："我只有三万。"张烨说："那我入五万，微信转给你。"几分钟后，张烨把五万元转到我手机上，面对张烨无条件的信任，我的心情变好了，觉得辣椒乳合作社一定能成功。这时张队长在旁边说："安书记，我入一万。"

回到孤城后，芙蓉她们知道我们采取入股的形式开发辣椒乳酱，她说："我入五千。"其他几个老师有入三千的，有入两千的。天黑之前，总共凑了十万元钱。

我和张队长把这十万元钱取出来，召集打算加入合作社的所有成员开会。众人到了之后，看到桌子上这么多钱都兴奋起来，他们所有人大概都没有一下子见过这么多钱，有人伸出手去一张一张捻这些钞票，有人抱起这些钱说："我看看有多重？"看着这些闪着亮光的兴奋的眼睛，我想他们要是以后每个人家里能有这么一堆钱就好了。

毛虎把今天乡里开会的事告诉大家，然后说："乡里没给咱们一分钱，这些钱都是安书记凑来的，大家一定要争口气，用好这些钱，吃再大的苦也不能亏了这些钱，搞出个样子给那些瞧不起咱们的人看看。"

众人马上答应，大声说："咱们都好好干。"

楚知木吸着鼻子说："这么多钱，肯定能挣了钱。"

张队长说："楚知木，就看你的了，以后不能流鼻涕啊。"

楚知木掏出张纸擦了擦鼻子说："家里凉，热了就不流了。"

人们哈哈大笑。

毛虎说："安书记，你找来这么多钱，我们也多少入点儿吧？"

我说："你们的情况我知道，你们不用出钱，好好干就行，合作社能不能搞好，全看你们的了。"

我们商量出钱的和出力的各占一半股份，每个人都是股东，看将来贡献大小，确定每个人所占的股份比例。先采购原料，租厂房，买几口锅和炉子，等有了盈利后，逐步解决其他设备问题。

辣椒乳酱合作社的事情确定下来之后，第二天，我叫上张队长与刘启明商议布艺合作社的事情。

上冻之后，为了方便，我把做手工的女人们集中到了文化活动室，除去星期二和星期四下午练习书法，其他时间她们都可以来。

我们到了文化活动室，有几个女人正在忙活着。做了一段时间，桌子上、柜子上已经摆了一溜儿布老虎、布枕头、千层底布鞋、绣花鞋垫……这些琳琅满目的工艺品真是好看，工做得细不说，而且各有特点，有的非常逼真，摆在那里像真的一样；有的加了作者的想象，就像佛教传入中国以来，佛教塑像的变化，有些个人的烙印；有的很夸张，比如老虎，除了黄色的，还有蓝色的、红色的，胡子不仅长在老虎嘴上，也长在背上、肚子上，猛一看有些古怪，却由不得你再想看一眼；有的干脆把老虎的腿做得特别细特别长，简直就是蚊子腿，背上却牛一样驮着个水桶。不知道她们为什么会把老虎做成这样，都是农村妇女，没有一人受过美术训练，好多人去过最远的地方就是县城。

因为好奇，我问："你们为啥把老虎做成这样？"

有人腼腆地回答："好玩！安书记，是不是不能做成这样？"

有的人担心地问："我们做成这样，和真的不一样，是不是把你提供的布料浪费了？"

我摇摇头说："工艺品哪有个定规呢，按你们心里想的那样去做。"

刘启明说："好玩就行，工艺品讲究的就是创意，越好玩越好卖，以后你们尽可以放开做。"

我选了几个最有意思的产品，用手机拍了照片，发在自己的微信朋友圈。

从文化活动室出来，我对刘启明说："你大概也知道了，咱们的布艺合作社没列入乡里的扶持项目，都得靠自己了。"我算了算自己剩下来的活动经费，"我只能再给你提供五千块了。"

刘启明说："安书记，你信任我就放心交给我吧，咱们这个合作社和其他合作社不一样，不需要垫多少钱，最起码前期不需要，大家待在自己家就可以做，在文化活动室也可以做，工钱先可以计件儿算，我家里还有点儿积蓄，拿出来够顶一段时间了，以后有了规模再说。"

我说："这样最好。刚才那些产品你看怎样？"

“当然不错，下一步可以鼓励大家再放开手，产品越有特点越好，你刚才拍照片选的那几个不是因为它们有特点吗？”

我嗯了一声，佩服刘启明的观察力，说：“我在资金上帮不了你大忙，但可以帮你其他两个忙，一是可以协调咱们的产品在我们文化馆的非物质文化遗产展览厅展示，还可以请我同学帮咱们宣传，他也在村里当第一书记，他们村微商搞得特别好，可以让他们帮着推销咱们的产品。”

刘启明一听，拍了拍光脑袋说：“安书记，这就是对我最大的支持，这些我们有钱也办不了。”

看他这么有信心，我的信心也足了，拿起手机来就给王馆长打电话，告诉他布艺产品已经做好一批，我的微信里发出一部分，请他看看，合适的话，这周我带回去一些，在非遗展厅展示。

王馆长回答，尽管带回来好了，问需要多少平方米的展台？

刘启明听见我们馆长答应得这么痛快，高兴地不停地抓他的光头。我一鼓作气，又给李希禄打电话，告诉他村里要办布艺合作社，做出一批产品，让他看我的微信朋友圈。

挂了电话，刘启明说：“安书记，这就是你们的资源，这种资源我们村里人再努力也不可能有，怪不得中央让你们下来扶贫！”

我打开微信，看自己的朋友圈，打了两个电话的时间，已经有几十个点赞和留言的。有人说真好看。有人直接问多少钱？有人傻乎乎地问是不是非洲的？王馆长也给点了赞，还是手工点赞，望着巨大的红色拇指，我像看到了火炬。

过了会儿，李希禄打来电话，他说："安欣，做得不错呀，你设计的？"

我说："我们村的人自己做的，你看你们那儿能帮忙卖吗？"

"没问题。这么有意思的玩意儿喜欢的人一定很多，你们定好价钱。"

两件事情都这么顺利，我说："刘启明，接下来就看你的了。"想起昨天董乡长对这两个项目的蔑视，我想应该给他点儿颜色瞧瞧，让他看看村里离了他们的扶持行不行？我说："咱们叫上张队长和毛虎商量商量，尽快搞个剪彩仪式，让合作社正规运行。"

说干就干，四个人一商量，索性明天就搞剪彩仪式，反正资金、技术、人员都是自己的，不用看别人脸色，早点儿搞了，早点儿开工。

我说："我给董乡长打电话，请他来剪彩。"

张队长和毛虎、刘启明乐呵呵地看着我。

打通电话，我说："董乡长，我们村的辣椒乳酱合作社和布艺合作社明天上午十点正式启动，想请您出席并剪彩。"

董乡长一听我的电话愣住了，半晌才问："你们哪儿来的资金呢？"

我说："我们自己想的办法，大家对这两个项目都很有信心，积极性很高，已经完全解决了，明天上午剪完彩，就正式开工。”

董乡长哼哧了半天说：“我明天上午要下乡，派分管一村一品一主体的马副乡长去吧。”

挂了电话，我说：“董乡长不好意思来，派马副乡长来。”

大家一听哈哈大笑。

时间定下来，准备分头行动。张队长说：“安书记，咱们的合作社得起个名字吧？”他一提议，大家都觉得应该好好起个名字。上次乡里开会，董乡长宣布扶持的那些合作社大都是以负责人名字命名的——刘跃进农家乐、二蛋养殖场；也有以村命名的；个别的起了名字，却一看都是随意取的——希望合作社、新土地合作社。

毛虎、刘启明分别给自己的合作社想了几个名字，都不大合适。我和张队长也琢磨，却想不出个合适的。于是决定分头去想，先准备明天的会。

回到学校，打开朋友圈看了看，又多了几十个点赞和留言的，尤其是那些老虎，有几位朋友说好。刘启明家里的那只蓝色大老虎，如果把它发到朋友圈，喜欢的人肯定更多。县志里提到的虢国。布艺产品叫“虢国”，我脑海里冒出这个名字。一推敲，还真不错，念起来上口，还给人种威风和神秘感。

到了下午，我们又碰头，大家分工的工作都准备得差不多了。

毛虎说："我们已经选好场地了，村子南边有座旧院，离大池子不远，主人家几年前搬到城里去了，房子和院墙都完整，地方也不小，我们和人家联系了一下，不愿意卖，但一说村里的贫困户想办个合作社没地方，就作了个价，三万块，咱们没钱，答应先给人家一万，剩下两万明年给。"

毛虎说完，刘启明说："我把咱们现在做好的布艺产品数了数，一共四十九件，这些产品的料是安书记带来的钱买的，有的用的工多，有的用的工少，品种也不一样。我把这些产品分了分类，除了品种，还根据做工、创意分出一二三等，参照淘宝上的商品我给定了个价钱。最常见的谁也会做的那类是三等品，像布老虎，淘宝上最热卖的16.8元，我定价16.5元，咱们刚开始做，价格便宜些更有竞争力，我不想每样东西价钱都带个八或者九，俗！我打算把每样产品的价格尾数都定在五或者五以下，有32.4元、20.2元、10.4元……定完之后，发觉这样简单搞搞，就把我们的产品从所有的其他产品中区分了出来。二等品，瞄准家庭条件好些的城里人，控制在一百元以下。"

刘启明一说，我想起给乐乐买的那只独角兽，小三百元。

刘启明继续说："一等品，我想把它当作艺术品，这玩意儿不是谁想做就能做出来的，价格一定要定高，定高人们才会觉得它值钱，才会把它当回事，喜欢它的人们，一定愿意出这个价钱，而且一等品咱们只做限量版，以后给人家设计的人申请专利，谁做出来的产品上面绣上人家的名字，就像瓷器里官窑的东西，还要编上号，每个不超过一百件。"

刘启明说完，张队长和毛虎统统鼓掌。我佩服刘启明的创意，暗暗想要努力为能做出一等品的人争取非物质文化遗产继承人。接着刘启明的话，我说：“我给布艺合作社想了个名字，大家看合适不合适？”刘启明催我快说。我说：“琥国。”

说完，大家沉思了一会儿，都说挺好。毛虎说：“安书记，给我们合作社也想个名字，我们还没想好。”张队长大声说：“也叫琥国啊！”他一说，大家都觉得可以，“琥国布艺”“琥国辣椒乳酱”，以后孤城再有其他合作社、其他产品，都可以用“琥国”这个牌子，说不定还能越做越大，成为品牌呢！

星期三上午十点钟，学校课间操活动时间，琥国辣椒乳酱合作社、琥国布艺合作社正式成立。为了记住这个特殊的时刻，我们特意把剪彩仪式安排在戏台上。董乡长没有来，来了分管扶贫的马副乡长。许多村民听到消息，赶过来看热闹。学校没有安排课间操，学生们一下课就拥到戏台下，磊磊和几个调皮的孩子爬上戏台，磊磊望着他妈妈一个劲儿地笑，爱笑的楚知木反而不笑了，绷着脸看起来有些紧张。

剪刀落下的一刹那，加入合作社的社员们一起欢呼，台下的老师、学生和村里来看热闹的也大声欢呼。那一刻，呼呼的西北风停止了，和煦的阳光照在人们身上，时间好像不动了，耳中只是人们的喝彩声和热烈的鼓掌声。

马副乡长讲话，他说孤城一下成立两个合作社，老百姓这么拥护，积极性这么高，一定能做大。今天这两个合作社在戏台上成立，有特殊意义，历史一定会记住！

接下来许多事情需要办理，办营业执照，注册商标，刻公章，银行开户，辣椒乳酱合作社还得改建生产场所，采购辣椒、腐乳等生产材料；布艺合作社要明确做什么样的产品，补充布料，好多事情需要做。

我让毛虎和刘启明带领大家一起干。我和张队长去找乡里打问水利款的事情，经历过乡里扶持合作社的事情，我们再也不敢等了。

我们到了乡政府，冷冷清清的。以往也是这样，每次星期一上午开会的时候人多得放不下，一开完会，下乡的下乡，进城去定点文印室弄资料的弄资料，乡政府就只剩下没几个人了，整个星期二、三、四、五，乡里都没有几个人。

董乡长见了我们主动说："上午在县里开了个会，没顾上参加你们合作社的剪彩，派马副乡长去了，马副乡长说大家劲头很足呢！"

董乡长昨天说他上午要下乡，我没有拆穿他，接着他的话说："加入这两个合作社的人都是些真正需要帮助的人，长期以来一直差机会，现在好不容易有个机会，大家都想抓住。"

董乡长尴尬地笑了笑说："安书记、张队长，这次有些对不起，跃进主任为村里干了一辈子，不容易。他开饭店有经验，农家乐应该也能办好。到时大厨、面案、帮工、服务员能用不少人，都让他用贫困户，用的肉啦、菜啦、豆腐啦、粉条啦，都用村里的。辣椒乳合作社，咱们明年也一定支持。”

张队长说：“谢谢董乡长，合作社我们已经自己成立，现在大家都盯着打井的事，没有井恐怕刘跃进的农家乐也没办法开。”

董乡长给我们每人倒了杯水说：“县里会研究的，解决村里的水电路网问题是脱贫攻坚的一项基础工作，吃水问题没人敢忽视。”

我说：“肯定没人敢忽视，但啥时候解决，先解决哪儿的不一样，孤城开春就准备动工，万一被他们整合到别处，就泡汤了。”

“就是，”张队长接着说，“我们村现在干啥积极性都挺高，趁着大伙儿有热情，把打井项目款拨下来，开春打上井，发展生产，发展经济的基础都有了，不是符合中央的政策吗？”

董乡长手一摊，“我们也着急，可这事乡里做不了主啊，我们一定帮你们反映。”

我说：“您还没有向县里反映？”

“正准备反映。再等等，不光是你们一个村着急，把情况汇总了一起反映。”

出了乡政府，太阳快落山了，天空上飘着一大块一大块阴云，每次太阳光被云挡住，就感觉天黑了。

我对张队长说：“我预感到乡里不会专门向县里反映情况，下乡几个月，发现乡领导们第一想的是自己的升迁，县里把资金统筹回去肯定有他们的想法，乡领导不会为了村里老百姓的利益去和县里争。下星期，如果再没有消息，我去县里找相关领导。”张队长说：“要去一起去，孤城不解决吃水问题，扶贫有啥意义？”

回到村里面，我们先去党员活动室看了看，一群女人在看画册。我好奇她们看什么，她们七嘴八舌说刘启明让她们看中外世界名画，从里面寻找灵感。我想这个刘启明，问他人呢？她们告诉我，刘启明办营业执照去了。张队长说：“这么麻利，要是县领导办事也这么有效率就好了。”

我们又去辣椒乳酱合作社。

远远就看见一大群人在那个院子里进进出出，走近了看见足有三四十号人在收拾院子，每个合作社社员家能来的人都来了。有人在拔草，有人在扫院子，有人在倒垃圾，每个人都干得热火朝天。树上挂着许多外套，墙头上也是。屋子里挤满了人，毛虎领着人在拆炕。

磊磊爸推着平车跑过来，看见我和张队长，笑着加快了步伐。

天黑下来后，拉灯灯不亮，原来是屋子里长久没人住，电线被老鼠啃了。有人自告奋勇去接电线，好几个人用手机手电筒给大家照明，剩下的人继续在忙活。电线接好后，灯亮的一刹那，人们高兴得大叫，好几个人跳了起来，仿佛第一次见到电。修好线路的人又要把灯接到院子里，我说明天吧，他说有活儿今天干了踏实。很快院子里安了个五百瓦的灯泡，变得亮堂堂的。

时间不早了，这座好久没人住的院子里还人声鼎沸，大家兴奋地说着笑着干着活儿，忘记了自己家的事，忘记了冬天的寒冷。孩子们放了学，写完作业大人还没有回去，他们找到这儿来，更热闹了。

我劝了大家好几次，人们还不想回，我只好独自回学校。走在路上，整个村子已经黑乎乎的，只有那块地方亮着明亮的灯火，好像还能听到人们的声音。

第二天一早，我去场地看，有个人在院子里晃悠，原来是毛虎。

他说："安书记，大家干劲这么足，咱们的合作社一定能干好！"

我一看，整个院子焕然一新，该收拾的地方都收拾了，就连旱厕都盖上了几块木板。屋子里亮堂堂的，几盘炕拆了，拆了的地方已经打扫干净，连块砖头渣子也找不到，墙还被细细刷过，不要的东西都被搬走了，屋子变得又大又敞亮。

我问毛虎人们啥时候走的？

毛虎说："刚走。"

我问："你还没睡觉？"

"上午准备采购东西去。"

望着毛虎的两只黑眼圈，我很感动。一晚上，这里就变了个样，人们老讲深圳速度，他们来孤城看看山区速度！

十一

县里统筹扶贫项目款的事村里人渐渐知道，不断有人问我："安书记，听说咱们村的打井项目款被县里截留了，万一下不来怎么办？"一听这话我就生气，我告诉他们，"井咱们一定能打成，钱都要下来了，还办不成事？县里没有统一下拨资金是暂时的，上面肯定会考虑咱们村，即使统筹资金，肯定也是先考虑最困难的村子，哪个地方的吃水问题比咱们村的更大呢？"我这样一回答，问的人心里踏实了，他们说："安书记，全看你了。"

其间，刘跃进悄悄问我："安书记，你看水利款这事有几成把握？"我说：

“你的农家乐乡里都支持了，急什么？问董乡长呀！”刘跃进尴尬地笑笑，“这事董乡长办不了，盼县里公平些。”我心里恨恨地想，你这时也盼公平了。

等待的过程让人绝望，我给崔健民打电话，告诉他项目款已经到县里了，可是被截留了，说要统一调配。崔健民说，这笔钱注明了是给孤城的项目款，不够的话，县里应该再配套一些，截留肯定不合适，水利项目每年有专项督查，但让我多注意，不要被县里变相使用了。

挂了崔健民的电话，我又给李希禄打，我恨不得把所有能想到的关系都动用起来。我说：“你帮我们报上去的项目款下来了，可是被县里截留住，要统一调配。你能不能再打个招呼，把我们的钱调配到我们这儿。”李希禄说：“你打听一下统筹领导组哪位领导负责，如果是我朋友负责，绝对没问题；如果别人负责，恐怕他不太好插手。”

一经打听，资金领导组的组长就是分管扶贫工作的程副县长，不是李希禄的同学，我暗暗觉得项目款的落实只能靠我们自己了。

星期五我提前了半天回家，把寄到省城的布艺产品摆到了非遗展厅。上周因为乐乐生日的事闹矛盾，这周我一进门，欢欢和乐乐就跑过来，每人手里捧着一个包装好的礼品袋。

丈夫笑呵呵地让我打开。

原来是两只仿真皮手套，是欢欢乐乐每人拿出十块钱的零花钱，给我买的。左手套上贴着一只小猪佩奇贴画，上面写着："妈妈，欢欢爱你。"右手套上贴着一张有红嘴印的胶带纸，上面用拼音写着："lèlè。"我试了试，大小正合适，但舍不得戴它们，赶忙摘下来，放在沙发上。抱起两个宝贝，他们每人在我脸上狠狠亲了一口，我紧紧搂住他们，发誓以后再也不对孩子们发脾气了。

星期六，我们一起睡了个懒觉。吃过早饭，丈夫带上孩子们去非遗展厅参观。一进展厅，就看见"琥国"两个醒目的大字，我们的布艺品占了好长一溜儿展台，有几个人围着那些产品议论。

欢欢指着展台说："那只老虎是蓝色的！"

乐乐说："还有只红色的。"

然后两人又围着一只蚊子腿的老虎争论起来。欢欢说："这只老虎好奇怪呀。"乐乐说："这不是老虎，是蚊子。"欢欢说："蚊子能有这么大的头，头上还有王字？"乐乐说："可老虎没这么细的腿呀，夏天咬我的蚊子就是这样的。"欢欢说："吹牛，这么大的蚊子咬你早把你的血吸干了。"乐乐不高兴了，对我说："哥哥说我吹牛，蚊子就是这么细的腿。"

参观完非遗展厅，我们又去了博物院。两个孩子对博物院的展览不感兴趣，催着要赶紧出去。出来后，欢欢想喝饮料。欢欢一要，乐乐也要。买了两杯奶茶，还没喝完，兄妹两个被不远处的地质博物馆门口的恐龙雕塑吸引住了，要进里面看大恐龙。进了地质博物馆，欢欢和乐乐都被恐龙化石迷住了，两个人议论起霸王龙和翼龙哪个厉害。听着他们的议论，我回想起自己学生时代逃自习课看科幻片《侏罗纪公园》，假如那时候能来这儿看看展览多好。

孤城的孩子们，基本上都没有到外边的地方玩过，最远的地方大概就是县城。我想找个周末或者长假，租几辆大巴，把这些孩子带到省城，让他们看看博物馆、图书馆、文化馆、大剧院，让他们在公园里划一划船，让他们看一场3D电影……有过这样经历的孩子和没有过这样经历的孩子肯定不一样。

离开地质博物馆时，我买了几只恐龙布偶。欢欢一只，乐乐一只，剩下的准备送给孤城小学。

星期天，约了张烨、崔健民、李希禄，下周见程副县长我要提前做好准备。

有段时间没见崔健民，他好像又胖了，李希禄看起来却多了些沧桑，我把村里的情况和他们说了一遍，让他们帮我分析分析这件事怎么处理合适。

李希禄分析，县里为了监管、利用好扶贫资金，成立脱贫攻坚资金领导小组，完全没有问题。比较大的项目不大可能完全不管，但可能为了另一个项目，挤压这个项目的资金。具体怎么监管，确定项目之后，直接把钱打到村里账户，让自己实施，还是钱在领导组小组账户上，从这儿支，两个概念。工程队、材料，谁来定，也很关键。

崔健民说："这里面情况比较复杂，即使项目定了你们孤城，肯定要招标，多少钱中标，谁也说不上来。一个工程结结实实把项目款都用进去和三不折二用进去，完全两个效果。给你们的钱，如果完全投入的话，解决吃水绝对没问题，我们实施了许多这样的工程。”

他们说得我一愣一愣的，我只想到怎么让项目落地，根本没想到更多的。我对崔健民说：“帮我留意个好的工程师，下星期请他来勘探。”

“现在是不是有点儿早？”崔健民小心翼翼地提醒。

“不早，我们定了明年开春一解冻就开工。”我把村里的计划说出来。

“万一那个钱，”崔健民苦笑着说，“我是说万一有问题，怎么处理呢？”

“没事儿，出了问题我负责，既然你们水利厅把这笔钱给了孤城，哪儿卡住我去哪儿要，谁负责我去找谁。”

大概是我的口气太决绝，崔健民、李希禄、张烨从来没见过我这样说话，都吃惊地看着我。

我看见气氛不对，喝了口水，对崔健民、张烨说：“你们没在下边待过不知道，李希禄清楚，这些贫困村的老百姓太苦了，这次好不容易争取来这笔款，假如解决不了村里的吃水问题，这辈子我也会不安。”

李希禄点点头说：“安欣的心情我理解，我们也不是多么高尚，但咱们这种人一在那种环境中，就由不得想真正做点儿事情，否则把老人、孩子留在家里，自己跑那么远，付出这么大的牺牲，下去干什么？不过，咱也别总往不好处想，现在脱贫攻坚工作紧锣密鼓，上上下下抓得很紧，说不准人家县里已经把孤城纳入计划，还额外给多配套点儿资金呢。”接着他说：“安欣，你那些布艺产品真不错，我们村的人放到微店，打听的不少呢。”

张烨说：“我喜欢那只蓝色老虎，它有真正的王者风范，看起来既高贵，又亲切。”

“那些辣椒乳酱太好吃了，我们也可以帮你们卖。”李希禄热情地说。

崔健民说：“是，安欣你给我的那些辣椒乳酱，我都吃完了，我孩子还问哪里能买到。”

商量了半天，三位同学都认为我应该再等等看，看县里下一步怎么行动。分手时，我叮嘱崔健民一定帮我找个好工程师。

到了乡里面，第一件事依旧是参加乡里的例会。下乡之前，以为村里会开会少一些，没想到这段时间比我以前上了那么多年班开的会都多。会议依旧是强调脱贫攻坚工作的重要性。

会一开完，我和张队长就去找董乡长。董乡长办公室有几个人，正笑眯眯地聊着什么，看见我们进来，那几个人和董乡长打了个招呼告辞了，地上摆着几个装礼品的纸盒。

董乡长说：“安书记、张队长，坐，我给你们倒水。”

我说：“董乡长，我们不坐也不喝水，来了就是问一下乡里给县里反映没有？”

董乡长用脚把那几个礼品盒往一起踢了踢回答："这几天事情太多，没顾上去县里汇报，但我认真琢磨了，这件事情急也没用，涉及全县所有的项目款，县里一定会慎重处理。"

董乡长的声音在屋子里显得空荡荡的，屋子后面的电锅炉发动机用力嘶吼着，像一只拉着重车的牛。

我耐着性子说："我们相信县里肯定会慎重处理，但孤城情况比较特殊，没有水"，我突然想到正准备生产的辣椒乳酱，"群众的健康不能保证，我们的辣椒乳酱质量也无法保证。"

董乡长没有回答我的问题，而是转过话题问："安书记，你今年多大，哪一年出生的？"

我愣了一下回答："1989年生的，三十一了。"

董乡长说："哦，刚三十出头，怪不得！安书记，我感觉你工作积极性很高，可是有些冒进，你看从项目款这件事来看，黄城乡这么多村子，许多村子都面临这个问题，大家都不急，只有你急得不行。"

我听了心里有些恼火，大声地说："我们孤城村特殊！"

"特殊？"董乡长笑了笑，"每个人都觉得自己村子特殊，安书记，咱们作为领导干部要有大局意识。"

董乡长这样打官腔，我愤怒了，但没有等我发作，张队长便笑嘻嘻地说："我们知道领导们时间宝贵，知道县里迟早会研究，但给我们安排任务时，要求一星期五天四夜住在村里，他们黑天半夜下大雪星期天还来查岗，项目款这种大家都关注的事情，怎么不立即研究呢？”

张队长的话像把软锥子，刺得董乡长半天说不出话来。我们离开他的办公室时，董乡长说：“你们还年轻！”

张队长对我说：“现在只剩下两种办法了，一种是等，人家啥时候把款给咱们拨下来，咱们啥时候行动；一种是——”

张队长话还没说完，我就说：“咱们找程副县长去。”

我们到了县政府，张队长说：“政府办在三楼。”去了三楼，政府办公室坐着一个精瘦的男人正在掏耳朵。我敲了敲门问：“请问程副县长在不在？”“不在。”男人停顿了一下，回答完继续掏耳朵。我问：“那您知道程副县长在哪个办公室吗？”“不知道！”

一来就碰了个钉子。我看见楼道里有个穿蓝西服的男人拿着一份材料正从一个办公室出来，上前拦住他小声说：“请问程副县长在哪个办公室？”他怔了一下，自言自语道：“上访的？”没等我回答，说：“从东往西数，南面第二个办公室。”说完急匆匆进了另一间办公室。

我和张队长去敲门，敲了几声，没人应，估计里面没有人。我们往外走的时候，办公室那个掏耳朵的人幸灾乐祸地说：“告诉你们不在，还不相信。”

在楼道里等了会儿，人们进进出出办事，程副县长那个门始终没有开。我说：“咱们应该看看电视，看看程副县长长啥样子，否则从咱们面前走过也认不出来。”张队长说：“程副县长我认识，去我们单位调研过。安书记你想看他的样子，我从网上找找。”很快，张队长给我找出程副县长一张检查扶贫工作的新闻照片，照片里程副县长梳着三七分的分头，脸蛋胖乎乎的，上面都是油，穿着深蓝色的西服，伸着一只手，正在指点着什么。我瞄了几眼，看见他伸出的手指上有几颗褐色的老年斑。

等到下午四点多，那个掏耳朵的人上卫生间，路过我们说：“别等了，程副县长现在没来就不会来了。”我瞧了瞧张队长，不知道他说的话是真的，还是假的，刚才他给我们的印象太差劲了。

这个人从卫生间返回来，看见我们还在楼道里，把头扭到一边说：“糗愣，不听人劝，吃亏在眼前。”我们俩面面相觑，又等了几分钟，决定明天再来。

回孤城路上，李希禄打来电话，“安欣，你们那只蚊子腿的老虎被人买走了，按标价五百三十二元，开门红啊！”第一个卖了的居然是刘启明定位的一等品，我有些激动，脑子里盘算这只老虎连工带料顶多一百元成本，可以赚四百多元啊！赶忙打电话告诉刘启明。

回到孤城，辣椒乳酱合作社正准备投产。我一看到楚知木，简直笑喷了，她穿着厨师们穿的那种白大褂，歪戴着一顶白帽子，戴着白口罩，整个人从上到下干干净净，走近了还能闻到雪花膏的香味。原来上午毛虎让人领着她到县城专门洗了个澡，给她买了这身衣服，芙蓉给了她一瓶抹脸油。

几天时间，毛虎他们买回了锅，买了十麻袋辣椒、十箱子腐乳，还有食盐、胡麻油和其他调料、工具。营业执照交了申请，需要等几天。商标也正在注册。毛虎打算边生产边办理，反正一开始不可能铺到超市里去。

楚知木穿上这身衣服，像上阵前披挂好铠甲的将军，被众人们拥簇着来到大锅前。她往锅里倒了一小盆油，自言自语道："还没有一次做过这么多呢！"油开之后，往里倒辣椒，很快人们就闻到辣椒的香味儿，楚知木往外捞辣椒，最后几勺，辣椒炸过了头，煳了。楚知木摇摇头，把这几勺辣椒倒在一边。人群里传来惋惜的声音。

毛虎说："别急，慢慢来，楚知木能做好的。"说完眼巴巴地盯着楚知木。

楚知木深深吸了口气，拉下口罩，这次倒了两勺油，油热后，倒辣椒，捞辣椒，放调料，拌腐乳，房间里飘出我们熟悉的香味儿。

楚知木松了口气，把做好的辣椒乳酱传到身后去。毛虎迫不及待地尝了一口，兴奋地说："对，就是这个味道。"毛虎身后的人着急地接过这只碗，尝起来。毛虎说："楚知木，不要急，咱慢慢来。"

楚知木两勺油两勺油地做了好几碗，然后加成三勺油、四勺油，慢慢往大加量。

身后不知道谁拿来一盆馒头，还提了两壶开水。

吃过一口辣椒乳酱的人们，几乎没人停下来，就着馒头接着吃第二口。

越来越多的村里人听到消息、闻到香味儿，赶了过来，一吃，都赞不绝口。

后来，不光家里站满人，院子里挤满人，巷子里也站了许多人，每个人手里拿着馒头，就着辣椒乳酱吃。

这么多人不在吃饭时间，吃同一样东西！我拍了几个小视频，发到微信朋友圈。很快有人问我人们吃的是什么东西？我回答说琥国辣椒乳酱。视频不断被转发，后来上了今日头条和新浪热搜，总点击率很快上了十万人次。

那天，楚知木累得最后都拿不动铲子了。

孤城整个村子飘荡着辣椒乳酱的香味儿，这种又辣又糯的香味儿使冬天好像暖和了起来。村里每个人都兴奋地谈论着这种食物，许多人回了家自己买上辣椒和腐乳去做，却做不出楚知木这种味道。

那天晚上，我被成功的喜悦包围着，睡不着觉。布艺和辣椒乳酱开端都这么好，一定要加紧把打井的事落实下来。

第二天一早，我和张队长约好，去找程副县长。我们不到八点钟就到了政府办楼道，政府办公室刚开门，一个年轻小伙子在打扫卫生，打扫完卫生给领导们办公室打开水。我看见他开了程副县长的门，赶忙过去问："程副县长今天来不来？"他说："不知道。"

我们继续等着，过了会儿，昨天那个掏耳朵的人来了，看见我们就说："找领导就早点来，领导们早上一安排完工作，下乡的下乡，调研的调研，下午哪能找到。"

又等了不久，果然看见昨天手机上看到的那个胖乎乎的穿蓝色西服的人来了，他后面跟着几个人，边走边说话。张队长捅捅我说："程副县长来了。"这几个人从我们面前走过的时候，正说着话，我们只好跟在后面。程副县长打开办公室，那几个人一起跟进去，我和张队长在外面等着。

里面的人一出来，我们赶忙进去。程副县长刚坐到办公椅上，看见我们，皱了下眉头问："有事？"

我赶紧说："程副县长我们耽误您几分钟时间。我是黄城乡孤城村第一书记安欣，这是我们村的驻村工作队张队长。我们从省水利厅争取到一笔打井的资金，听说县里成立了资金整合领导小组要统筹使用，是不是真的？"

程副县长点了点头问："你们听谁说的？"

我说："大家都知道了，我想问一下我们争取来的资金多久能落实到我们村？"

程副县长从办公椅上站起来，两只手伸到裤腰里面撑了撑裤子，没有回答我的问题，而是继续问："你是从哪个单位派下来的？"

"省文化馆。"不知道怎么一说完这几个字，我有些心虚。

果然，程副县长说："这事儿用不着你们考虑，先落实哪个项目，哪个项目落实多少资金，得领导小组研究决定，决定后会进行公示。"说着，程副县长把手从裤腰里抽出来，拿起铅笔在桌子上的文件上划了一下。

我顿时感到程副县长和我们之间好像隔着一条天堑。

这时张队长说："程副县长，我是咱们县果业局的，这段时间到孤城任驻村工作队队长，发现孤城没有井实在不行，我们安书记好不容易争取来一笔资金，希望早些拨给我们。"

我接着张队长的话说："程副县长，我们村刚成立了两个合作社，势头都挺好，一个是生产辣椒乳酱的，没有水不行啊！"我拿出手机，让程副县长看我拍的视频。

程副县长没看我的视频，有些不耐烦地说："不是告诉你们了，这事儿谁都定不下来，得领导小组开会研究。"

听他说开会，我的头马上大了，我说："程副县长，您事情多，我们不应该直接来找您，可是我们好不容易争取到的资金留到您这儿来了，现在省水利厅的工程师已经在村里勘探，全村几百号人指望这点钱打出井呢！"

"胡闹！谁让你们请工程师的？"程副县长有些生气，"资金用到哪儿还没有研究决定，你们凭什么随便请人？大家都像你们这样县里不就乱套了。"

"程副县长，咱们现在是脱贫攻坚，孤城的老百姓穷主要原因是缺水，缺了几十年，大家都不抱希望了。所以我们才想办法争取项目，想办法请省里的专家，想早日解决这个问题。这不符合咱们的政策吗？"

"你们这是逼宫啊，"程副县长哈哈笑起来，"回去找你们董乡长去，一级一级往上报，凡事得讲究个规矩，要是全县每个村的人都直接来找我，还办不办公了？"程副县长说完话又把手插到裤腰里。

出了程副县长办公室的门，张队长说："不知道这样找顶不顶事，他会不会故意卡咱们呢？"

我说："一次不行就找两次，咱们天天找，两人不行领上全村的老百姓找，他毕竟是共产党的干部。"

话音刚落，董乡长打来电话，他问："安书记，你是不是到程副县长办公室去了？"

我说："是呀，刚出来，我去要我们打井的项目款。"

"你呀你，现在来乡里吧，咱们商量商量。"

"好！"我郑重其事地回答，冲张队长点了点头。

我们到了乡政府，乡政府院子里冷冷清清的，只有那台电锅炉老牛一样嘶吼着，半上午，董乡长屋子里亮着灯。

董乡长大概挨了程副县长的批评，见了我们带些委屈地说："你们俩不要往县政府跑了，咱们已经安排统计各村项目款的情况了，明天就往县里报。"

又过了一个多星期，项目款的事情还没有消息，崔健民已经找了合适的水利勘察工程师，和其他村干部商量，让他过了新年后来。

辣椒乳酱合作社和布艺合作社运行得意外地顺利。

村里许多爱吃辣的人不吃"老干妈"辣椒酱和"王致和"腐乳了，都换成"琥国"，周围村子里的人听说我们的辣椒乳酱好吃，也纷纷过来买，乡里灶上还买了一些。刘跃进闻讯第二天特意从县城赶了回来，他吃了几口，就拍板要一百瓶。刘启明告诉他，前一百瓶已经订出去了。刘跃进说："接下来的两百瓶是我的，以后我饭店里长期订你们的产品。"有了这个辣椒乳酱，刘跃进推出了一道特色菜，叫"乳夹馍"。听起来让人想入非非，其实就是我们的辣椒酱加上他们厨师自己蒸的大馒头，成为迎香阁客人们的必点菜。李希禄那边的微店上，辣椒乳酱也卖得不错，许多客人买过一回，第二单就三瓶五瓶地买，因为做微店的那些人宣传辣椒乳酱是古虢国的宫廷秘方配制，限量销售，他们怕买得迟了再买不上。

毛虎每天兴奋地来找我，一见面就说："今天接到三百瓶的订单，今天接到五百瓶的订单……"唯一遗憾的是整个孤城，只有楚知木能做出这种辣椒乳酱，一个人做，力量怎么也有限，毛虎给她配了好几个助手，帮助她往锅里放辣椒、拌腐乳，可是最关键的环节必须得楚知木亲自来操作。毛虎说："看这样子，咱们的虢国辣椒乳酱肯定要火，可是没办法扩大规模，咱们用的辣椒是买来的，腐乳是人家现成的，如果自己种辣椒，自己做腐乳，成本还可以降下来。"我说："只有楚知木能做出这种辣椒乳酱，它才珍贵。咱们要抓紧时间注册商标，申请专利，有了自己的专利，请专家来分析配方，研究火候，就可以买机器，扩大生产，流水线作业了。那会儿，还可以发动村民们种辣椒，等咱们打上井，就可以种了，但腐乳自己不一定能做出人家那个样子。""就是，人不可太贪心，我们自己种辣椒，用人家的腐乳。"毛虎笑嘻嘻地说。

布艺产品也好消息不断，微店里又有几人买走了一等品，放在非遗展厅的产品有几样被国外的旅游团队看中。他们说去过中国许多地方，卖的旅游纪念品千篇一律，来了龙城看到我们的产品眼前一亮，让他们想到达利、毕加索。

刘启明听到这些消息脑门发亮，“咱们的思路对头，要卖就卖高档货，一个顶十个，不，要瞄准一个能顶一百个、一千个，现在最值钱的是创意。”

刘启明说这话的时候，像站在世界的中心。

我们的高兴没有持续太久，麻烦就来了。

那天起床后，我闻到空气中的辣椒乳酱香味儿好像不如前几日浓郁，没有太当回事，以为习惯了，就像“久居芝兰之室而不闻其香”。可是不久毛虎就气喘吁吁地赶来，告诉我刚才县食品药品监督管理局的说咱们的辣椒乳酱卫生不合格，把合作社封了。

我急忙和毛虎赶过去看，合作社门口沮丧地站着一群人，大门上贴着一道醒目的封条。不知道是因为冷，还是因为刚发生的事，他们一个个脸色惨白，在初升的太阳照耀下，像路边萧瑟的白杨树。看见我，他们往前跑，楚知木穿着白大褂，跑在人群中格外醒目。路上，我还担心是楚知木出了问题，看到她干净整洁的样子放了心。

“怎么回事？”我气急败坏地问。

“×他祖宗！不知道村里哪个缺德鬼举报，说咱们用的水不合格。”

水！

村里人们吃的用的都是大池子里的水，合作社自然用的也是这里的水，说要打井打井！可是钱到了县里账上不往下拨。这样的水只要检查，肯定有问题！孤城的人几十年吃这种水也没人说不能吃，弄个合作社刚开始就来查？

我气愤地说：“走，咱们去县里找领导们去！”

很快，几十号人就集合在了合作社门口，参加合作社的每户人家除了要上学的小孩儿，大人、老人都来了。楚知木衣服都没换，还是穿着白大褂。毛虎老婆被背来了，磊磊奶奶被搀扶着过来了。我说这两人不能去。毛虎女人有气无力地说：“安书记，让我去吧，我平时啥事也帮不上忙，还拖累毛虎，这次是大家的事，多一个人多份力量，不去，心里不踏实。”磊磊奶奶颤巍巍地说：“我没用了，快死了，得看见咱们的合作社再开张啊！”这时刘启明也赶来了，他望着这一病一老的两个人，在我耳朵边上悄悄说：“上访，带上这些人最管用。”望着激动的人群，我悲怆地点了点头。

没那么多汽车和摩托，有人开来两辆三轮车。上车的时候，我说：“带几瓶辣椒乳酱。”

山里面的风很大，太阳也很大，一出村子，每个人被风吹得眼泪都出来了，人们哆哆嗦嗦挤在一起，我想起被送往屠宰场的猪。

大家冻得都张不开嘴说话，有人打开小录音机，里面传来村里正月十五唱的伞头秧歌：唱秧歌抬头观，龙飞凤舞扭行欢。八仙过海把本领显，伞头开口唱八仙。汉钟离手摇鹅翎扇，又避火来又避烟。吕洞宾身后背宝剑，十妖见着九妖寒……听着这歌声，我想起戏台上的古戏。

到了县里面，冻得全身都麻了。大家还没有吃早饭，我找了个面馆，给每人点了一碗面，又要了碗热乎乎的面汤。面还没有吃完，有人说磊磊奶奶发烧了。我摸了摸她的额头，滚烫。我说："你不能去了，去医院看病！"我要找人带磊磊奶奶去医院，担心磊磊爸和楚知木不行。老人紧紧抓住我的手说："闺女，我知道自己的病，感冒了，没啥，我一定要见见县长，问问我们的合作社怎样才行？"

县城街上车多，三轮车走走停停，村里几位好久没有到过县城的人看到繁华的街道，猛揉眼睛。他们指着五六层高的楼房大声喊："咱们这儿也有这么高的楼房！"路过卖内衣的商店，看见半裸的模特，想看又不敢看。有两个人用扁担挑着足有一米长的几条大鱼走过来，他们又喊："那么大的鱼！"他们不断的惊呼引得路上的人不停地朝车上看。

走到县政府门口，一辆小车突然滑到我们前面停下，董乡长和王金贵从车上下来。董乡长一脸愠色地冲我们喊："别闹了，安书记你怎么能领上村民们上访呢？"我说："我们绝对不闹，我们也不是上访，今天早上，我们的辣椒乳酱合作社被查了，我们只是把情况反映给程副县长，孤城太需要一口井了，没有井，啥也干不成。"

董乡长望了望王金贵，王金贵说："什么时候查的，我为啥不知道？"

磊磊奶奶在车上哼哼着说："不知道，不知道，啥都不知道！"

车上好多人附和着奚落王金贵："王书记你知道啥？怎么知道我们来城里了？"

"他就想女人吧！"有人不满地低声嘟哝。

王金贵低下头不再说话，董乡长的脸色更不好看了。

一个秘书模样的人从县政府院子里出来对董乡长说了几句话。董乡长说："程副县长答应见大家，听大家的意见，但不要去这么多人，选几位代表去。"

人群又骚乱起来。

磊磊奶奶和毛虎老婆都自告奋勇去，又有三个人主动要当代表。

秘书瞄了瞄磊磊奶奶和毛虎老婆，对我们说："你们是去解决问题的，不是去闹事，找几个能代表大家的人。"

磊磊奶奶问："我们为什么不能代表大家？"

大家赶忙安抚她，商量了一下，把他们换成毛虎和另外一个人。

我告诉这几个代表，见了程副县长不要怕，如实把情况讲给他就好，孤城的老百姓怎样吃水，孤城的水怎样，现在咱们的合作社遇到了啥问题，讲清楚就行。

一个家伙嚷："怕个球，见县长就见县长，听说还是个副县长，总不能把咱开除出地球去。"

我们进政府大院时，我对董乡长说磊磊奶奶可能感冒了，正发烧。王金贵要领着她找门诊买药，磊磊奶奶说：“我今天哪儿都不去，就在这儿等着，我看看现在的县老爷还为不为民做主。”

“这就是县衙！”

“他们的办公楼这么旧！”

“那边那个新一点儿。”

人们议论着进了程副县长的办公室。

秘书给大家倒水，有个家伙说：“县长不吓人呀！”

程副县长苦笑着说：“你以为县长是老虎？你们讲讲村里的情况。”

五个人开始一起讲。

我说：“你们一个一个讲，讲过的内容不要重复讲。”

毛虎先说。他说完第二个说……五个人都说完之后，程副县长问：“安书记，你有没有补充的？”我说：“我到孤城还不到半年，缺水的生活他们比我体会更深刻，我们希望能早点儿把项目款拨给我们，大家好不容易成立了辣椒乳酱合作社，看到点儿希望。”我把带的辣椒乳酱打开一瓶，对程副县长说：“您尝尝，现在订的货供不应求，但我们没办法生产。”

程副县长刚接过辣椒乳酱瓶子，忽然董乡长的电话响了，他接起来听见是金贵的声音，磊磊奶奶病重了，开始胡说八道，不去医院。然后楼道里传来匆忙的脚步声，有人惊慌地喊：“安书记，你们在哪里，磊磊奶奶不好了！”

我赶忙往外走，边走边对程副县长说：“和我们一起来的老人，刚才让她去医院不去，非要等这儿的结果，门口还有个病人。”

程副县长脸色发白，他说：“情况都了解了，赶紧把病人送医院，需要不需要我给医院打个招呼？我马上召集人研究你们的项目款。”

到了县政府大门口，好几个人围着磊磊奶奶，外边围着一大群人看我们。我说：“磊磊奶奶怎样了？赶紧打120！赶紧送医院！”我挤进去，磊磊奶奶脸涨得通红，正在说胡话，嘴唇发紫，额头摸上去烫得吓人。

我拦了辆出租车，让人们赶忙把她弄上来。

磊磊奶奶在路上就没了。

快到中午时，接到通知，我们的项目款拨到村里账户上了。

董乡长哭丧着脸把我叫到楼道里，告诉我孤城的项目款是一事一议，专门拨下来的，让我做好磊磊家的工作，不要闹出群体事件，有啥困难乡里可以解决。

十二

现在只剩下打井了，打井的事确定下来，孤城的发展就走上正轨了。我盼望程副县长那边尽快传来好消息，可是不能去催了，便陪着崔健民介绍来的专家勘探测量。

天越来越黑，路灯亮了一晚，已经有些疲惫。走了半个多小时，才驶出省城，过了高速公路收费站，一头扎进黑夜，好长时间，路上只有我们一辆车，孤零零的像北方天空上忘记南飞的候鸟。

私家车的司机和我已经相熟，他说：“安书记，像你这么认真的扶贫干部真少见，每星期这么早往村里赶。”

我说：“我们乡每星期一开例会，不

想迟到，认真惯了。孤城的人时间观念好像不强？”

车内一片黑暗，和车外一样黑，一同拼车的人都不吭声，在补觉。司机哧哧笑着，猛踩油门，车要飞起来似的，猛地往前冲去，前面还是一片黑暗，黑得好像没有尽头。我也渐渐睡着了，睁开眼睛时，天已经微微发亮。一轮大太阳像正在锻造的铁片，挂在天边，散发出越来越红的光芒。路边几只麻雀站在铁丝护栏上叽叽喳喳在吵，周围还是大片枯寂的褐黄色。

想起磊磊奶奶的死，还是沉重。

远远地望见牌楼，望见周转房的屋顶，终于到乡里了。门口照例围着一大群人，热闹地说着什么，看见我，都噤了声。我没有和大家打招呼，转到窑洞后面，声音马上又热烈起来，但电锅炉发动机嘶吼着，超过了那些人的喧嚣。

周转房孤零零地耸立着，上次看到的那些麻雀不见了。我沿着还没有罩水泥面的楼梯走上去，像踩在人嶙峋的肋骨上。走到第二层，视野豁然开朗，仅仅比下面高出一层，高个四五米，整个乡政府就到了我的眼底。所有的人都小了，窑洞小了，汽车、摩托也小了，进来时看见门口一大群人，上来看，其实三个一群、五个一伙，真像麻雀。我想继续往上爬，爬到二层楼的楼顶上，可是没有楼梯。

站了会儿，风吹到身上有点儿冷，但我还是想继续待在这儿。一直等到办公室主任在下面招呼开会才下去。钻进大会议室，一抬头，头顶上悬挂着鲜红的会标——“决战奋斗四十天！”恍然间，竟然马上就到新年，快过春节了！

会议的主要内容还是脱贫攻坚，大家叽叽喳喳，安静不下来。忽然主持会议的董乡长请副书记通报省里关于驻村干部不在岗的处理意见。会议室里马上安静了下来，有两只麻雀在外面打架，声音听得清清楚楚。

十二月十四日下午四点零六分，省脱贫攻坚专项督察组督察××乡××村时，××市联通公司派驻到村的第一书记李××不在岗，根据第一书记驻村管理条例，××市联通公司将第一书记李××召回，县委组织部办理免职手续。责成××市联通公司在十五日下午六点半之前，选派其他优秀干部到某某村任第一书记，十六日必须到岗开展驻村帮扶工作，县委组织部一周内办理完任职手续。

处理意见念完之后，会议室里一片叹息，再没有人说话。

接下来强调驻村纪律，安排迎接省际交叉检查，迎接满意度测评。那两只麻雀打得更厉害了，一头撞到会议室窗户玻璃上。

崔健民找来的专家开始在村里勘察，寻找有水源的地方。

辣椒乳酱又开始生产了，用的水都是纯净水。成本虽然增加，但不存在卫生问题。向食药局举报合作社的人也渐渐弄清楚了，是王金宝。前段时间让他出列贫困户，他心里不满意。辣椒乳酱生产出来后，去他小卖铺买辣椒酱和腐乳的顾客大量减少，他就悄悄打了举报电话。村里的人知道这件事后，更不去他那儿买东西了。

磊磊奶奶的死虽然令人惋惜，但没有闹出什么风波。老人年龄大了，平时身体就不好。刘跃进这次的反应和上次磊磊妹妹误食药品中毒时完全不一样，大概董乡长也跟他打了招呼。他催促磊磊爸早日给老人下葬。家里只有磊磊悲伤了几天，磊磊爸和楚知木很快就又投入辣椒乳酱的生产中。

孤城村每天被香喷喷热辣辣的辣椒乳酱的味道包围着，像被春风吹拂着。人们看到两个合作社红红火火的，又马上要打井，每个人脸上都洋溢着希望的笑，整个村里的人仿佛都年轻了。还没到新年，村里的气氛像节日已经到了。

看到大家这样开心，我想：要不组织个新年晚会吧。小时候家里没电视，一在村头看戏、看电影就非常激动。现在看电视、看电影方便了，但孤城肯定没有举办过新年晚会，大家一定感到很新鲜。而且集体活动可以凝聚人心，还可以让大家的快乐更热烈些。我害怕村民们害羞，或者不会表演节目，弄不成，便去和张队长、金贵他们商量。

这段时间，金贵经常往乡里跑。人们说他看到刘跃进和董乡长关系好，弄了个农家乐的扶持项目，他也想弄个项目。金贵和我的关系也比以前密切了，经常主动问一些村里的事情。

金贵和张队长一听我的想法，金贵说："村里谁不会唱个歌，只要安书记不怕麻烦，咱们弄就是。"张队长说："就是，我们县不会唱歌的人少，黄东的伞头秧歌谁不知道，尤其孤城，还有些古歌呢，安书记可以欣赏欣赏。"听他们二人这样说，我踏实了，又给刘跃进打电话。刘跃进直接说："安书记，没问题，只要你说话，我肯定配合，需要多少钱，我全赞助。”

大家都同意，商定好31日晚上举办新年晚会，我通过喇叭，告诉全体村民们。

通知后，没过十分钟，刘启明第一个来报名。

我开玩笑说：“刘启明，你真积极。”刘启明说：“安书记你安排的事情，我一定积极响应。”我问：“你准备表演什么节目？”刘启明抓抓脑袋说：“我想演个小品，名字还没想好。”刘启明抓脑袋的时候，我发现他头上有了头发，有些惊奇，问道：“你不是喜欢剃光头吗，怎么开始留头发了？”刘启明嘿嘿一笑说：“以前啥也没有，不抱希望，剃光头不仅省钱，还下火，现在你让我经营合作社，我得注意自己的形象。”

想着刘启明长起头发的样子，我用手中的铅笔敲着桌子说：“你说得对，合作社的每个人都代表企业形象，咱们给每人都定做套工作服吧。”刘启明往窗户前走了几步，望着窗外湛蓝的天空，“这个想法好，人要衣装，马要鞍装，合作社现在每个人的心气都很高，咱们做工作服，不要做成饭店或馆子那种，不好看，一看就是低人一等的服务人员。”我觉得刘启明说得对，“你觉得哪种好？”“我觉得邮政和银行那种工作服都挺好看，职工穿上有面子，咱们可以在那个样子上改改，把制服改成休闲服，工作时可以穿，不工作时出去穿着也洋气。”

我让刘启明按照他的想法去做。

陆陆续续不断有来报名的，到了晚上，居然报下五十多个节目。一个节目平均五分钟，整场晚会下来就是四个多小时，比春晚都长。这么长大家恐怕受不了，我琢磨去掉些重复的节目，使晚会更精炼些。可是刚把想法说出来，人们马上就嚷嚷，谁也不愿意把自己的节目去掉。

吃晚饭时，和芙蓉她们聊起村里的这次晚会，芙蓉说她们也在搞新年晚会，但学生们的节目太少。我说村里报名的人太多，以前大家干啥都退缩，这次这么踊跃。芙蓉说村里的面貌和以前不一样了。

我们议论的时候，毛虎来了，让他坐下吃饭，他说刚吃过。

毛虎来了也是和我说节目的事儿的，他说："安书记，听说要砍掉些节目，大家意见很大，能不能把它们都保留下来？村里人从来没有自己办过新年，以前一到新年，大家都跑到学校里看学生们的表演，现在自己搞，大伙儿都想上去表现表现。"

芙蓉接着毛虎的话说："是啊，以前我们办晚会，村里跑来看的人比学生都多，挤得教室里放不下。"

听着他们的建议，我说："大家都表演的话，恐怕得四五个小时，人们不嫌长？"

毛虎说："哪里会嫌长，大家都想热闹热闹，要是前几年搞，恐怕还没这个心情。"

毛虎一本正经。炉子上的水开了，嘟嘟直响。

我说："好吧，只要大家不嫌时间长，谁想上都可以上，尽量满足大家的要求。"

毛虎要告辞时，我说："上午刘启明来，他们合作社想做套工作服，你有啥想法？"

毛虎说："做套工作服挺好的，要过新年了，也算给大家发福利。做啥样子的？"

我把刘启明的想法告诉他。

毛虎说："上次去县城，我看有家蛋糕店的衣服特别漂亮，"他边说边想，"好像上身是淡蓝色的褂子，下面是丝袜，那些女孩长得都一般，但穿上这身衣服感觉既清爽卫生，又有气质。我们是搞食品的，弄套类似这样的衣服就不错，咱把丝袜换成裤子。"

新年越来越近，村子里到处都是歌声和笑声，我被这种快乐感染着，整个人都有些放松。那天，我在村委看大家排练节目时，丈夫忽然打来电话，让我新年时提前回几个小时，欢欢和乐乐他们学校过新年，乐乐要表演节目，想让我一起参加。

我跑到门外低声问哪一天？丈夫回答31号下午，1、2、3号放假。我说31号晚上我们村搞新年晚会，正要给丈夫和欢欢乐乐解释，丈夫挂了电话。想着电话那头欢欢乐乐和丈夫的失望，我的情绪低落下来。乐乐今年是第一次在幼儿园上台表演，她肯定渴望我在场，我也想看看她表演得怎样，可是孤城举办晚会是我出的主意，我不可能不在呀。我甩了甩脑袋，尽量不去想这件事。正巧金贵过来，兴冲冲拿着节目单让我看，看见我的情绪不对劲儿，就问："安书记？"我摆了摆手，拿过他手中的节目单，报的节目居然到了六十三个，金贵也有节目，他和村里一个女人唱二人台——《天仙配》。望着金贵不对称的两只眼睛，我能想到台下观众看到这样的董永时的开心。

因为想着乐乐的表演，我有些心不在焉，被村民们看了出来，他们拿着节目单起哄，问为啥没我的节目。我没有报节目，一是自己喜欢写字读书和户外活动，不善歌舞；二是村里报上的节目已经够多。可是村民们不答应，他们非要我表演个节目。我说不会。几个家伙就嚷嚷说："安书记这么漂亮，不会表演节目大家信吗？"好几个人抢着回答："不信！"又有人说："安书记不会表演节目，在台上走几步就行，这么漂亮的人，走那儿就是风景。""对对对，安书记哪怕不走，在台上站几分钟也行。"听着大家此起彼伏的嬉闹声，我的心情好多了。哪个女人不喜欢别人夸她漂亮，但说老实话，自从来了孤城，我镜子都很少照了，而且许多好衣服贵衣服都没有带来，觉得这些衣服不适合在村里穿，穿上怕村民们和我有距离。

晚会的场所放在了学校戏台上。31号那天上午，金贵组织村里办事宴的在戏台前的操场上搭了几个大棚，还在里面生上炉子，摆上凳子，让电工在操场和戏台上拉了几盏一千瓦的大灯。

下午时，我给丈夫打电话，想问问他乐乐表演完节目没有，手机没人接。我想丈夫可能陪乐乐正在学校，手机设置了静音，但心里还是有些怅然。

害怕晚会结束时太晚，把时间提前到下午五点钟开始。好的是隆冬的下午五点，天也黑了下来，可以叫晚会了，大灯一开，整个操场和戏台上亮如白昼。

刘跃进买了些橘子、香蕉、山楂和瓜子、花生、糖。

村民们大概春晚看多了，学习了很多节目，大合唱、小合唱、小品、舞蹈，居然还有魔术，内容一点儿也不单调。平时木讷少语的村民们到了戏台上一点儿也不怯场，几乎每个节目大家都哄堂大笑，大声喝彩。

看到气氛进入高潮，我悄悄溜出来，给丈夫打电话，还是没人接。我有些担心，害怕家里出了啥事，连续拨了几次，没人接。

返回大棚里，刘启明和刘二海正在表演陈佩斯和朱时茂的小品《警察和小偷》。刘启明扮演陈佩斯的角色，他刚长出的头发又剃掉了，鬼鬼祟祟的样子弄得大家不断叫好。

大多数节目是唱歌，没想到孤城这么多人会唱歌，而且嗓门都不赖，每个人都像阿宝。不知道他们是想较劲儿，还是为了好玩，经常出现前面一个人唱完，后面一个人跟着唱同样一首歌，不按照节目单上的来。听的人呢，不嫌重复听两首歌，反而拍凳子、敲烟囱。

到了八点多，学校的晚会散了，学生们也跑了过来。他们边看节目，边在人群中穿梭嬉闹，炉子里的火呼呼响着，像给孩子们的阵阵尖叫声助威，晚会更加热闹。主持人灵机一动，临时把几个学生请到戏台上，让他们表演节目。大家一直在看成年人表演，孩子们一上场，齐声较好。越来越多的学生和家长一起表演节目，大家越来越开心。

晚上十点钟时，还有三分之一的节目没有表演完。我的手机响了，丈夫回过电话来。他说下午去幼儿园时忘记带手机了，乐乐表演完节目，他领上两个孩子在外面吃的饭，吃完饭看了场电影，现在他们刚睡下。丈夫说乐乐他们学校给每个孩子发了一个橘子三块糖，乐乐舍不得吃，给我留着。我顿时冲动起来，想马上赶回家里去。挂了电话后，回家的欲望越来越强烈。我想下午没有看孩子表演节目，晚上没有陪孩子们吃饭看电影，新年的第一天应该完整地和家里人在一起。

我给经常联系的那位私家车司机打电话，“晚上有没有去省城的车？”

司机大概还在跑车，手机里有广播电台节目的声音。他说：“太晚了，司机们一般不愿意跑夜路，再说这么晚坐不满人。”

我说：“请你帮我问问，我包车。”

司机来了些精神，他问：“现在走？”

我看了看表说：“现在还走不了，我在村里和村民们过新年晚会，结束后就走，可能还得两小时。”说着我的声音小下去，时间越晚越没人愿意去。

“你！你这干部，我送你。”没想到司机这么痛快了。

我说："那你不忙时来村里吧，一起看节目。""你这干部，我送你。出一半包车的钱就行，正好明早接人。"

过了差不多一小时，司机到了孤城，我正在台上唱朱哲琴的《丹顶鹤的故事》。多年前第一次听到这首歌，我就喜欢上它，经常哼，可是从来没对着这么多人唱过，刚才听到村里人歌唱得这样好，我有些胆怯。但是一开口，大家的掌声让我忘记了自己不擅长唱歌。

零点一刻，晚会终于结束了，大家还意犹未尽。

村民们听说我要连夜赶回省城去，纷纷跑过来送我，有的劝我明天再回，有的嘱咐我路上注意安全，有的说晚上冷多穿点衣服。这些关切的话语让我想起家里的人，更加想赶快回去，村民们继续说着他们的关心话，银光闪闪的月亮照在乡亲们身上和脸上，这些浸透了汗水的衣服和被岁月凿下的皱纹都闪着圣洁的光。

我让司机赶紧开车，车发动之后，后面黑压压站着一群人朝我挥手，磊磊忽然大声喊："安书记，过了年早点来！"他一喊，好多人跟着喊起来。我鼻子有些发酸，刚才还一直想回家，一上车就又想村里这些人了。车子一拐弯，看不到大家了，我知道过完新年假期就又来了，但好像要和他们隔整整三百六十五天。

司机看我有些伤感，吸了下鼻子说："刚才那场面挺感人，当干部当到这个份上不赖。"说着点了一支烟，"听个带劲的吧？"扭开车上的收音机，韩红的《天路》放了出来，

“清晨我站在青青的牧场，看到神鹰披着那霞光……”仿佛一天正要开始。

路上只有我们一辆车，走着走着我睡着了，醒过来之后，已经到了省城高速公路出站口，望着灯火通明的城市，我想起孤城灯火通明的学校操场。

街上遇到几辆洒水车，伴随着柔和的音乐，一道道水柱在路灯下像彩虹一样出现七彩光芒。洒水车过后，穿着橘黄色衣服的清洁工在打扫街道，扫过的路面干干净净的，新的一天就要开始。

到了小区门口，给司机微信转账，司机面孔疲惫而苍白，我感激地说：“谢谢师傅，要不是你，这么早我赶不回来，赶紧找个地方休息一下吧。”司机伸出手，微笑着说：“我能握握你的手吗？和美女待了一夜。”

进了小区，院子里黑乎乎的，我加快脚步往家走去，上到一半楼梯，微信叮地响了，打开一看，是司机转过来的红包，他说：“我代表黄东县人民谢谢你，美女书记。车费收一半就可以，我找地方睡觉去。”文字后面有个掩嘴打呵欠的表情包。

到了门口，我一掏口袋，走得太匆忙，居然忘记带钥匙了。看表，早上五点多。丈夫他们这时候一定睡得正熟，我不想打扰他们，想反正天快亮了，在门口等会儿吧。

靠着门，我迷迷糊糊坐在地上睡着了。

朦朦胧胧中，听到有人唱歌，有人放鞭炮，我想今天是新年，是好日子，是新开端，我庆幸自己赶了回来，可以和丈夫、欢欢乐乐完完整整过个新年。

猛地，有人下楼的声音惊醒了我，往起一站，头撞在门上，咚的一下，我揉脑袋的时候，门突然开了。丈夫看到站在门口的我，直揉眼睛，迷迷糊糊地问："你啥时候回来的？"

知道我五点多回来，在门口睡着了，丈夫骂我傻，问为啥不叫他开门。他说听到门不断地响，以为自己在做梦。然后他埋怨我不顾安全，连夜往回赶。

听着丈夫的责怪，我心里甜甜的，跑到卫生间去洗澡。洗完澡，看到欢欢乐乐还睡得很香，我便悄悄躺到了他们中间，想他们一睁开眼看见我肯定非常惊喜。刚躺下，乐乐一翻身，碰到了我，以为她要醒来，我屏住了呼吸。乐乐伸了一下胳膊，又睡着了，她的拳头攥得紧紧的。

躺在床上，我又睡着了。忽然耳朵痒痒的，分不清是做梦，还是乐乐咬我，我缓缓睁开眼睛，是乐乐在咬我。她看到我醒了，惊喜地喊欢欢："哥哥，哥哥，妈妈回来了！"然后把攥着的拳头伸开，里面是一颗糖。她说："妈妈，新年快乐！这是幼儿园给我们发的礼物。"想到乐乐一晚上都攥着这颗糖睡觉，我紧紧抱住她。乐乐挣开我的怀抱说："还有礼物。"她打开床头柜，从里面取出三瓣橘子说："这也是老师给我们发的，专门给你留的。"我把三瓣儿橘子接住，亲了她一口。

欢欢听到妹妹喊他，嘴里嘟嘟囔囔说："骗人！"手不耐烦地挥了挥，碰到了我的脸，他的手停下来，不相信地在我脸上摸了摸，睁开眼，看到果然是我，高兴地喊："妈妈，你什么时候回来的？"我说："早上。""万岁！"他呼喊着跳下地，鞋也没穿，奔向沙发，然后举着张贺年卡回来，说："妈妈，这是我的礼物！"

我接过卡片，上面歪歪扭扭写着："祝亲爱的妈妈新年快乐！工作顺利！"我一把抱住他。

乐乐喊："妈妈快吃糖和橘子。"

我把糖放进嘴里，三瓣橘子分开，给欢欢乐乐一人一瓣。乐乐接住了，欢欢却说："妈妈，我们昨天吃过了，这是乐乐专门给你留的。"我给他嘴里塞了一瓣说："咱们一起吃。"把剩下的一瓣放嘴里，橘子和糖一起在嘴里，味道酸酸的、甜甜的。

丈夫听到我们的声音，走过来说："欢欢乐乐，让你们妈妈再睡会儿。"欢欢乐乐一听，马上一人一只胳膊搂住我。

吃早饭的时候，我和孩子们商量去哪儿玩。欢欢想去看动画片电影，乐乐想去动物园，她说看看北极熊怕不怕冷？他们两个争起来。我说："这三天时间，全部给你们，妈妈的手机让你们保管。""好。"欢欢乐乐争着要保管我的手机，欢欢还要和我拉钩。兄妹两个很快达成协议，手机第一天由欢欢保管，第二天由乐乐保管，第三天上午欢欢来保管，下午乐乐保管。而新年这一天，上午去动物园，下午看电影。

到了动物园，游客并不多，应该是冬天天气冷的缘故。动物园的工作人员为了渲染节日气氛，在许多树上挂了彩灯，还做了许多假花，挂在凋零了的月季、海棠、凌霄、迎春上面，整个园子花花绿绿，倒也热闹。

大概因为这段时间游客少，习惯了被观看的黑熊、棕熊、狼、牦牛、羚羊等动物感觉寂寞，看到我们有些兴奋，黑熊不断地摇摇晃晃站起来鞠躬，狼和羚羊比赛似的跑来跑去，比夏天看到时都好玩。可惜的是没有看到北极熊。有位戴袖章的保安说动物园明年要建极地馆，建起来后不光有北极熊，还有北极狐、北极狼、企鹅……

中午丈夫动手做菜，我说我来吧，他说我下乡辛苦，新年应该好好歇歇，让他来表现。欢欢想吃可乐鸡翅，乐乐想吃肉末土豆泥。丈夫除了做这两个菜，还做了清蒸鲈鱼、爆炒肝尖、冰糖苦瓜。以前丈夫只会做简单的凉拌西红柿、尖椒土豆丝、炒豆腐，没想到我下乡几个月，他竟学会做这么多好吃的菜。

下午电影院看动画片的人很多，我们在网上买的票，提前到了十几分钟。一只纸板做的1：1的长颈鹿逼真地站在上映动画片的影厅前，许多家长领着孩子在前面与它合影。我问欢欢和乐乐去不去拍，欢欢撇撇嘴说："我们上午和真的照过了。"乐乐说："我喜欢真的。"上午我们确实看了长颈鹿，但那只长颈鹿在笼子里，不像有些动物和我们亲近，它始终和我们保持段距离。我们走到笼子左边，它就走到笼子右边；我们走到笼子右边，它就走到笼子左边。欢欢想摸摸它，每次一伸手，它就躲开了，欢欢遗憾没有摸它一下。现在那只纸板长颈鹿前面被带着父母的孩子围着，那些孩子有的被父母亲高高举着，用手摸长颈鹿的头，有的抱着长颈鹿的腿，可欢欢乐乐对它没有一点儿兴趣，那矜持的样子很可爱。

2号早上，按照事先说好的，欢欢把我的手机交给乐乐保管。乐乐刚拿到手机，电话响起来。乐乐说："妈妈，电话。"我拿过来一看，是毛虎的。毛虎问："安书记，你今天在家吗？我们来看看你，已经在路上。"我犹豫地看了看乐乐说："在。"

一挂电话，乐乐哭了，她说："妈妈，曾子杀猪。"

我给她讲过曾子杀猪的故事，孩子现在拿这个质问我，我说不出话来，只好开导她："村里的人来找妈妈，也许有事情，他们走了咱们出去玩。"

乐乐还是不高兴。

丈夫听到我们嚷嚷，端着浇花的水壶过来看。

我说："村里有几个人来看我。"

丈夫边给一盆吊兰浇水边说："你可真是优秀书记，假日村民也忘不了你。"

我心虚地说："他们可能坐坐就走，他们走了咱们出去。"

欢欢听说村里人要来找我，也不高兴，他说："妈妈你骗我们，说好三天时间全部给我们。"

我说："妈妈也没想到他们要来，在村里这几位叔叔对妈妈很好，人家来了城里找咱们，咱们不能不见人家，等他们走了，妈妈把手机关掉。”

欢欢和乐乐不理我，关上门两人去里边玩去了。我把家收拾干净，等毛虎他们来。

一个多小时过去了，毛虎他们还没有来。欢欢跑出来问：“你们村的人还没来？”

我只好说：“快了。”

欢欢恹恹地说：“半个上午快过去了。”

我说：“应该快到了。”

十点多的时候，毛虎说来了，问我小区的名字和楼层。

又过了半个小时，听到楼道里传来很多人的声音。我把门打开，正是毛虎、刘启明他们。我让他们赶紧进家，他们一进门，首先都脱鞋。我说：“别换了，我家没那么讲究。”

一共来了五个人，其中一个扛着尼龙袋子，还有两个抱着箱子。毛虎问：“安书记，给你带了个羊轱辘，还有些头蹄下水，放哪儿呢？”我说：“你们带这个干什么？我们哪能吃了个羊轱辘。”但是不由分说，那个人已经把尼龙袋子放地上。毛虎说：“安书记你得赶紧放起来，化了就不好了。”其他两箱子是鸡蛋和辣椒乳酱。我说：“你们带这么多东西干啥？”刘启明说：“你来了不到半年，我们村大变样，大家都感谢你哩。”

我让他们赶紧坐下喝茶。

毛虎和刘启明同时说：“安书记，今天放假，我们不打扰你了。”就要告辞。

我忙拉住他们说：“哪能来了家里连口水也不喝呢。”倒上水，赶紧去给他们洗水果。

他们坐在沙发上，每个人却只坐着屁股尖，两只脚局促得不知道往哪儿放，也不知道该说什么。

刘启明看见墙上挂着张我们一家四口的合影，问：“安书记，你的孩子们呢？”

我喊欢欢乐乐。

他们两个一出来，刘启明说：“好漂亮的两个孩子。”其他几个人望着欢欢乐乐都直夸，“真是好孩子。”

我说：“欢欢乐乐，向叔叔们问好！”

欢欢说：“叔叔好！”

乐乐说：“叔叔好！”

问过之后，欢欢对我说：“妈妈，我们玩去了。”说完领着乐乐回了房间。一看两个孩子还是有情绪，我不好发作。

毛虎看见他们进去了，问：“安书记，你的孩子这么小，你下乡孩子怎么办？”

我瞧了瞧丈夫说：“他带。”

毛虎他们的目光都转向丈夫，开始夸奖他。丈夫被夸得不好意思，说：“中午别走，留在这儿喝酒吧。”丈夫不说还好，一说好像提醒了他们，仿佛有谁下令似的，他们一起把面前的杯子拿起来，把里面的水一口气喝完，站起来告辞。我和丈夫留他们吃饭，他们都说还有事情要办，坚决要走。

把他们送出去后，欢欢乐乐跑出来，问尼龙袋子里装的是啥？打开袋子，是一只剥了皮、除去头蹄下水的整羊。另一个塑料袋里是羊头、心肝五脏、羊蹄子。丈夫说：“这么多羊肉，光我们四人，啥时候能吃完？”乐乐说：“小羊真可怜。”欢欢说：“那你别吃饭。”我让两个孩子别吵，和丈夫商量怎么处理这只羊。心里想，一斤羊肉三十元，这个羊轱辘恐怕得千把块钱，得想办法把钱还给他们。

商量了半天，决定给张烨、崔健民、李希禄每人分些，晚上送过去。这时欢欢跑过来说：“妈妈，你们村的人走了，我把你的手机关了。”说完就把手机关掉。

我和丈夫把羊肉分开，清理出冰箱里的一些东西，但是羊肉太多了，冰箱里放不下。我只好问欢欢要手机，联系张烨他们送羊肉。欢欢一听，觉得我还是说话不算数，生气地把手机摔给我，回了卧室。

丈夫看着我，有些幸灾乐祸。我忽然来了主意，让丈夫帮我去送，我在家陪孩子们。丈夫不愿意，说我的朋友我去送，他在家哄孩子。我想了想，还是我去送好，顺便把项目的事情也和他们讲讲。出了门，却想起答应欢欢乐乐三天都陪他们，便把羊肉都拿到了张烨家，让她帮我送一下。就这一折腾，回到家已经快十二点了。

欢欢乐乐看见我回来，不高兴地嘟着嘴，说一上午哪里也没去。

丈夫赶忙去哄他们，我来做饭。

切肉的时候，想起毛虎他们，他们中午怎么吃饭，假如去小饭店，是不是像在孤城那样，只点三个菜？想着，一不留神菜刀切在手指上，血马上流了出来。我惊叫了一声，欢欢乐乐和丈夫听到我的叫声跑过来。欢欢乐乐看见我把手指切伤了，马上不闹了。欢欢说："赶紧打120！"乐乐说："去医院！"我哭笑不得地说："没事，包一下就好。"欢欢乐乐紧张地看着我的手指头，大气也不敢出，丈夫帮我包好之后，两人都凑过来，给它吹气。闻着两人甜甜的气息，我想和家里人待在一起真好。

丈夫去做饭，欢欢乐乐拉着我看他们画画。我问画什么？两个人都说画妈妈。画了半天，欢欢画出个人的轮廓，乐乐画了几条线，都问我像不像。

吃过午饭，睡了一小会儿，孩子们嚷着要去公园。

在摩天轮下面，碰到了带着淘淘的张烨。她中午给李希禄、崔健民送了羊肉，领着孩子出来玩。几个孩子上次见过面，居然都记得对方，马上要一起坐木马。把他们弄到木马上，伴随着音乐，木马转开了，三个小家伙开心地咯咯大笑。

张烨望着开心的孩子们说："你看孩子们多开心，这个阶段他们最需要大人陪。"我说："幸亏只有两年，快过去四分之一了。"张烨说："你皮肤粗了，有家新开的美容院，我办了张卡，请你去做个美容吧。"我摸了摸明显粗糙了的手说："等从村里回来再说吧，做了下去也不管用。"张烨喃喃地说："两年呢！"

手机一直关到了3号晚上，我才打开，出现许多新信息。与乡镇工作有关的各个群都有许多欢呼的信息，省际交叉检查没有抽中黄东县。

有几个私人信息，其中一条是村里的贫困户早上发来的。他家孩子发烧、呕吐，在县里输了两天液不见好转，医生让到省城检查，请我帮忙找个医生。一天了，不知道找到医院没有？我忙回复，半天没有回音，打过电话去，响了七八声才有人接起来。孩子父亲告诉我，上午去了省儿童医院挂上号，检查完需要住院，没有床位，医生建议去市儿童医院，已经在市医院住下了。

我收拾东西。丈夫问干啥？我说："有位村民的孩子病了，住在市儿童医院，我去看看。"丈夫叹了口气说："一开手机就有事。"欢欢说："妈妈又骗人！"我说："妈妈不骗你，看完那个小孩儿就回来，想吃啥妈妈给你顺便买上。"欢欢扭头进了卧室。

买了一箱奶、一兜水果赶到医院。一间屋子四个病床，我们村那个孩子正躺在床上输液，另一个病床上的孩子和他妈妈下五子棋，另外两张床没病人，我们村那孩子的爸爸妈妈在上面躺着。看见我，他们站起来急切地问："安书记医院有熟人吗？"我不好意思地说："我们单位是文化单位，和医院接触不多，我来也得和你们一样挂号、排队。"说完，怕他们不放心，又补充道，"现在大医院医疗服务都不错，安心给孩子看病吧，确诊什么病了吗？"孩子爸爸说："还没有，抽了好多血，有的结果明天才能出来。”

孩子大概被高烧折磨得累坏了，昏昏沉沉睡着了。我摸了摸孩子的额头，还有点儿烫，而且孩子的脸色很苍白，眼睛没有完全闭上，眼睑尤其白，手还不时抽搐一下。

我给孩子掖了掖被子问：“钱够用吗？”

“出来时凑了一万，先住下了，不够再说。”孩子爸叹了口气。

孩子妈说：“今天光住院，两个医院抽血、拍片子，缴押金就花了五千多。”

我心里感叹现在的医院真住不起，从口袋里掏出一千块钱塞给孩子妈妈说：“有啥问题打电话，不要多想钱的事，你们家是贫困户，最多在医院里花六千块，剩下的都能报销。”

旁边和孩子玩的女人听到我的话，插嘴道：“现在的贫困户真好，我们这城里的看病也享受不到那个待遇。”

我们村的女人还是又叹了口气。我怕她乱想，忙岔开话问：“你们晚上怎么睡觉？”

孩子爸爸瞄了瞄挨着自己的那张空床说：“我们睡这张。”

望着这窄小的单人病床，我说：“医院里能租床。”

孩子妈妈忙摆手，“不用租床了，孩子输完液我俩睡一张，他爸爸睡一张。”

我知道他们想省钱，不好再说什么，告诉他们我明天一早得去孤城，有事打电话。

出了医院，欢欢打来电话，问我能不能给他买个比萨？

我去找比萨店。想起那个生病的孩子，想应该给他也买个比萨，他大概长这么大还没有见过比萨的样子。

买了三个，买好之后，我返回医院。孩子的爸爸妈妈看见我又来了，有些意外。我说：“给孩子买了个比萨，还热着呢，要不要叫醒他？”

“比萨？”孩子妈妈疑惑地问。摇了摇孩子的身子。

孩子醒过来，妈妈说：“安书记给你买了个比萨，吃不吃？”

“比萨！”孩子一听，眼睛亮了。

他把包着的塑料袋撕开之后，孩子妈妈说：“比萨，不就是饼子卷菜和肉？”

孩子瞪了妈妈一眼说：“这是比萨！”

我把给欢欢和乐乐买的比萨给了孩子的爸爸妈妈，说：“你们也尝尝。”

出了医院，我又去比萨店，路边的橱窗里穿着漂亮衣服的模特一个比一个美丽，饭店里坐满了吃饭的人，今天，新年假期的第三天，还算过新年。

十三

省际交叉检查没有抽中黄东县，大家都明显放松了。星期一我赶到乡里的时候，等待开会的人没有以前多，例会上，书记、乡长的腔调也没以前那样严厉了，只是强调再过一个多月就是春节，号召大家善始善终，一年都过来了，不要放松，站好最后一班岗。

回到孤城，一闻到熟悉的辣椒乳酱味道，我就兴奋起来，放下行李，匆匆忙忙跑到辣椒乳酱合作社去看。毛虎一见我高兴地说："县里最少有十家饭店订咱的辣椒乳酱了，吃过的人都说好，你同学那边也要，几个超市也想要，可惜咱还没有申请下专利，要是申请下专利，注册了商标，就可以进超市了。”

我听到好消息也很开心，叮嘱毛虎：“咱们现在有了好的开端，一定要在质量和卫生上把好关，然后加紧注册商标。”

进了生产车间，楚知木挥舞着大铲子，正在炸辣椒，她穿着厨师的白衣服，透过白口罩能看到脸上满是笑容。想起和她一起回大凉山，仿佛很久远的事情了。

文化活动室里，女人们在加紧做布艺品，经过多次摸底，刘启明把工人们分成两类，一类女人很有想象力，刘启明让她们开发富有创意的产品；一类女人习惯传统做法，便让她们做那种传统产品。刘启明联系上义乌一家批发布艺的厂商，他们看中这儿人工成本低，手艺好，下了很多订单。

布老虎、布马、布兔子……光布兔子大概就有二三十种，有的两只眼睛大睁着，调皮地笑；有的伏在地上，让人想起《木兰辞》；有的好像玉兔，站起来前爪还捧着东西。我为她们暗暗喝彩，以后找机会领这些女工去城里看看画展和工艺品展览，说不定可以触发什么灵感呢！

打井的事情却还不大乐观，以前选过的那三个地方勘探了两个，都有问题，往下探是很厚的花岗岩，只剩大池子那儿。大池子里有水，水结了冰，不能放干水去测量，再说打井的时候还得保证这么多人吃水，便在其他地方继续选。

这种技术活儿，光着急没有用，我让崔健民帮着再找几位专家，一起勘探。

接下来最大的一件事就是慰问，王馆长和我联系了，腊月二十三过小年，过完小年单位组织人来慰问。

我找干部们商量，只慰问贫困户，还是所有村民都慰问。因为听说以前许多村子只慰问贫困户，结果激发了非贫困户和贫困户之间的矛盾；还听说有的村干部慰问品到了村里后，每户发一份不够，怕激发矛盾，便一直放着，结果不是放坏，就是被老鼠偷吃了。

“只慰问贫困户。”王金贵这次毫不含糊地表态。

“只慰问贫困户。”刘跃进跟着表态，“咱们村有了这么好的辣椒乳厂，那么多女人做手工，大家经济比以前好了，不光等光靠了，明年我的农家乐开业，也可以用些人。”

毛虎说：“辣椒乳酱合作社现在订单很多，人手不够用，谁家过年困难，可以来这儿打工。”

大家一致通过只慰问贫困户，王金贵和刘跃进两人拍着胸脯抢着说：“谁要是有说法，就说我提议的。”两人没想到会双方想到一起，望着对方哈哈大笑。

商定完这件事情的当天晚上又下雪了，睡觉前，雪已经下了厚厚一层，第二天早上一推开门，整个世界闪着蓝光，雪下得足有一尺厚。

芙蓉看下这么大的雪，跺着脚发愁地说：“雪不化，这周回不去了。”

“才星期二，还有三天呢！”我嘴里安慰着芙蓉，心里却不踏实，毕竟是“三九”天气，要是再降温，雪恐怕三天时间真化不了，而且我害怕村里那些旧房子出问题，尤其是楚知木这些在崖上掏窑洞的人家，过了年他们就要搬到新的移民住宅区了，千万别这时候出事儿。

我便穿好衣服出去查看。

雪真是厚，几乎没人踩过，一走一个雪窟窿。许多树枝被雪压断，掉在地上七零八落像车祸现场，人走过树下时，雪不时被风吹得掉下来，落在脖子里凉凉的。整个村子静悄悄的，像被大雪盖住了。

很快我的鞋子进了雪，湿了，脚冰冷。

看完村北住窑洞的那几家人，往西走时，在一家寡妇门口遇到了金贵，他看到我有些尴尬，故意嘿嘿笑着说看看她家房子有没有问题，他笑得有些太刻意，那只总直愣愣盯人的眼睛居然也眯了起来。想起人们说的金贵和村里女人的关系，我打量了他几眼，金贵更不自然了。我说："你要是喜欢人家，我去给说。"金贵摘下帽子，挠了挠脑壳，低声说："我去给她家扫雪。"

走了几步，回头望见寡妇家屋顶上出现一个光脑壳的男人，在奋力扫雪。

一家一家吆喝那些房子又破又旧的人家，督促他们赶快上房扫雪。有几户人家家里都是老人，上不去屋顶。有的老人家里炉子还没生着，进去像进了冰窖。我给金贵打电话，让他扫完寡妇家的屋顶赶紧来帮忙。可惜刘跃进不在村里住，想了想，通知毛虎、刘启明他们喊些手脚利索的人来帮助老人们生炉子、扫雪。

路过公交车站的时候，那个蓝色的小亭子完全被雪盖住了，周围静悄悄的，一个人也没有。大家都知道，这么大的雪，公交车上不来了。

走了一圈，回来换了双鞋，芙蓉她们已经做好了饭。

校园里渐渐有了动静，有吃过早饭的学生跑来了，这么大的雪，孤城也很少见，他们兴奋地堆雪人、打雪仗，有几个调皮的家伙在雪地上边打滚边喊叫。

芙蓉出去让学生们扫雪。

吃完早饭，校园里已经快打扫干净了，每个教室前面堆着一个雪人，眼睛上都粘着黑色的炭，像站岗的哨兵。

我走出学校，街上扫开一条弯弯曲曲的小路，通向各家门口的巷子，小路两边的雪堆得厚厚的，像垒起了一条渠。有几只狗在雪地里撒野，一只正好抬起腿撒尿，雪地上出现几个冰窟窿。

这么厚的雪，什么时候能化完呢？我回去取了扫帚从校门口开始扫起来，想能打扫多少算多少吧。忽然后边有动静，返头一看是磊磊。我问："磊磊快上课了吧？"磊磊说："我回家叫我爸爸去！"朝家里奔去。

很快磊磊跑回来。几分钟后，磊磊爸爸扛着扫帚过来了。这次他没有说话，也没有习惯性地掏烟，而是冲我笑了笑，便低头扫起雪来。他的力气真大，我扫了半天才扫出一间房那么大地方，他一来，很快把校门口扫出一大块干净的地方。几个学生家长看见我们扫雪，也回家拿着扫帚、铁锹加入进来。

很快，扫雪的人越来越多，没有人号召，人们都是自愿跑出来的，人们不仅扛着扫帚、铁锹，有的人还推来小平车。大家先从校门口一直往村子西边扫去，大块大块的雪被铲到车上，有人拉上往村外的垃圾堆倒，马上有人打扫铲过后的路面，眨眼间，一大段路面就清扫干净了。

两个小时过后，村西的雪都扫干净了，大家又去扫村东的。这时乡里的工作群发出通知，要求各村干部注意危房，同时要组织村民们扫雪。

有人说："咱们已经扫了一半了，才通知。"

有人问："今天怎么大家突然都来扫雪了？"

毛虎告诉我，以前下了雪都是村里打扫卫生的刘全恩一个人扫，有些年雪太厚，他一人扫不完，便把扫起来的雪堆在路边，晚上一降温，雪堆结了冰，更扫不动了。行走不方便，人们便把泔水和垃圾倒在上面，街上到处脏兮兮的，一直等到第二年天热了才能清理掉。

大家继续扫着，快到中午时，村东的雪也扫完了。站在村口，远处的山和四周原野一片白茫茫的，通往塬下的那条路也白茫茫的，只有村里干干净净的，像被白色包裹着的童话中的世界。

有人说："咱们孤城这么漂亮！"

"是啊，这么漂亮，以前就没发现。"人们接连不断地赞叹。

"安书记，咱们今天扫雪的人合个影吧？"刘启明提议。

没等我回答，好几个人说：“合个影吧。”我说：“好！”

拍完照，我把照片发到村里的微信群，人们纷纷在照片里找自己，手快的已经转发到自己的朋友圈，人们让我看他们朋友圈的点赞，大家开心的样子让我意外，扫雪这么一件小事，居然如此在乎。

很快，没有参加扫雪的人在后面纷纷留言：“扫雪为什么不通知我们？”“下次叫上我们！”

扫了雪的人们回应：“这事还用叫，自己拿上扫帚来就行。”“集体的事大家一起动手！”

刘跃进给我手机发来信息：“安书记，看到大家扫雪了，我在城里上不去，你们辛苦了，我给大家发个红包。”说完，刘跃进在群里发了红包。大家纷纷去抢。刘跃进说：“安书记，自从你来了，咱们村大变了样，以后村里的事我得多参与。”

回到学校不久，毛虎带来两只剥了皮的野兔，说这么大的雪，野兔真好逮。

把野兔清洗干净，炖进锅里，太阳正照到屋顶，屋檐上吊着的冰柱开始融化，一滴一滴沙漏似的掉下来，居然真的就快要过年了！

芙蓉她们放学后，野兔已经快炖好了，屋里飘满香味儿。芙蓉用筷子扎扎野兔说：“我再来炒个菜。”

下午，太阳依然很好，雪继续化着，整个孤城到处滴答滴答，好像无数家屋子在弹琴。

辣椒乳酱合作社里，人们洗瓶子，洗辣椒，烘辣椒……忙得手忙脚乱。这里的温度似乎比村里其他地方高一些，人们脸上都红通通的。毛虎、磊磊爸每个人面前一堆装好的辣椒乳酱。洗瓶子的地方放着几个大盆子，里面堆着高高的玻璃瓶，亮晶晶地闪着光，旁边是桶装的纯净水。楚知木穿着白褂子指挥着两个人往锅里放辣椒，她在旁边专心致志往外捞炸好的辣椒，然后放调料，与腐乳拌一起。我透过玻璃看了半天，她太专心了，没有发现我在看她，我也没有搞清她到底怎么弄出的辣椒乳酱，看似那么简单，不是亲自来看，谁也想不到这么好吃的辣椒乳酱是这样做出来的。

重庆小面、火锅底料、暗黑烧烤大概也有异曲同工之妙。那些来自民间的好吃的东西，许多都是由些普通人偶然发明和制造出来的，它们没有多少道理可讲，甚至莫名其妙，也许暗暗契合了某种道理，可是没被人发现，但就是好吃。

可是孤城只有楚知木能做出这种辣椒乳酱，万一她生病了，或者有点儿什么事，大家怎么办？还有下一步需要扩大规模，比如说想做到“老干妈”那样大，怎么操作？

正想着，毛虎走过来，他说：“安书记，快过年了，订单越来越多，我计划再从村里找些人，和我们一起干。”

我一听很高兴，说：“好，尽量多招些人，让大家都多挣点儿钱，过个好年。可是，楚知木那边能供上吗？”

毛虎说：“真是神了，楚知木随便一弄，就做出很地道的味道，看着简单，别人却怎么试也做不出这么香的。我仔细查过了，现在全国生产辣椒酱和豆腐乳的地方都很多，可是生产辣椒乳酱的只有咱们一家，商标年前应该能注册好，咱们要是抓不住机会把‘琥国’弄大，对不起这个机会。”

望着踏实稳重的毛虎，我点点头。

文化活动室里，布艺合作社的人们也在忙活着，经过分类，大多数人在做义乌老板的订单，刘启明说手快的，一月挣个两三千没问题。剩下几个人在开发创意产品，新置的货架上摆着六只眼睛的鱼、长着鳞片的马、腿可以折叠的猴子等新产品，可是像蚊子腿那种有意思的老虎还是没有。这些新做出的产品看着新奇，却觉得怪怪的，不合理，而蚊子腿老虎虽然感觉也怪，但又觉得很有意思。刘启明大概捕捉到了我脸上微妙的神情，他拿起本达利的画册，翻出一张图让我看，我居然看到与那只老虎异曲同工的作品。怪不得那只老虎很多人喜欢，原来作者想的和达利的作品差不多，是真正的高明。看来真正有创意的产品只有少数人能做出来，就像辣椒乳酱只有楚知木能做出那种味道，我想幸亏刘启明没有引导大家都去开发创意产品。过了春节，要是有什么展览的话，一定让刘启明带人出去参观。

在村口，遇到个子矮小的结巴满意。他刚从大池子挑了一担水往回走，看见我更加结巴了，说：“安，安，安书记，我明天过生日，你能来和我一起，一起过吗？”

这大概是村里第六个光棍邀请我陪他们过生日了。脱贫，脱光也应该是一个指标，村里富裕了，一定想办法给这些光棍找个做伴的。我想起早上遇到的金贵和寡妇，不由笑了。

满意看到我笑，说："安，安书记，你答应了。"

我说："去吧，明天中午我过去。"

"谢，谢谢安，安书记。"满意满意地去了。

我数了数村里的光棍，明年一定要把吃水问题解决了。

第二天中午，我到了满意家。满意家的一切东西都比人们平常用的小一些。他家的桌子，比别人家的小一圈；他家的凳子，比别人家的矮一些；他的床也像《白雪公主和七个小矮人》里小矮人的床。

满意看见我盯着他家的东西看，他说："安……安书记，人们笑……笑话我，我的东西小，但……但都是我自己做的，我觉得小才文明，是真……真正的低碳生活。"

第一次在村里听到"低碳生活"这个词，我重新打量了满意一下，说："小不怕，够用就好，浪费才应该被笑话。"

"安……安书记，人们说……说你从来不看不起人，是……是真的。"

满意拿出餐具，像城里人用的小碗、小盘、小酒杯。孤城的人们吃饭喜欢用大碗、大盘、大杯子，比头都大的那种大海碗。每次在乡里灶上吃饭，不管盛烩菜，还是盛稀饭或面条，都是大碗，常常发愁怎么把它里面的东西吃完。

最后，满意端出刚蒸出笼的馒头，也是小馒头，很圆。看着这些小巧的东西，我想满意也是个可爱的家伙。

饭快吃完的时候，李希禄打来电话，问我这几天村里忙不忙，省际交叉检查他们县也没有被抽中，春节前正好有段时间，他想下周带上村干部和几户贫困户来孤城学习，他觉得我们的琥国辣椒乳酱和布艺都很有意思。

挂了电话，我有些激动，没想到李希禄这么看重我们的这两个产业，我对满意说："下周有人要来咱们村参观。"

满意把大半个馒头塞进嘴里，狠狠咽下去说："我……我能帮啥忙？"

没有等我回答，电话又响了，是张队长的。他问："安书记在吃饭？"

我说："满意过生日呢！"

张队长说："安书记，你看到群里的消息没有？县里评选的优秀扶贫干部公布了，每个乡镇都有好几个，咱们乡你居然没有评上。"

"优秀扶贫干部，还评选这玩意儿？"我问，"你评上没有，你在县里工作，评上对你更有用。"

"呵呵，我被人家查岗查住过，"张队长愤愤不平地说，"怎么也应该给你评上呀，不到半年做了这么多事情。而且，听人们讲，也有人提你了，但反对的人说你经常和光棍们在一起吃饭，每星期回家还带几鞋盒子鸡蛋。"

我一听生气了，怒问道："谁说的？和光棍们在一起吃饭是给他们过生日，难道他们不是人，不配过个生日？每星期回家还带几鞋盒子鸡蛋，是给村里推销鸡蛋，我没装口袋一分钱。”

张队长说：“这我比谁都清楚，关键是没人听咱解释！要不你现在看看群里公布的消息，真气人。”

张队长挂了电话，我后背一阵发凉，打开工作群，里面果然公布出来县里评选出的优秀扶贫干部，黄城乡三十九个行政村，共有十二位第一书记和驻村工作队员被评上了先进，没有孤城的。我有些愤怒，愤怒的不是我没有评上，而是评优应该是把真正的优秀评上，起到引领作用，我们的工作在整个乡里面肯定是走在了前列，却没有评上，对我还有那些风言风语。

满意看我生气的样子，不安地问：“安……安书记，是不是和我……我们吃饭有人说闲话？”

我不想让满意多想，便说：“说让他们说去吧，舌头底下长了个嘴。”

满意眨巴着眼睛说：“安……安书记，真的谢……谢谢你！”

从满意家出来，我还是愤愤不平，但想到李希禄的事儿，去找王金贵，告诉他下周有人要来村里参观，建议集中搞几天卫生，让大家准备一下。

王金贵应该也听说了什么，他说：“安书记，评优秀，我认为我们乡只评一个，也应该把你评上，我金贵向来不服人，但服气你。”

我的脑袋闷闷的，不想在这件事上再纠缠，说：“王书记，咱们这几天把村里的卫生搞好吧。”说到卫生，我重重咬了一下这两个字。

当天下午，村民们就开始打扫卫生。

我担心楚知木家，想万一李希禄他们来了想去她家看看，那样子连辣椒乳酱也跟着受影响，便对芙蓉说了自己的担心。

芙蓉说："她要是自己收拾不干净，我下了课晚上和你去帮忙。"

晚上，我和芙蓉去楚知木家。芙蓉说："安书记，你来孤城没有赶上最好的季节，十月份一来就凉了。往前九月份很漂亮，再往前七八月不仅漂亮，而且凉快，别处三十七八度，热得流油，孤城不热。好多美院的学生暑假来这儿避暑，边避暑，边写生，都夸这儿既舒服，又漂亮，不过就是怕喝大池子里的水，每个人都买矿泉水喝。"

我说："明年暑假时候我还在，那时孤城就有水了。"

说着到了楚知木家，他们刚吃过晚饭，还没有收拾东西，家里看起来比以前整齐许多，但还是不干净。

楚知木他们一见我，脸上漾出笑容。

磊磊正在写作业，看见芙蓉，吐了吐舌头，喊了声校长，低下了头。

芙蓉问："作业完成了吗？"

磊磊摇摇头，赶忙写起来。

我说："楚知木，家里整齐许多了，但下周有人来咱们村学习，还得再弄干净些，人家来你家的可能性特别大，我和芙蓉校长帮你收拾一下。"

楚知木不好意思地慢吞吞地说："我自己来吧。"

磊磊站起来说："校长，不用你忙，我写完作业帮我妈收拾。"

芙蓉说："你赶紧写作业。"

我们俩看了一下。我说："楚知木，你先把饭桌收拾干净。""磊磊爸，你借个高凳子，把屋尘打扫一下。"

我和芙蓉帮着擦柜子、擦桌子。擦到桌子时，芙蓉看到桌上的花，问："这是什么花？这个倒干净，绿油油的。""马缨花，我妈从我姥姥家带回来的，经常擦它。"磊磊回答。我进来时，灯光荫得没看清，芙蓉这么一说，我走近去看，就是楚知木从大凉山带回来的马缨花。顶多一个月时间，它已经适应了这边的环境，枝干绿油油的，还长出了许多新叶子。

忙到九点多的时候，磊磊和弟弟写完了作业，磊磊小妹妹打着呵欠说要睡觉。我告诉楚知木我们明天再来，出了屋子，听到磊磊责怪他爸妈不注意卫生。

路上的雪化开后，张队长来了，他还在为我没有评上优的事打抱不平，他说："安书记，我打听清楚了，给你打小报告的是王金宝，他肯定还在因为出列的事报复你。"我眼前出现那个脸色蜡黄的男人，甩了甩脑袋，阻止张队长继续说下去，而是说："我同学他们快来参观了，咱们去楚知木家看看。"

到了楚知木家里，张队长惊讶地说："咦，变干净了。"确实，楚知木家虽然还在窑洞里住着，但是窗户上装了两块新玻璃，亮堂了许多，被子叠得整整齐齐，连灯泡好像也擦过了。那盆马缨花几天时间，好像又长了一点儿。

孤城的人们都在抽时间打扫卫生，村里变得越来越干净。金贵说：“以往腊月二十三过小年人们才开始扫家，今年提前了，年也好像提前了。”是，因为辣椒乳酱合作社和布艺合作社，人们的手头比以前宽裕了些，有人开始买过年穿的新衣服，有人开始杀猪宰羊，有人开始漏粉条，有人开始做豆腐，年味儿越来越浓。

望着村里兴盛的样子，我趁着这几天不太忙，写起了春联。在我们单位，过年的春联都是手写的，我想孤城也应该贴手写的春联。

写了三天，李希禄带着他们村的人来了。他们没有惊动县里，也没有惊动乡里，悄悄来到我们村。我在村口等他们的时候，看着干净的村庄，闻着空气中香喷喷的辣椒乳酱味道，心里充满喜悦，像等待验证生命中的重要时刻。

李希禄带来的人里面，居然有郝大爷，他一眼认出了我，热情地握着我的手第一句话就问有没有按照他的法子靠树。

已经中午，我们决定先吃饭，后参观。毛虎和刘启明陪我们一起吃饭，刘启明让安排在他家，让我什么也不用管，一切都由他和毛虎来张罗。

进了刘启明家，人们为他家里的干净赞叹，然后看到那只醒目的蓝色老虎，有人抱起来让给他照相。

大家坐定之后，毛虎和刘启明最先端上来的是两碗辣椒乳酱和两盘馒头。北方人吃饭，都是先上菜，最后上主食，孤城也不例外，他们却先把主食端上来了。所幸，馒头是小馒头，满意蒸的那种小馒头。

刘启明说：“大家赶了一上午路，肯定饿了，先吃个馒头垫垫底，菜马上上来。我们的馒头是自己种的小麦，自己磨坊磨的，自己手工蒸的，看起来和外面卖的差不多，吃起来味道可不一样。这个辣椒乳酱，就是我们合作社自己做的那种酱，而且是我们发明的，大家一起尝尝。”

刘启明说完，我让大家赶紧吃，示范性地拿起馒头，夹了一筷子辣椒乳酱抹到上面。李希禄跟着拿起馒头，抹上辣椒乳酱。其他人纷纷跟着我们拿起馒头抹酱。我不知道刘启明说的馒头的事是真的还是假的，但能猜到人们吃了抹上辣椒乳酱的馒头之后的样子。果然，第一口吃进去，每个人脸上都露出赞叹的神情，马上筷子争先恐后伸向辣椒乳酱，馒头吃完了，每个人脸上都露出意犹未尽的表情。

毛虎把第一道菜端上来，是兔子。毛虎说：“这是野兔，不稀罕，但也算野味儿，大家尝尝味道。”雪化了，他们还能弄来野兔，看起来为这顿饭花了很多心思。兔子炖得特别烂，妙的是里面也放了些辣椒乳酱，野兔的腥味儿闻不到，多了些复杂的香味儿。

人们两三口就把野兔吃完，吃完大家还在砸嘴。

毛虎说：“我们的辣椒乳酱不仅可以当菜，也可以当调料，刚才大家吃了用它炖的野兔，接下来吃个用它炖的菜。”

毛虎这次端上来的菜很简单，辣子白，但没有用辣椒，用的是我们的辣椒乳酱。

那天，刘启明和毛虎匪夷所思地端上十几道菜，每个菜的主要配料都是辣椒乳酱，最后给大家每人盛了一碗面，做的酱料还是用的辣椒乳酱。望着碗里鲜红的辣椒油，大家都鼓起掌来。

吃完饭，每个人都说吃撑了。我说咱们休息会儿去参观，但大家都不愿意休息，迫不及待想去参观辣椒乳酱的生产。

走近厂房，闻到辣椒乳酱的味道，人们就兴奋起来了。当看到楚知木行云流水的动作，一瓶瓶码得整整齐齐的辣椒乳酱，李希禄带来的人激动了。他们中间以前有几个在微店上卖过辣椒乳酱，但没有见过怎么生产。有人问："洗辣椒还用纯净水？"我说："我们村现在缺水，为了保证质量用纯净水，明年打上井就用自来水。"有几个人开始打问价格，他们想带回一些在微店上卖。

我给合作社的人们讲李希禄他们村的微店，讲的时候，这些做微商的人纷纷打开视频，拿出自拍杆，做起直播来。

毛虎看着这些直播，啧啧称赞："真厉害！比我们厉害！"

郝大爷说："你是合作社的负责人，我单独采访你一下。"

说完，郝大爷拉着毛虎到旁边做起专访来。旁边有几个人又把摄像机头对准他们，做他们的直播。

参观完辣椒乳酱合作社，又去文化活动室参观布艺合作社。太阳均匀地照在黄色的土坯墙上，像又缓缓拉开一道大幕。

到了活动室，又是介绍，又是直播。

参观完，两边的村民们都觉得对方很神奇，纷纷私下加微信。

李希禄和我都觉得两家可以深度合作。

李希禄他们晚上要赶回去，我们叫上合作社所有的人，在戏台上拍了张合影。李希禄说："过上多少年，有人研究中国脱贫攻坚这段历史，这张照片就是一个见证。"

晚上躺在床上，我端详着下午拍的这张照片，岭上和孤城，一个在太行山，一个在吕梁山，不是脱贫攻坚，两个地方的老百姓一辈子估计也不会见面。我和李希禄也一样，不是脱贫攻坚，估计一辈子也不会来这么偏僻的地方。但就是这么偏僻的地方，一下下改变了我们，我们也一步步改变了这个地方。

看着这张"全家福"，我想起在孤城老百姓家里看到的照片。这儿几乎每个人家里都挂着相框，但里面不是这些人年轻时拍的泛黄的旧照片，就是他们孩子们新拍的耀眼的婚纱照，似乎很少见过全家福。过春节，村里好多在外地的人都要回来，不如趁这机会给他们每家拍张全家福，也算个纪念。

有了这个想法，一晚上激动得睡不着觉，第二天上午联系摄影师，马上想到文化馆的司机小陈。陈师傅喜欢摄影多年，还省吃俭用买了套专业的设备。

商量让村民们穿什么衣服，陈师傅和我都认为应该有种仪式感，他们许多人可能一辈子就拍这么一张全家福。两人拿出好几套方案，最后议定让男女老少都穿“中国红”服装，既喜庆，又有传统味道。

为了能给每家人都拍全，全村排查了一遍，有些人家孩子们在外地，过春节时才能回来，便把他们排在后面。拣人全的人家开始，从村子东头一家挨一家拍。

好多人家夫妻俩一辈子除了照结婚照，再没有拍过合影，有的结婚时也没拍过照片，他们没有想到人到老年，居然能和子孙们在一起照全家福，非常高兴。大多数人没有穿过传统的中式衣服，更不用说大红的，有人穿的时候有些害羞，说就穿他自家的衣服吧。陈师傅开玩笑说，不行，都得统一。

人们有个习惯，自己不好意思穿，但一看见别人家穿着这样的衣服拍挺好看，自己也就不害羞了。拍摄的时候，那些满脸皱纹，平时总是穿着皱巴巴衣服的老人换上鲜艳的服装，梳洗干净之后，立马容光焕发。周围看的人心情马上就变了，赶紧收拾自己，还让会化妆的人帮忙。芙蓉她们也没闲着，没课的时候帮人们化妆。

有的人家只剩下两个老人，陈师傅说：“坐近点，亲热些。”老人们不好意思，怕别人笑话。陈师傅便喊：“怕啥笑话，过了一辈子了。”边说边把一个人的手放在另一个人腰上，老人们嘴上还在推辞，脸上却已经笑出了花。

有的人躺在床上好多年，根本没想过自己还会照相，比如毛虎老婆。我们和家里人帮他们换上衣服，扶起来一起拍照。镜头定格的一刹那，许多人笑脸上带着泪花。

本着一户也不能少的原则，我和陈师傅挨个儿拍，边拍边让影楼冲洗出来，制作成16寸的磨砂摆件，一家一家送过去。收到的每个人家几乎都迫不及待地挂了起来，一挂起来，他们那或简陋或殷实的屋子好像马上亮堂了起来。村里没事干的人一户一户挨着看这些照片，他们点评照片里的谁年轻了，谁漂亮了，谁像他爹，谁像他妈。

腊月二十四，小年刚过，王馆长带队，我们单位来孤城慰问。

全家福已经快拍完，只剩几户人还不齐的人家。同事们带着米面油进了贫困户家里，进门首先看到的都是醒目的全家福照片。

王馆长说："安欣，这个创意不错！"

几个同事小声嘀咕，"我们家还没有拍过这样的全家福。""我家也没有，回去拍一个。"

听着大家的嘀咕，王馆长问："安欣，你们拍了多少张这样的照片？"

我一五一十回答："按照户口本，村里一百〇八户人家，有些人分户不分家，老人还和孩子们住一起，我们计划每家拍一张，拍八十几张吧，现在拍了七十多张，有几户家里人不全，还得等等。"

"告诉影楼多洗几张，元宵节咱们在省城办个新春摄影展，就用文化馆的展厅，我感觉这个挺有意义。”王馆长说，“现在都在提倡孝道，讲究和谐，这不是孝道和和谐吗？也算咱们的扶贫成果。”说完，王馆长眼珠子一转，“咱们在孤城也搞一场展览，安欣，你定个地方。”

我马上想到戏台，孤城这个戏台真是太好了。我说：“王馆长，咱们可以在戏台上搞，孤城那么大的戏台，完全能把这些照片都挂上。”

我和陈师傅马上联系影楼，让每张照片多洗两张。

王馆长他们回去后，年马上就到。乡里开了最后一次会，安排春节放假事宜，驻村扶贫的干部安排好村里的事情就可以回家了。

询问之后，村里剩下的那几户人家在外的人马上就要回来了，我和陈师傅商量，再坚持几天，争取把全家福拍完。

陈师傅说：“拍吧，反正回了单位也得上班。”

照片洗好送回来了，我们先把在村里展览的挂戏台上。几面墙上都红彤彤一片，那么多笑脸集中在一起，每次回了学校我都忍不住看一会儿，看见这么多人这么开心，我也开心。

欢欢乐乐已经放了假，每天问我好几次，啥时候回家。他们一问，我的心就颤一下，我说快了。

整个乡里，外地来的干部好像只剩下我了。我把写好的春联给人们分下去，和陈师傅继续拍全家福。

腊月二十六，只剩三家没有拍了。天气预报说冷空气入境要下雪。害怕下了雪封路回不去，不能再等了，只好赶紧与大家告别。

我和陈师傅收拾好东西的时候，看到家家户户已经贴好了春联。

望着红彤彤的春联，我说："孤城的风俗，春节前的双日子贴春联，今年有大年三十，大家就早早开始贴了。"

陈师傅说："人们这么早贴，是想让你看哩，老百姓认你。"

忽然手机响了，是张队长的。张队长说："安书记等一等，我上去送送你。"

推辞中间，张队长已经在路上了。不忍拂了他的好意，我等他上来。村里许多人来和我告别，人们纷纷夸我的字好，夸我为了大家这么晚还没回家。听着这些质朴的声音，我想到刚来孤城时孤零零一个人，谁也不认识，现在这么多人来送我，我感觉自己像长在大地上的一株植物，根深深地扎了下去。

渐渐地，天越来越暗，灰色的云朵遮住了太阳，刮起风来，人们却像赶集似的，不断地拥到学校里。

张队长来了。我再次与大家告别，雪花飘了下来。所有的人对我挥着手说："安书记，快上车，下雪了。"我挥挥手，坐上车，车外边的人们还在挥手。

忽然一个声音唱起来：

腊月里来送亲人，
亲人是咱安书记，

安书记来了咱们村，
全村人心里暖烘烘。
脱贫攻坚为咱孤城费尽力气，
全村人心里都迷恋个你。

他刚唱完，另一个人接着唱：

安书记么你听我来表，
你的那人品实在是好。
如今当官的您这种人不多，
我们孤城的人遇上您实在是好，
祝愿您全家蒸蒸日上、步步登高。
……

雪花模糊了我的视线，看见大地上黑压压一片的乡亲们，我想一切才刚刚开始，明年春天要打井，要带孩子们出去见见世面，要领上做布艺的女工们看美术展，要扩大辣椒乳合作社的规模等等，要干的事情太多了。

雪越来越大，一只兔子从车前射出，消失在茫茫雪野中。

（中国作协定点深入生活扶持项目“全面建成小康社会”专题作品）

杨遥近作：来自扶贫一线的文学经验

王朝军

《大地》是杨遥的长篇作品，刚刚发表在《中国作家》2020年第5期。正是作者的这种厚实携带着他对“大地”的热情，铺伸出一条庄重而丰饶的写作之路。杨遥有他经验的大地，那是中国北方乡村和安居于乡村内部的伦理秩序，是从农村迁入城市的秩序变轨，也是对城市生活的价值认领。也就是说，杨遥在不知不觉中，亲身践行了中国社会经济变革的典型叙事。现在，这个典型叙事又更新了它的议程：反哺农村。“脱贫攻坚”便是反哺农村走向深入的基础“情节”。这一次杨遥依旧没有缺席，下乡挂职扶贫和为写报告文学作品《掷地有声》而实地采访的经历，将他纳入了宏大叙事的历史现场。

作为一名小说家，杨遥深知，文学经验并非对生活经验的简单处置，他必须深入经验的内部，在庞杂纷乱的材料中拣选出细节和意旨，并赋予它审美的形式。而所有的工作都指向一个中心，即人的秘密。

是啊，人很复杂，你不可能抛开一个人的上下文去核实他、确认他，那是“现象造人”；你也不可能将人拔离地面，按既定程序左右他的行踪，那是“观念造人”。在这两点上杨遥保持了足够的警觉。于是我们看到了陈继清（《墓园》），看到了张小飞（《从前是一片海》），看到了“父亲”（《父亲和我的时代》），他们在小说狭窄的空间内呼吸，挣扎，负重前行，他们毫不隐晦自己的终极信念：过上好日子。

我知道有人会嗤之以鼻。他们认为在21世纪的今天，小说的根本志趣已经与“日子”无关，与吃饱穿暖这类生存的基本问题无关，他们要的是精神，纯粹的精神体验。对此我表示同意，但生活未必同意。理由是拒绝“日子”，就等于拒绝生活。而我们的小说，在拒绝生活方面所表现出来的勇气却是无比的坚决，结果，大量的“伪生活”以反映生活的名义被制造、被消费。

《父亲和我的时代》提出了尖锐的质疑：“我、我的这些朋友、大街上每个人和每个家庭，都有些问题，这些问题有的别人一眼能看出来，有的看不出来，甚至当事人自己都意识不到，有时还把它当成优点。我把它称作隐疾。”直到小说收尾，“隐疾”才找到它真正的落点：“听着他们的歌声，我觉得以前的视野太狭隘了，而父亲他们，我认为远远落后于这个时代的人们，竟然跟着时代奔跑。我忽然想起我的小说《隐疾》。”

杨遥试图重新确立个体与他人、与世界和时代的关系。他的解决方案是让个体参与到时代的演进过程中。比如“父亲”，他不是贫困户，但他绝不能容忍自己精神的贫困。这种明确的自我认知，是他率先在精神上“脱贫攻坚”的源动力。他的“偏执”、进取和紧跟时代的选择，有力地重申并确认了劳动的尊严和美好。劳动是他的生活方式，是他抵抗虚无、完成自己的有效路径。当然，这种劳动是标有时代印记的新型劳动，微信、快手、抖音、微商，这些信息科技的产物，与一个普通农民的日常劳作取得了密切的联系，随之也覆盖到了他和他周围的人们，包括贫困户。于是，个人叙事溢出了它的边界，在集体的方向上找到了实然的表达方式，并最终进入时代精神的核心地带。杨遥确信，站在这个起点上，人，将摆脱“隐疾”，走向广阔大地的庄严之所。

这也是长篇小说《大地》的主题。“孤城”这类封闭贫穷的乡村世界，的确需要有人来帮扶，资金、技术、水电路网等等，都是必不可少的“反哺”手段，但最重要的还是人——激活人的内生动力。第一书记和工作队长期驻村的深层目的便在于此。所谓“扶贫先扶志”，确是找准了问题的症结。

扶志，说起来容易做起来难。安欣，一个处于社会资源结构边缘的弱女子，能否胜任？杨遥时刻注视着她的行动，她的每一个脚印，都是对宏大历史进程的具象表达，浩大降临的事物将在这种表达中确认它的成色和向度。时代应许的必然性是有的，个人在时代话语面前的具体境遇也是有的，二者或平行，或相交，或龃龉，乃至产生分歧对立，但无论如何，牵系着人群和时代的信心却是永在的。所以，我们在为帮扶者和帮扶对象激动雀跃或感动共鸣时，其实是在为中国大地上另一群人的命运祷祝。小说家做的就是忠直地守望，然后将守望的细节赋予文学的自由，那是人物终得解放的自由。

然而，这绝不是杨遥“扶贫”叙事的全部，在以“她和他们”为中心的边沿，“例外”出现了。杨遥在不经意间为这些“例外”保存了细节，他们将在这微型的细节中体认自我，感受生命的鲜活。《墓园》和《从前是一片海》是杨遥为中国的扶贫叙事史提供的两份标志性文学样本。它们都是短篇，但它们的品质和分量却不容置疑。

《墓园》中的陈继清，尽管女儿如愿考上大学，还享受了政府给的5000元助学贷款，但这解决不了根本问题，他们依旧“贫困”，而且在可见的将来，“脱贫”的可能性几乎为零。恰在此时，村里的第一书记向陈继清伸出了救助之手。这得益于政策的机缘，但谁又能说，这不是人的信念与时代意志相互激发的现实图景呢？从这个意义上来说，陈继清具有无可辩驳的典型性。同样具有典型性的还有乡村医生梁欣。他在《从前是一片海》中露面之前，读者已经从旁人的叙述中勾勒出了这个“医疗扶贫模范”的基本轮廓，但我更关心的是梁欣露面之后。因为小说一再暗示，梁欣的“失踪”与另一个人有关，他叫张小飞，是杀死一家三口的犯罪嫌疑人。在此杨遥启用了一种新的叙事策略。该策略的基本主张是：张小飞必须保持“沉默”。张小飞符合我们对一个农村青年才俊的所有想象，我们甚至无法在他的身上找到于连或高加林的半点性格缺陷，但偏偏是他，被指认为“杀人犯”。这个叙事动力的发起者，始终在不紧不慢地制造语言的迷宫，他要在意义不明的“复调”讲述中，为读者呈露人的复杂和盘踞于这复杂之上的“背景音”。张小飞的结局在意料之中，他和老母亲告别之后，医生梁欣将陪他投案自首，接受审判。如果我们足够认真地盘点汇集在这篇小说中的诸种声音，或许会听到那个响彻天宇的巨大背景音。它带着历史的疼痛，穿行于宏大的时间和空间中。即便是治愈了无数身体的医生梁欣，也不得不承认：人，实在是太渺小了。

那么，面对沧海桑田的自然节律，人将何为？个体又怎样在人类事务中认领自己的生命和价值？我们是否找到了认领的尺度？……这一系列的问题，考验着小说家杨遥，也考验着我们。所幸，他已经试图在书写中努力做出回答。

（原载《文艺报》2020年06月17日）

孤城戏台
——读杨遥长篇小说《大地》

聂 梦

作为一部聚焦脱贫攻坚的现实题材作品，《大地》有着许多令人印象深刻的地方。例如，它让我们近距离看到了这样一群人，一群我们曾经认为远远落后于时代、而此刻正跟着时代在奔跑的人。它提醒我们反思既往视野的狭隘，反思究竟谁才和这个时代更为贴近。“我们一直在热切盼望着具有新时代情境气象、新时代精神气韵、新时代人物气质的现实题材力作的不断涌现。”（《人民文学》2019年第3期卷首语）《大地》中就有不少这样的因素，具备同上述判断构成呼应的潜质和能力。

但这些并非今天要讨论的重点。戏台——小说中那个远称不上抢眼的“道具”，才是接下来将要登场的主角。

孤城是个村子，在吕梁山上。戏台坐落在孤城学校的南侧，和北边三排教室遥遥相对，和安欣驻村扶贫的宿舍并肩而立。之所以说戏台不够抢眼，是因为其浓墨重彩的程度大约只能和小说中的天气描写持平，以至于作者赋予其意义的意图都看起来不那么明显，但这并不代表它不够“重要”。戏台是小说中孤城历史的显在关联物，开裂的松木柱子，台顶脸盆大小的退色的五角星，依稀回响在人心中的古戏等，都是戏台沧桑过往的见证；在小说中的当下，戏台仍保持着它迂回闪现的频次，安欣的“星星灯火辩”“非法关押”，孤城的合作社剪彩、联欢晚会、全家福展览等，轮番在戏台上演。凡此种种，让孤城的戏台同通常意义上的古建筑有了分别，它不止是世事变迁的背景物、沉默的见证者，更多时候，戏台扮演了一个随时可以重新投入热闹的古老空间和场域——它是一切变化发生、推进的参与者，是无数真实和细节背后的隐喻甚至明喻，是小说叙事丰富性的生长点和集散地。

安欣挂职扶贫，是此刻戏台正在上演的大戏。时限两年，到时间走人；来自省文化馆，没资源没背景；性格散淡，两个孩子的母亲；艺术系毕业，吟诗临帖，几乎没有基层经验。偏偏赶上这一次全面脱贫的“严苛”要求，从省城到孤城，一路雨下不停，安欣觉得自己“不像去扶贫，好像去戍边。”人设和境遇的差异感，为戏的上演做足了铺垫。

对安欣而言，这无疑是一场艰难的表演。没有台本，没有事先磨合好的搭档，困难显而易见，走向和效果却是随机的。说艰难，具体难在几个层面：扶贫工作本身困难重重；家庭生活与工作的矛盾冲突难以平衡；不同文化观念间存在巨大差异；为人处世原则和底线需要不断被调整被试探。每晚写完民情日记，她都习惯到戏台上站一站，看着满天的星星与村子里的一盏盏灯火，想到无数双眼睛，想到戏剧里千百年来反复上演的那些人物。安欣要做的，是绕开反熵理论，融入到大家中间，真正为老百姓请命办事。

如果只用“戏”来链接安欣下乡扶贫的动作，还远不够贴切。所谓戏，意味着虚构、即时、可设计，既“政治不正确”，也和实际情况情况相去甚远。但“戏台”却不一样。有台就有观众，台上唱，台下看，看者听者的叫好唏嘘互动离场都构成了戏的一部分，这就使得戏假不了，也不能假。安欣第一次“戍边”，作者杨遥却已在深扎农村方面积累了丰富的经验。小说中为村民分发捐赠衣物一段写得尤为出彩：

村子里很是热闹，有点儿像过节。人们穿上新得到的衣服，尽管是旧衣服，但在村里看，很新潮，很保暖，而且不同年份流行过的皮夹克、羽绒服、棉大衣、西服等衣服被人们同时穿了出来，有种时空紊乱的感觉。

时代变化，假若村民们做微商、开农家乐、用自拍杆等情节，相对“外行”的读者尚可以稍作想象，那么，来自不同年份流行过的捐赠衣物在大家身上穿出时空紊乱感，类似的细节恐怕就只有真正深入过内部，有真发现并且有真感触的人才能够写得出来。

除“不假”外，戏台的另一重功用是赋予主题性叙事以更加丰富的文学性。此处的文学性，主要体现在对关联的“整全”呈现上。我们常说，这类有着深厚生活基础的现实题材写作，是具有时代气象的写作，是个人生活与时代发生密切关联的写作。然而，这种密切关联如何开始，又如何进行，却不是一件容易看清并表达清楚的事。杨遥的做法是，回到人本身，以人的主体建构为基础，拿出足够的空间和耐心，一步步展示这种建构与时代要求之间的关联，以及关联背后的细节和变动，并在此过程中，尽可能地放大个人生活的变化和扩展，尤其强调人精神层面的变化和扩展。

小说中，安欣曾提出过一个很重要的问题，那就是我到底想要什么样的生活？这个问题提出的时机也许值得拿出来单独讨论：它既不是安欣收到下派通知时或者之前，也不是扶贫工作告一段落初见成效之后，而是出现在她为解决孤城最重要的问题——吃水问题四处奔走的过程当中，并且是在向两位能给予自己建设性意见的老同学主动敬酒的间隙。要知道在此之前，安欣向来反感同这些财政厅、发改委、水利厅的同学吃饭，“他们单位好，每个都忙得要命，叫他们不好叫，即便来了，坐在一起，也是没完没了谈工作，他们那种自我感觉特别良好的样子我不喜欢。”是安欣变了吗，当然是，连她自己都说自己变得“功利”了，但这“功利”不仅仅是因为眼前的老同学能够在她的扶贫工作遇到困难时帮上一把，更在于从他们身上，她看到了被自己以往的有限视野一直遮蔽着的另外一个世界，看到了思考问题解决问题新的思路和面向。这个“功利”的过程，是学习讨教的过程，也是对人对事的认知能力和包容度不断扩大的过程。想要什么样的生活在这个时候被提出，可以看作是对主人公个体经验与肩头的责任担子日渐黏合状态的一种论证。

不得不说这是一个好策略。挂职干部，精准扶贫等一系列有着鲜明时代特色甚至叙事“规则”、叙事“模板”的对象，在这样的思路下，变得愈发整全起来，而不再是一个个只具有强大行动能力的符号和重要事项。身在场外的读者仿佛也借此获得了同场内观众相近的机会，得以身临其境，品判、体悟并同理其中的艰难、成长与变更。正所谓感同身受。在任何一种艺术形式中，真正能够打动人心的，永远是活生生的细节，而非干枯严正的宣讲。从某种程度上说，这一次，杨遥所采取的于个体与时代关联中突出主体性建构的策略，不仅丰富了自身的文学表达，也为同类题材创作实现宏大叙事“软着陆”提供了相应的经验与可能。

当然，小说中也还存在一些空白有待填补。作者深谙复杂同样是“整全”的重要内容，同时也是增加戏剧性、吸引观众驻足的有效筹码。因此在情节设置上穿插了不少扶贫工作复杂性背后的不同位面，如过于简单粗暴的突击检查，没完没了的表格、手册，如何扶贫而不扶懒汉，如何平衡原有职能与扶贫任务之间的关系等，但小说的叙事整体而言仍偏于平顺，对主人公来说，扶贫之路上并未遭遇太多实质性坎坷，朋友家人的帮助与支持无处不在，种种心结也终能依靠自身努力而化解。或许是因为从基本设定上避开了“困难模式”，在某些关键节点不得不依靠无法进一步展开的死亡来推进，难免会给人以突兀之感。另外，还有一些角色未能充分展开，如“浑身是戏”的刘启明，目前表现还不足以散发其全部光彩。从近几年的写作来看，杨遥是一位有根脉有后劲儿的作家，他将戏台搭建在了热情坚实的经验大地上，接下来的叙事也注定更加鲜活丰饶。

聂梦，中国作家协会创作研究部副研究员，主要研究方向为文学理论与文学批评。在《中国现代文学研究丛刊》《当代作家评论》《当代文坛》《南方文坛》《人民日报海外版》《新华文摘》等学术、批评阵地发表论文、评论近30万字，著有评论集《小说的年轮》。

关于《大地》

杨 遥

写作《大地》是一件偶然的事情。

去年上半年，我在北京读鲁院和北师大联办的研究生班。5月20日晚上在北师大上完课，回八里庄老鲁院的地铁上，收到上海一位朋友的信息，他来北京开会了。我便匆匆赶往他的住处。

两人找了一家小饭店，要了几瓶啤酒，闲聊。朋友问我最近写什么。我告诉他在写关于扶贫的中短篇小说，打算写一个系列，发表后出本集子。来北京读书之前，我在乡下挂职扶贫，后来又参与山西脱贫攻坚的报告文学书写，采访过好多地方，对扶贫工作有切身体会和深切感受。写扶贫，是缘于我对这项工作熟悉。就像当老师那会儿，写过许多教育题材的小说；在机关做小职员，写了许多机关生活的小说。我的许多素材来源于生活，写的大部分是自己熟悉的内容，扶贫也是这样。朋友建议我写部长篇。我一下愣住了。我从来没有写过长篇，怕把握不好，而且再有一个多月我就离校了，回到单位，我的工作岗位在作协办公室，事情比较多，可能保证不了创作时间。

我们边喝酒，边聊天，我把关于扶贫的一些体验和采访中感动我的那些人和事讲了出来。朋友说，这些素材挺好，天生就有故事性，你也不用去想多复杂的结构，采取日记的形式，把它们记录下来就挺好。

那晚回去之后，我思考了许久。这么多年来，在写小说上没少下功夫，几乎把业余时间都花在了这上面，认真研究过许多经典作品，也算发表了不少小说，但受到的关注并不多。不是妄自尊大，对小说确实有些心得，给自己定的文学坐标也颇高，很多小说费尽心思，感觉构思、立意、语言等都做得不错，也发表在了不错的刊物上，可是发表出来几乎没有半点响动。渴望突破，却不知道怎样才能突破，想想已经奔五了，一批批年轻作家成长起来，自己一直这样写下去，不知道会是什么结果。

想了三天，我决定写这部长篇。毕竟熟悉脱贫攻坚的作家没那么多，或许是个机会。那时学期已经过去大半，有许多作业要完成，而且身体不大好，主要是经常眩晕。正巧那几天感冒了，便去北师大的校医那儿去看，买上感冒药，对医生讲了眩晕的事情。医生判断是脑供血不足，给我开了一些药。以前也找过西医、中医，吃上药不大管用，这次吃上校医的药，头竟慢慢不晕了。

实在怕回去之后没时间写，便决定最起码在离校之前写完初稿。我给自己规定，有课的时候，每天最少写两千字；没课的时候，最少写五千字。这些年写作的速度越来越慢，写一千字，最少也得一小时，但为了写完它，咬住牙往下写。

我们有几个要好的朋友，每天比着写。吃完饭，会到鲁院附近的一个小树林散步，大家互相询问对方的写作进度，也谈谈自己刚写的内容。写科幻文学的超侠，在中国作家网上班，除了工作，每天最少写一万字。来自武汉的舒辉波，这段时期完成了一部长篇儿童文学。超侠会做一种特别好吃的辣椒腐乳酱，每天吃饭时给我们带一点儿，受到启发，我把它写到小说里，作为一项产业项目。赶在七月十几日离校前，居然把十二万字的初稿写完了。

回到太原，告诉单位领导杜学文主席说，我写了一部关于脱贫攻坚的长篇小说，只完成了初稿，需要修改。杜主席很支持，那段时间没有给我安排特别麻烦的工作。办公室用的是台老式空调，坏了，怎样也修不好，我的办公室又在顶楼，特别热。但为了赶时间，每天在三十七八度的高温下，一改就是一整天。

小说修改完，成了十三万字。杜主席推荐到省委宣传部、中宣部。拍《喜耕田的故事》的牛建荣导演看完小说，给我打来电话，他想把这部小说改编成电视连续剧，他喜欢小说里那种自然、朴实的描写和叙述，觉得真正的农村生活就是那样，认为我写好了扶贫故事。

单位的同事聂晶帮助我排版、打印，在手机上居然读完了全文。一部主旋律长篇小说，她能在手机上读完，对我是种非常大的肯定。她给我提出一些细节上的问题，比如里面写到第一书记安欣在公共澡堂里泡澡，聂晶告诉我女澡堂里没有泡澡池。朋友手指听说我写了部长篇，要去读了后给结构上提些建议。

云南人民出版社的马非老师听说我写了这样一部小说，请我给他们出版。当时有两个出版社和我联系过，但马非老师特别热情，我便答应把稿子先给他看看。马非老师一周时间读完小说，请我去云南签订合同，商议小说的修改，并且在云南玩一玩。

2020年1月，我去了云南。接待我的除了马非老师，还有韩旭老师。韩旭老师曾经主持过《大家》杂志，给我发过不少小说，一直对他心存感激，这次终于见面了。马非老师也在《大家》工作过，在我来之前，除了自己读完小说，还让出版社的几位编辑也读了，请他们一起提意见。他们读得很是认真，许多意见非常有建设性，我佩服他们的认真敬业。马非老师告诉我，不要急着修改，也不一定完全听他们的意见，自己先冷静想一下。

从云南回来，我把小说重新读了一遍，这时离写完已经有段时间，再读发现存在不少问题，便再次开始修改。这时众所周知的新冠肺炎疫情暴发，而且春节即将来临。我计划排除一切干扰，在春节期间把它修改完。整个春节，一直修改这部小说，可是直到正月初七，应该上班的时间，小说还是没有修改完。说是修改，许多章节都是重写的。所“幸”的是疫情继续蔓延，我把自己隔离在家里，继续往下改。

小说改完，成了十六万字，还删掉许多内容。

已经3月份。给了马非老师一份。和《中国作家》主编程绍武老师在微信上聊天，他问我手头有没有小说。我说刚改完一部关于脱贫攻坚的长篇小说，不知道他们是否需要。程老师告诉了我他的邮箱。很快，这部小说在刊物5期全文发表。这是我的第一部长篇小说，能顺利地在《中国作家》发表出来，多亏了程老师。

关于脱贫攻坚，各种媒体报道非常多，相关的文字也非常多，每个单位每个人似乎都和扶贫有些关系，但看媒体报道，听人说，和亲自下去感受不一样。就拿当前的驻村要求，五天四夜，发生在别人身上，只是几个数字，亲自住到村里，会是种刻骨铭心的体验。还有那没完没了的表格、手册，数不清的会议、检查，身在其中，令人有种窒息的感觉。在写作《大地》时，没有回避这些，我把驻村干部的真实过程和情感体验写了下来，我没资格为他们代言，但写下了他们的真实处境，写下了他们在这种处境下如何开展工作，如何完成任务。每位干部，都是一个活生生的人，他们背后有父母亲，有丈夫、妻子、孩子，为“大家”时，怎样爱“小家”，也是我书写的一个重点。基层的种种问题，回答了中央为何要派机关干部驻村帮扶。在这部小说里，始终坚持一个朴素观点：真正为老百姓办实事办好事能办事的干部，就是好干部，就会受到老百姓的拥护。

这部小说，开始叫《一切刚刚开始》，因为书写的是省文化馆“80后”女干部安欣国庆到春节这段时间之内任第一书记的经历，许多工作刚刚展开。计划发表之后，再写一部，主要写后续的工作。但2020年全面脱贫，叫《一切刚刚开始》不大合适，便改成了《大地》。改完之后，感觉和小说的主题非常贴切，在我的认识里，老百姓永远都是干部的大地，干部只有扎根老百姓这块大地，才能做好工作，实现价值。同样，国家要想繁荣富强，也必须让老百姓这块大地坚实丰饶。

脱贫攻坚是中国发展进程中的一件大事，必将被写入历史。若干年后，假如有人想了解这一真实历程，这部小说会起到部分“野史”的作用。

（原载《长篇小说选刊》2020年第4期）